Molière

Der Geizige
Der Bürger als Edelmann
Der Herr aus der Provinz

Drei Komödien
Neu übertragen von
Hans Weigel

Diogenes

›Der Geizige‹ und ›Der Herr aus der Provinz‹ in der Neuübertragung von Hans Weigel erschienen 1965 und 1964 als Einzelausgaben im Diogenes Verlag. Die Neuübertragung vom ›Bürger als Edelmann‹ liegt hier erstmals in Buchform vor. Der Buchschmuck ist der ersten Gesamtausgabe der Werke von Molière, Paris 1682, entnommen.

Veröffentlicht als Diogenes Klassiker, 1982

60/82/8/1
ISBN 3 257 20204 0

Inhalt

Der Geizige
(L'Avare)
Komödie in fünf Akten

L'AVARE

Personen

HARPAGON, Vater des Cléante und der Élise, in Mariane verliebt
CLÉANTE, Sohn des Harpagon, in Mariane verliebt
ÉLISE, Tochter des Harpagon, in Valère verliebt
VALÈRE, Sohn des Anselme, in Élise verliebt
MARIANE, in Cléante verliebt, von Harpagon geliebt
ANSELME, Vater des Valère und der Mariane
FROSINE, Intrigantin
SIMON, Makler
JACQUES, Koch und Kutscher Harpagons
LA FLÈCHE, Diener des Cléante
CLAUDE, Haushälterin Harpagons
BRINDAVOINE, LA MERLUCHE } Lakaien Harpagons
Ein Kommissär
Sein Schreiber

Die Handlung begibt sich in Paris

Erster Akt

Erste Szene

Valère, Élise

VALÈRE Wie, reizende Élise? Sie beglücken mich durch ermutigende Versicherungen Ihrer Zuneigung und werden darauf melancholisch? So gütig sind Sie und – mein Gott, ich sehe Sie seufzen, während ich vor Freude außer mir bin! Bereuen Sie denn, daß Sie mich glücklich gemacht haben, bedauern Sie die Zusicherungen, welche mein Drängen Ihnen abnötigte?

ÉLISE Nein, Valère, was ich für Sie getan habe, bereue ich nicht, denn eine unwiderstehliche holde Neigung will mich an Sie binden; und ich hätte die Kraft nicht, auch nur zu wünschen, daß es anders wäre. Doch macht mir der Fortgang unserer Sache bange; ich fürchte: ich liebe Sie wohl mehr, als ich sollte.

VALÈRE Wie – was könnte Sie denn ängstigen, Élise, wenn Sie mir von Herzen gut sind?

ÉLISE Mein Gott, Hunderte von Gefahren: der Zorn eines Vaters, die Vorwürfe einer Familie, das Urteil der Welt – vor allem anderen aber, Valère, die Unbeständigkeit Ihres Herzens, jene grausame Kälte, durch die Ihr Geschlecht uns nur zu oft für die rückhaltlosen Geständnisse unserer Liebe bestraft.

VALÈRE Nein, verdächtigen Sie mich nicht, indem Sie mich an den anderen messen! Trauen Sie mir alles zu, Élise, alles, nur keinen Verrat an dem, was ich Ihnen verpfändet habe. Dazu liebe ich Sie zu sehr, und diese Leidenschaft wird erst mit meinem Leben enden.

ÉLISE Ach, Valère, redet nicht jeder wie Sie? In seinen Worten gleicht ein Mann dem andern; und nur das, was sie tun, erweist ihre Verschiedenartigkeit.

VALÈRE Da uns also nur die Taten so zeigen, wie wir wirklich sind, warten Sie wenigstens so lange, bis Sie an ihnen mein Herz erkennen können – und nehmen Sie doch in Ihrer Angst meinen Verrat nicht schon durch unberechtigte Vorhersagen vorweg. Zerschmettern Sie mich nicht, ich bitte Sie, durch die Maßlosigkeit Ihres Verdachts. Geben Sie mir Zeit, Sie durch tausend Beweise von der Aufrichtigkeit meiner Zuneigung zu überzeugen.

ÉLISE Ach, wie leicht läßt man sich von einem Menschen, den man liebt, überreden! Ja, Valère, Ihr Herz scheint mir nicht fähig, mich zu hintergehen. Ich glaube Ihnen, daß Sie mich aufrichtig lieben und daß Sie mir treu sein werden. Ich will daran nicht zweifeln; mir ist nun nur noch vor den Vorwürfen bange, die ich zu erwarten habe.

VALÈRE Und warum diese Ängstlichkeit?

ÉLISE Könnte alle Welt Sie mit meinen Augen sehen, hätte ich nichts zu befürchten; denn Ihr Wesen gibt mir die schönste Rechtfertigung all dessen, was ich für Sie tue. Mein Herz kann sich zu seiner Verteidigung auf Ihre ganze Vortrefflichkeit berufen, bestärkt durch die Pflichten der Dankbarkeit, die mir der Himmel auferlegt. Unablässig vergegenwärtige ich mir die schreckliche Gefahr, die uns einander zum erstenmal sehen ließ, die überwältigende Selbstlosigkeit, mit der Sie Ihr Leben einsetzten, um das meine dem Toben der Fluten zu entreißen, die allerzärtlichste Sorgfalt, die Sie mir erzeigten, als Sie mich in Sicherheit gebracht hatten, und die stetigen Proben beharrlicher Liebe, welche weder Zeit noch Widerstände entmutigen konnten, die Sie Eltern und Vaterland vernachlässigen hieß, Sie hier festhält, Sie um meinetwillen Ihren Stand verleugnen läßt und in meines Vaters Dienst treten ließ, damit Sie mir nahe sein können. All dies erscheint mir wundervoll und rechtfertigt es in meinen Augen ganz und gar, daß ich mich Ihnen verbunden fühle; doch genügt es vielleicht nicht, um diese Verbundenheit den anderen gegenüber zu begründen. Ich bin nicht sicher, ob man meine Gefühle billigen wird.

VALÈRE Was immer Sie mir auch Freundliches gesagt haben mögen, stets war es nur meine Liebe, die mich solcher Auszeichnung würdig machte. Und was Ihre Zweifel betrifft: Ist nicht Ihr Vater mit geradezu übertriebenem Eifer bemüht, noch weit ungewöhnlichere Schritte und Entschlüsse seiner Angehörigen zu rechtfertigen – durch seinen übermäßigen Geiz und die schäbige Lebensführung, die er sich und seinen Kindern zur Pflicht macht? Verzeihen Sie, reizende Élise, daß ich so zu Ihnen spreche; doch Sie wissen, daß sich über diesen Punkt nichts Gutes sagen läßt. Kann ich aber, wie ich hoffe, meine Angehörigen wiederfinden, werden wir sie gewiß leicht günstig stimmen. Ich erwarte voll Ungeduld Nachrichten über sie, und wenn die nicht bald eintreffen, werde ich mich selbst auf die Suche begeben.

ÉLISE Ach, Valère, ich bitte Sie, entfernen Sie sich nicht und streben Sie nur nach der Gewogenheit meines Vaters.

VALÈRE Sie sehen ja meine Bemühungen – Sie haben gemerkt, wie geschickt ich es anzustellen wußte, mich ihm angenehm zu machen und in seine Dienste zu treten, wie ich Zuneigung und Herzlichkeit heuchle, um ihm zu gefallen, welche Rolle ich täglich spiele, um seiner Gunst teilhaft zu werden. Meine Fortschritte sind staunenswert, und ich erkenne: man gewinnt die Menschen unfehlbar für sich, wenn man ihre Vorlieben zur Schau trägt, ihre Anschauungen teilt, ihre Fehler rühmt und allem zustimmt, was sie tun. Ohne Furcht, allzu entgegenkommend zu erscheinen, kann man sein Spiel ganz offensichtlich treiben. Selbst der klügste Kopf wird des Schmeichlers Beute, und nichts ist so aberwitzig und lächerlich, daß er es sich nicht einflößen ließe, wenn es nur mit Lobsprüchen gewürzt ist. Meine Wahrheitsliebe ist übel dran bei meinem gegenwärtigen Geschäft; doch wer etwas von den Menschen will, muß sich ihnen anpassen, da er sie anders nicht zu gewinnen vermöchte – daran sind nicht so sehr die Schmeicheleien schuld als jene, welche nach Schmeicheleien hungern.

ÉLISE Doch warum trachten Sie nicht auch nach der Unterstützung meines Bruders – für den Fall, daß meines Vaters Haushälterin unser Geheimnis nicht bei sich behalten will?

VALÈRE Man kann nicht auf beide Rücksicht nehmen: das Wesen des Vaters und des Sohnes sind einander zu sehr entgegengesetzt, als daß man das Vertrauen beider zugleich anstreben könnte. Bemühen Sie sich Ihrerseits um Ihren Bruder und nützen Sie das gute Einvernehmen mit ihm, um ihn für uns zu gewinnen. Da kommt er. Ich ziehe mich zurück – so können Sie die Zeit nützen und mit ihm sprechen. Entdecken Sie ihm von unserer Sache nur so viel, als Ihnen unerläßlich scheint.

ÉLISE Ich weiß nicht, ob ich die Kraft zu einem Geständnis haben werde.

Zweite Szene

Cléante, Élise

CLÉANTE Wie froh bin ich, dich allein anzutreffen, liebe Schwester – ich brenne darauf, dir ein Geheimnis anzuvertrauen.

ÉLISE Ich will dich gern anhören, lieber Bruder. Was hast du mir zu sagen?

CLÉANTE Sehr viel, liebe Schwester, und doch ist alles in einem Wort beschlossen: ich liebe.

ÉLISE Du liebst?!

CLÉANTE Ja, ich liebe. Aber vor meinen weiteren Schritten steht das Wissen: ich hänge von meinem Vater ab, als Sohn bin ich seinem Willen unterworfen, wir dürfen uns ohne die Zustimmung derer, denen wir unser Leben danken, nicht binden, der Himmel machte sie zu den Herren über unsere Wünsche, die wir ohne ihr Einverständnis nicht zu erfüllen vermögen – sie sind keiner unbesonnenen Aufwallung unterworfen wie wir, daher dem Irrtum weniger ausgesetzt als wir und besser imstande zu sehen, was uns frommt – wir müssen uns mehr auf das Licht ihrer Klugheit als auf unsere blinde Leidenschaft verlassen – die ungebärdige Jugend läßt uns nur zu oft in gefährliche Abgründe stürzen – – – Ich sage dir dies alles, liebe Schwester, weil ich dir die Mühe sparen möchte, es mir zu sagen; denn meine Liebe will nichts hören, und ich bitte dich, mir keine Vorwürfe zu machen.

ÉLISE Hast du dich mit der, die du liebst, verlobt, mein Bruder?

CLÉANTE Nein; doch bin ich dazu entschlossen. Und ich beschwöre dich nochmals, mir nicht mit Vernunftgründen davon abzuraten.

ÉLISE Hältst du mich für so wunderlich, lieber Bruder?

CLÉANTE Nein, aber du liebst nicht, du weißt nichts von der holden Gewalt, die ein entflammtes Herz beherrscht – ich habe Angst, du könntest zu vernünftig sein.

ÉLISE Ach, lieber Bruder, schweigen wir von meiner Vernunft. Jeder verliert die seine zumindest einmal im Leben; und wollte ich dir mein Herz öffnen, erschiene ich dir vielleicht noch weniger vernünftig als du.

CLÉANTE Oh, sollte es der Himmel fügen, daß deine Seele ganz wie die meine ...

ÉLISE Bleiben wir bei deiner Sache – sage mir, wen du liebst.

CLÉANTE Ein Mädchen, das seit kurzem in unserem Viertel wohnt und dazu geschaffen scheint, ein Herz durch den ersten Blick in Brand zu setzen. Nie hat die Natur etwas Liebenswürdigeres gebildet, Schwester, und als ich sie erblickte, war ich ganz außer mir. Sie heißt Mariane und lebt unter der Aufsicht einer würdigen alten Mutter, die fast immer kränkelt und von ihrer reizenden Tochter mit schier unglaublicher Fürsorge gepflegt wird. Mariane umsorgt sie, beklagt sie, tröstet sie mit einer Zärtlichkeit, die das Herz zutiefst bewegt. Was sie auch beginnt, tut sie auf die lieblichste Art der Welt, jede ihrer Handlungen ist von tausend guten Geistern gesegnet: welch holder Reiz, welch bezwingende Güte, welch bewundernswerter Anstand, welch ... ach, liebste Schwester, ich wollte, du hättest sie gesehen!

ÉLISE Ich ersehe schon viel aus all dem, was du mir sagst, lieber Bruder – und um zu ermessen, wie sie ist, genügt es mir, daß du sie liebst.

CLÉANTE Unter der Hand habe ich herausbekommen, daß die beiden nicht sehr begütert sind und selbst bei ihrer zurückgezogenen Lebenshaltung Mühe haben, mit den verfügbaren Mitteln ihren Aufwand zu bestreiten. Stell dir vor, Schwester, welche Freude es bedeutet, das Glück eines geliebten Wesens zu fördern, mit Takt ein Weniges zu dem bescheidenen Unterhalt einer ehrsamen Familie beizutragen – und ermiß, mit welchem Mißvergnügen ich mich durch den Geiz unseres Vaters außerstande sehe, diese Freude zu verspüren und der Schönen auch nur ein einziges Zeichen meiner Liebe zuteil werden zu lassen.

ÉLISE Ach ja, mein Bruder, ich kann deinen ganzen Kummer ermessen.

CLÉANTE Er ist weit größer, Schwester, als man denkt; denn wer sah je Grausameres als die böse Sparwut, die man uns auferlegt, als den unbegreiflichen Mangel, in dem man uns schmachten läßt?! Und was frommt uns ein Vermögen, das uns erst in einem Augenblick zufällt, da wir nicht mehr in unseren besten Jahren sind, es gebührend zu nützen, wenn ich heute sogar meinen Unterhalt nur bestreiten kann, indem ich mir aushelfen lasse und ganz wie du auf das Entgegenkommen von Kaufleuten angewiesen bin, um anständig gekleidet zu sein? Ich wollte mit dir sprechen, denn du könntest erkunden, wie unser Vater sich zu meinen Gefühlen stellen würde; finde ich ihn abgeneigt, will ich mit dem liebenswürdigsten Wesen fern von hier das Glück genießen, das uns der Himmel bescheren möge. Zu diesem Zweck trachte ich, möglichst viel Geld geliehen zu bekommen; und wenn deine Lage der meinen gleicht und unser Vater sich unseren Wünschen widersetzt, werden wir beide ihn verlassen und das tyrannische Joch abschütteln, in das uns sein unerträglicher Geiz so lange gezwängt hielt.

ÉLISE Ja, von Tag zu Tag gibt er uns leider mehr und mehr Anlaß, den Tod unserer Mutter zu beklagen und uns . . .

CLÉANTE Ich höre eine Stimme. Entfernen wir uns, beenden

wir unser Gespräch anderswo, dann wollen wir mit vereinter Kraft gegen seine grausame Härte Sturm laufen.

Dritte Szene

Harpagon, La Flèche

HARPAGON Fort mit dir, hinaus, pack dich auf der Stelle und ohne Widerrede! Antworte nicht, verschwinde und laß dich nie wieder blicken, du Galgenvogel, du Meister der Spitzbüberei!

LA FLÈCHE *für sich* So etwas von Bösartigkeit wie diesen verdammten Alten hab' ich noch nie erlebt. Der ist ja – Gott verzeih mir – wie vom Teufel besessen.

HARPAGON Was murmelst du da?

LA FLÈCHE Warum jagt Ihr mich fort?

HARPAGON Du fragst auch noch nach dem Grund, du Lumpenkerl? Fort mit dir, sonst erschlage ich dich!

LA FLÈCHE Was habe ich Euch getan?

HARPAGON Du sollst verschwinden – das hast du getan!

LA FLÈCHE Euer Sohn, in dessen Dienst ich stehe, hat mir befohlen, auf ihn zu warten.

HARPAGON Geh und erwarte ihn auf der Straße und nicht in meinem Haus, aufgepflanzt wie eine Schildwache, mit deinen neugierigen Augen und gierigen Händen. Ich will nicht auf Schritt und Tritt einen Spitzel vor mir sehen, der meine Verrichtungen auskundschaftet, einen Verräter, der mit seinem bösen Blick alle meine Geschäfte erspäht, alles verschlingt, was ich besitze, und überall schnüffelt, ob es nichts zu stehlen gibt.

LA FLÈCHE Ja, Himmelherrgott, wie sollte man Euch denn bestehlen?! Was läßt sich denn nehmen, wenn Ihr alles versperrt und immerzu bewacht?

HARPAGON Ich versperre, was ich will, und bewache, was mir paßt. Wer gibt dir ein Recht, das Tun und Lassen anderer Leute auszuspionieren? *für sich* Ich zittere, daß er etwas von meinem Geld ahnen könnte. *zu La Flèche* Du wärst imstande, auszusprengen, daß ich in meinem Haus Geld verborgen habe.

LA FLÈCHE Ihr habt Geld verborgen?

HARPAGON Nein, du Lump, das habe ich nicht gesagt! *für sich* Ich bin außer mir. *zu La Flèche* Ich frage, ob du nicht so hinterlistig bist, dieses Gerücht zu verbreiten.

LA FLÈCHE Ach, was macht es denn aus, ob Ihr Geld im Haus habt oder nicht? Kann uns das nicht gleichgültig sein?

HARPAGON Du antwortest mir mit einer solchen Frage? Ich werde dir meine Antwort auf diese Frage hinter die Ohren schreiben. *er holt aus, um ihn zu ohrfeigen.* Zum letztenmal: hinaus mit dir!

LA FLÈCHE Gut, dann gehe ich.

HARPAGON Warte! Nimmst du nichts mit?

LA FLÈCHE Was sollte ich von hier wohl mitnehmen?

HARPAGON Laß sehen! Zeig mir deine Hände.

LA FLÈCHE Hier.

HARPAGON Die anderen.

LA FLÈCHE Die anderen?

HARPAGON Ja.

LA FLÈCHE Hier. *zeigt ihm die Beine.*

HARPAGON *mit Bezug auf seine Beinkleider* Hast du nichts da drin?

LA FLÈCHE Seht doch nach!

HARPAGON *die Beinkleider betastend* Diese weiten Beinkleider sind ja wie geschaffen als Versteck für das Diebesgut. Ich wollte, man hätte schon einen von euch Hosenräubern zur Abschreckung aufgehängt!

LA FLÈCHE *für sich* So einer verdient das, wovor er zittert; es wäre wirklich eine Wonne, ihn zu bestehlen!

HARPAGON Was?

LA FLÈCHE Wie?

HARPAGON Was sagst du da vom Stehlen?

LA FLÈCHE Ich sage, daß Ihr Euch genau vergewissert, ob ich nichts gestohlen habe.

HARPAGON Jawohl, das will ich. *er untersucht seine Taschen.*

LA FLÈCHE *für sich* Die Pest über den Geiz und die Geizhälse!

HARPAGON Was? Was sagst du?

LA FLÈCHE Was ich sage?

HARPAGON Ja, was sagst du über den Geiz und die Geizhälse?

LA FLÈCHE Über den Geiz und die Geizhälse möge die Pest kommen, sage ich.

HARPAGON Von wem sprichst du?

LA FLÈCHE Von den Geizhälsen.

HARPAGON Und wer sind sie, diese deine Geizhälse?

LA FLÈCHE Habsüchtige Knicker sind sie.

HARPAGON Und wen meinst du damit?

LA FLÈCHE Worüber regt Ihr Euch denn auf?

HARPAGON Über das, was mich aufregt.

LA FLÈCHE Meint Ihr denn, daß ich von Euch rede?

HARPAGON Ich meine das, was ich meine. Und ich will, daß du mir sagst, wovon du redest.

LA FLÈCHE Ach, was mir so durch den Kopf geht.

HARPAGON Ich werde dir diese Reden aus dem Kopf schlagen.

LA FLÈCHE Wollt Ihr mir verbieten, die Geizigen zu verdammen?

HARPAGON Nein; aber ich verbiete dir, unverschämt daherzureden. Halt deinen Mund!

LA FLÈCHE Ich habe ja keinen Namen genannt.

HARPAGON Wenn du weiterredest, zerschmettere ich dich.

LA FLÈCHE Volle Nase nicht entladen, ist gefährlich und bringt Schaden.

HARPAGON Willst du wohl schweigen?!

LA FLÈCHE Ich will nicht. Ich muß.

HARPAGON Oh, oh ...

LA FLÈCHE Hier ist noch eine Tasche. – Seid Ihr jetzt zufrieden?

HARPAGON Gib es heraus, ehe ich dich durchschaue.

LA FLÈCHE Was?

HARPAGON Was du mir genommen hast.

LA FLÈCHE Ich hab' Euch ja nichts genommen.

HARPAGON Wirklich?

LA FLÈCHE Wirklich.

HARPAGON Geh zum Teufel!

LA FLÈCHE Welch liebenswürdiger Abschied.

HARPAGON Wenn es dir wenigstens das Gewissen belastet ... Dieser spitzbübische Bandit, dieser lahme Hund macht mich rasend; ich mag ihn nicht sehen!

Vierte Szene

Harpagon, Élise, Cléante

HARPAGON Es ist wirklich qualvoll, einen großen Geldbetrag im Haus zu haben – wohl dem, der sein Vermögen gut angelegt hat und nur bei sich behält, was er für seine Ausgaben braucht. Wie schwierig ist es, ein verläßliches Versteck in einem Haus zu finden! Alle Truhen und Kasten sind verdächtig – auf die ist kein Verlaß ... sie wirken ja geradezu als Anreiz auf die Diebe, sie sind das erste Ziel, das man aufs Korn nimmt. Aber ich weiß auch nicht, ob es recht war, daß ich die zehntausend Taler, die man mir gestern zurückgezahlt hat, in meinem Garten vergraben habe. Zehntausend Taler in Gold, das ist ein allzu großer ... *die beiden erscheinen, sie unterhalten sich im Flüsterton.* Himmel! Jetzt habe ich mich selbst ausgeliefert. In der Aufwallung meines Gemüts ließ ich meine Gedanken lautwerden und ... Was gibt's?

CLÉANTE Nichts, mein Vater.

HARPAGON Seid ihr schon lange hier?

ÉLISE Nein, wir sind eben eingetreten.

HARPAGON Und ihr habt gehört ...

CLÉANTE Was denn, Vater?

HARPAGON Nun?

ÉLISE Was?

HARPAGON Was ich gesagt habe.

CLÉANTE Nein.

HARPAGON Doch, o doch!

ÉLISE Verzeihen Sie ...

HARPAGON Ich weiß genau, daß ihr einige Worte mit angehört habt. Ich sagte zu mir selbst, wie schwierig es heutzutage ist, Geld zu bekommen. Ich sagte: Wohl dem, der zehntausend Taler sein eigen nennt.

CLÉANTE Wir haben Sie nicht gleich angeredet, mein Vater, um Sie nicht zu unterbrechen.

HARPAGON Ich bin froh, daß ich euch das erklären kann, sonst faßt ihr alles falsch auf und glaubt am Ende, ich wäre der, der die zehntausend Taler hat.

CLÉANTE Wir mengen uns doch nicht in Ihre Geschäfte.

HARPAGON Wollte Gott, daß ich sie hätte, die zehntausend Taler!

CLÉANTE Ich glaube nicht, daß ...

HARPAGON Das wäre eine gute Sache!

ÉLISE Derartige Angelegenheiten ...

HARPAGON Ich könnte sie gut brauchen.

CLÉANTE Ich denke, daß ...

HARPAGON Sie kämen mir sehr zustatten.

ÉLISE Sie sind ...

HARPAGON Und ich müßte mich nicht länger über die schlechten Zeiten beklagen.

CLÉANTE Ach Gott, lieber Vater, Sie brauchen sich doch nicht zu beklagen, denn man weiß, daß Sie Geld genug haben.

HARPAGON Was? Ich habe Geld genug?! Wer das sagt, der lügt! Das ist der ärgste Irrtum der Welt – ein Schuft, wer alle diese verlogenen Gerüchte ausstreut!

ÉLISE Erzürnen Sie sich doch nicht so sehr.

HARPAGON Es ist wahrhaftig sonderbar, daß meine eigenen Kinder zu meinen Feinden werden und mich hintergehen!

CLÉANTE Man ist doch nicht Ihr Feind, wenn man sagt, daß Sie Geld haben.

HARPAGON Doch! Weil ihr es verbreitet und weil ihr so viel ausgebt, wird man mir eines Tages den Hals abschneiden; denn man denkt, daß ich mit Goldstücken ausgepolstert bin.

CLÉANTE Welche großen Ausgaben meinen Sie?

HARPAGON Welche? Gibt es etwas Erbitternderes als den üppigen Aufzug, in dem du dich in der ganzen Stadt zeigst? Gestern habe ich mit deiner Schwester gezankt – aber du, du treibst es ja noch viel ärger! Das schreit zum Himmel nach Sühne: die schönste Kapitalsanlage hast du auf dir, ohne jeden Ertrag – ich hab' dir's schon ein dutzendmal gesagt, Sohn, dein ganzes Betragen mißfällt mir fürchterlich; wie ein Adeliger spielst du dich auf – wenn du dich so ausstaffierst, mußt du mich ja bestehlen.

CLÉANTE Wie sollte ich Sie denn bestehlen?

HARPAGON Ich weiß nicht. Aber woher nimmst du die Mittel für deinen Putz?

CLÉANTE Ich spiele, Vater – und da ich Glück habe, stecke ich alles, was ich gewinne, in meine Kleidung.

HARPAGON Höchst unrichtig! Wenn du Glück im Spiel hast, mußt du alles, was du gewinnst, günstig anlegen, damit du eines Tages dann ... Ich möchte nur wissen, wozu diese Bänder gut sein sollen! Lassen wir alles andere, aber diese Bänder, mit denen du von Kopf bis Fuß bespickt bist – als ob man ein Beinkleid nicht auch mit einem halben Dutzend Nadeln befestigen könnte! Und natürlich wird Geld für Perücken verschwendet, wenn man seine eigenen Haare hat, die nichts kosten! Ich wette: an Perücken und Bändern trägst du mindestens zweihundert Pfund auf dir – und zweihundert Pfund bringen im Jahr achtzehn Pfund sechs Sous acht Deniers ein, wenn man sie halbwegs vorteilhaft anlegt.

CLÉANTE Sie haben recht.

HARPAGON Aber lassen wir das jetzt und reden wir von etwas anderem – wie? *für sich* Ich glaube, sie verständigen sich heimlich, wie sie mir meine Börse entwenden könnten. *zu den beiden* Was bedeutet diese Zeichensprache?

ÉLISE Wir wollten uns nur einigen, wer zuerst spricht, mein Bruder oder ich. Wir haben Ihnen beide etwas zu sagen.

CLÉANTE Vater, wir wollen mit Ihnen über das Heiraten sprechen.

HARPAGON Und ich möchte mich mit euch auch über das Heiraten unterhalten.

ÉLISE Oh, Vater!

HARPAGON Warum schreist du? Macht dir das Wort angst, Tochter, oder die Sache?

CLÉANTE Das Heiraten, so wie Sie es auffassen, kann uns beiden angst machen. Wir müssen fürchten, daß unsere Gefühle nicht mit Ihren Absichten übereinstimmen.

HARPAGON Geduld, Geduld! Beruhigt euch! Ich weiß ganz genau, was euch frommt – und ihr werdet alle beide keinen Grund haben, euch über das, was ich vorhabe, zu beklagen. Und jetzt wollen wir die Sache beim richtigen Ende anpacken. Sagt einmal: habt ihr eine junge Person gesehen, die nicht weit von uns wohnt und Mariane heißt?

CLÉANTE Ja, Vater.

HARPAGON *zu Élise* Und du?

ÉLISE Ich habe von ihr gehört.

HARPAGON Wie findest du dieses Mädchen, mein Sohn?

CLÉANTE Sie ist reizend.

HARPAGON Ihr Aussehen?

CLÉANTE Ehrsam und klug.

HARPAGON Ihr Wesen?

CLÉANTE Bewundernswert.

HARPAGON Verdient ein Mädchen wie diese Mariane, daß man sich ihrer annimmt?

CLÉANTE Gewiß, Vater.

HARPAGON Wäre sie als Gattin erstrebenswert?

CLÉANTE Sehr erstrebenswert.

HARPAGON Hätte sie nicht alle Anlagen zu einer guten Hausfrau?

CLÉANTE Sicherlich.

HARPAGON Wäre ein Gatte mit ihr wohl zufrieden?

CLÉANTE Zweifellos.

HARPAGON Da ist nur ein kleines Hindernis: ich fürchte, daß sie nicht so vermögend ist, wie es wünschenswert wäre.

CLÉANTE Ach, Vater, das Vermögen spielt keine solche Rolle, wenn man ein rechtschaffenes Mädchen heiratet.

HARPAGON Mag sein, gewiß doch – ich meine: wenn man nicht so viel Vermögen vorfindet, als man möchte, kann man das auf andere Weise hereinbringen.

CLÉANTE Versteht sich.

HARPAGON Nun denn, ich bin's zufrieden, daß ihr meine Meinung teilt, denn ihr rechtschaffenes Wesen und ihre Sanftmut haben mich so sehr für diese Mariane eingenommen, daß ich entschlossen bin, sie zu heiraten, sofern auch nur ein einigermaßen ansehnliches Vermögen vorhanden ist.

CLÉANTE Wie?

HARPAGON Was?

CLÉANTE Sie sind entschlossen, sagen Sie ...

HARPAGON ... Mariane zu heiraten.

CLÉANTE Was – Sie? Sie?

HARPAGON Ja, ich, ich, ich! Was hast du denn, was ist los?

CLÉANTE Ein plötzlicher Schwächeanfall – ich möchte mich zurückziehen.

HARPAGON Es wird schon nicht so schlimm sein. Geh in die Küche und trink ein Glas frisches Wasser. Diese jungen Schwächlinge von heute – nicht mehr Kraft als die Hühner! – also, liebe Tochter, das habe ich im Sinn, was mich betrifft. Dein Bruder bekommt eine Witwe, über die ich heute morgen Auskünfte eingeholt habe. Und dich gebe ich dem Herrn Anselme.

ÉLISE Dem Herrn Anselme?

HARPAGON Ja. Ein reifer Mann, vernünftig und klug, nicht über fünfzig. Er gilt als überaus vermögend.

ÉLISE *mit einer Reverenz* Ich möchte, bitte, nicht heiraten, mein Vater.

HARPAGON *ihre Reverenz nachahmend* Ich möchte, bitte, daß du heiratest, liebe Tochter.

ÉLISE Ich bitte um Entschuldigung, Vater ...

HARPAGON Ich bitte um Entschuldigung, Tochter ...

ÉLISE Ich habe für Herrn Anselme alle schuldige Hochschätzung, aber mit Ihrer gütigen Erlaubnis werde ich ihn nicht heiraten.

HARPAGON Ich habe für dich alle schuldige Hochschätzung, aber mit deiner gütigen Erlaubnis wirst du ihn heute abend heiraten.

ÉLISE Heute abend?

HARPAGON Heute abend.

ÉLISE Dazu kommt es nicht, Vater.

HARPAGON Dazu kommt es, Tochter.

ÉLISE Nein.

HARPAGON Doch.

ÉLISE Nein, sage ich Ihnen.

HARPAGON Doch, sage ich dir.

ÉLISE So etwas können Sie mir nicht aufzwingen.

HARPAGON So etwas kann ich dir aufzwingen.

ÉLISE Ich töte mich, ehe ich ihn heirate.

HARPAGON Du wirst dich nicht töten und ihn heiraten. So etwas von Unverschämtheit! Hat es je eine Tochter gewagt, auf solche Art zu ihrem Vater zu reden?

ÉLISE Hat je ein Vater seine Tochter auf solche Art verheiratet?

HARPAGON Bei dieser Verbindung geht es völlig mit rechten Dingen zu – ich wette, daß alle Welt meine Wahl billigen wird.

ÉLISE Und ich wette, daß kein Vernünftiger sie billigen wird.

HARPAGON Da ist Valère. Sollen wir sein Urteil in dieser Sache anhören?

ÉLISE Ja, damit bin ich einverstanden.

HARPAGON Wirst du dich seinem Spruch fügen?

ÉLISE Ja; ich will mich nach dem richten, was er sagt.

HARPAGON Vortrefflich.

Fünfte Szene

Valère, Harpagon, Élise

HARPAGON Komm zu uns, Valère! – Wir haben dich ausersehen, uns zu sagen, wer im Recht ist: meine Tochter oder ich.

VALÈRE Ihr seid im Recht, Herr, ganz zweifellos.

HARPAGON Weißt du denn, wovon wir reden?

VALÈRE Nein, aber Ihr könnt gar nicht im Unrecht sein, Ihr seid ja die personifizierte Vernunft.

HARPAGON Ich will sie heute abend mit einem ebenso reichen

wie klugen Mann vermählen, und diese Spitzbübin sagt mir ins Gesicht, daß sie nicht daran denkt, ihn zu heiraten. Wie findest du das?

VALÈRE Wie ich das finde?

HARPAGON Ja.

VALÈRE Nun …

HARPAGON Was sagst du?

VALÈRE Nun, ich sage: im Grunde wäre ich Eurer Meinung, denn Ihr könnt ja gar nicht anders als im Recht sein; doch hat andererseits auch sie wieder nicht völlig unrecht, und …

HARPAGON Wie? Herr Anselme ist eine vortreffliche Partie, ein vornehmer Mann aus bester Familie, manierlich, gesetzt, klug, überaus begütert und ohne Nachkommenschaft aus seiner ersten Ehe. Gibt es einen besseren Gatten für sie?

VALÈRE Ja, das ist wahr. Doch könnte sie einwenden, daß Ihr die Dinge ein klein wenig überstürzt, daß man vielleicht immerhin einige Zeit braucht, um zu erkennen, ob eine Übereinstimmung der Neigungen sich allmählich …

HARPAGON Man muß diese Gelegenheit schnell beim Schopf packen. Denn da ist ein Vorteil, den ich anderswo nicht finde: er ist bereit, sie ohne Mitgift zu nehmen …

VALÈRE Ohne Mitgift?

HARPAGON Ja.

VALÈRE Jetzt sage ich nichts mehr. Denn da haben wir den einleuchtendsten Beweggrund – dem muß man sich beugen.

HARPAGON Eine gewaltige Ersparnis für mich.

VALÈRE Das will ich meinen – dagegen läßt sich kein Wort vorbringen. Zwar könnte Eure Tochter Euch vorhalten, daß solch eine Eheschließung bedeutsamer ist, als man glauben möchte, daß es darum geht, ein Leben lang glücklich oder unglücklich zu sein, daß eine Verbindung, die erst der Tod auflöst, mit äußerster Umsicht abgeschlossen werden soll.

HARPAGON Ohne Mitgift!

VALÈRE Sehr richtig. Das entscheidet alles. Selbstverständlich. Es dürfte Leute geben, die Euch sagen könnten, daß die Neigung eines Mädchens vermutlich wert sein könnte, berücksichtigt zu werden, und daß eine bedeutende Ungleichheit des Alters, des Wesens und der Denkart gewisse unliebsame Zwischenfälle in einer Ehe herbeiführen könnten.

HARPAGON Ohne Mitgift!

VALÈRE Nein, da gibt es keinen Widerspruch, das ist einleuchtend. Nicht daß es nicht auch etliche Väter gäbe, die lieber das Einverständnis der Töchter im Auge hätten als das Geld, welches sie einbringen – die ihre Töchter um keinen Preis den eigenen Interessen zu opfern bereit wären und vor allem anderen trachteten, durch die Ehe jenen holden Einklang der Gefühle herzustellen, der dauerndes Behagen, Freude und Friedlichkeit sichert und ...

HARPAGON Ohne Mitgift!

VALÈRE Das ist wahr. Das bringt alles zum Schweigen. Ohne Mitgift! Wie könnte man sich einem solchen Vernunftgrund entziehen!

HARPAGON *für sich, in den Garten blickend* Oh, mir scheint, ich höre einen Hund bellen. Wenn man nach meinem Geld trachtete ... *zu Valère* Bleib – ich komme gleich wieder. *Ab.*

ÉLISE Wollen Sie mich durch derartige Reden verhöhnen, Valère?

VALÈRE Ich darf ihn nicht verstimmen – so komme ich ihm am besten bei! Offener Widerspruch würde alles verderben; es gibt Naturen, die man gewinnt, indem man sich ihnen anpaßt. Sie verabscheuen allen Widerstand, sie sind bockig, sie bäumen sich gegen die Wahrheit auf, sie sperren sich gegen jeden gesunden, vernünftigen Ablauf, und man bringt sie nur auf Umwegen an das erwünschte Ziel. Drum müssen Sie, reizende Élise, zum Schein auf seine Wünsche eingehen; dadurch dienen Sie unserem Zweck besser und ...

ÉLISE Aber diese Heirat, Valère?

VALÈRE Wir werden mit allen Mitteln trachten, sie zu verhindern.

ÉLISE Wie können wir uns denn wirksam verteidigen, wenn sie schon heute abend geschlossen werden soll?

VALÈRE Sie stellen sich krank und bitten um Aufschub.

ÉLISE Man wird mich entlarven, indem man Ärzte rufen läßt.

VALÈRE Jetzt scherzen Sie! Was verstehen denn die Ärzte? Nichts. Denen können Sie jedes Leiden vorspielen, das Ihnen gerade einfällt, und sie werden Ihnen genau nachweisen, woher es kommt.

HARPAGON *zurückkommend, für sich* Gott sei Dank, es war nichts.

VALÈRE Und als letzter Ausweg bleibt uns immer noch die Flucht, die uns vor allem Unheil bewahrt; wenn Ihre Liebe, schöne Élise, so standhaft, so unerschütterlich ... *er sieht Harpagon.* ... so standhaft, so unerschütterlich – ja, eine Tochter muß ihrem Vater gehorchen. Sie darf nicht danach fragen, wie ihr Zukünftiger beschaffen ist; wenn das große Wort ›ohne Mitgift‹ den Ton angibt, muß sie bereit sein, alles zu nehmen, was sie bekommt, standhaft, unerschütterlich.

HARPAGON Gut – das ist wohlgesprochen!

VALÈRE Ich bitte Euch um Vergebung, Herr, wenn ich mich ein wenig ereifere und mir die Freiheit nehme, mit ihr in diesem Ton zu sprechen.

HARPAGON Wie? – Im Gegenteil, das paßt mir ja gerade – Ich will sie ganz deiner Herrschaft überlassen. Ja, Élise, ohne Widerrede; die Macht über dich, die mir der Himmel verliehen hat, übertrage ich auf ihn – daß du mir nur ja alles tust, was er sagt!

VALÈRE Und jetzt kein Wort mehr gegen meine Anweisungen! – Ich will ihr nachgehen, Herr, und ihr weiter ins Gewissen reden.

HARPAGON Ja, ich bin dir sehr dankbar, und sie ...

VALÈRE Man muß sie scharf im Zaum halten.

HARPAGON Ja, ja, gewiß, und man ...

VALÈRE Bemüht Euch nicht weiter; ich bringe das schon fertig.

HARPAGON Nur zu! Ich gehe jetzt ein wenig in die Stadt, aber ich bleibe nicht lange aus.

VALÈRE *hinter Élise abgehend* Ja, das Geld ist kostbarer als alles andere auf der Welt, und Sie müssen dem Himmel danken, daß er Ihnen solch einen rechtschaffenen Vater beschert hat. Er kennt das Leben genau, und wenn ein Bewerber bereit ist, ein Mädchen ohne Mitgift zu nehmen, dann darf man auf nichts anderes sehen. Alles, alles ist darin beschlossen. ›Ohne Mitgift‹, das ersetzt Sicherheit, Jugend, Herkunft, Ehre und Klugheit und Anstand. *seine Stimme verklingt.*

HARPAGON Ein wackerer Bursche! Er spricht wie ein Buch. Glücklich, wer solch einen Prachtkerl in seinen Diensten hat!

Zweiter Akt

Erste Szene

Cléante, La Flèche

CLÉANTE Du bist ein Verräter! Wo steckst du denn? Habe ich dir nicht befohlen ...

LA FLÈCHE Ja, Herr, und ich habe Euch auch hier erwartet; doch Euer Vater, der unangenehmste Mensch unter der Sonne, hat mich hinausgeworfen, und beinahe hätte es sogar auch noch Prügel gegeben.

CLÉANTE Wie steht unsere Sache? Jetzt ist nämlich allerhöchste Eile geboten, denn seit ich dich zuletzt gesehen habe, mußte ich entdecken, daß mein Vater mein Rivale ist.

LA FLÈCHE Euer Vater ist verliebt?

CLÉANTE Ja, und ich war genötigt, ihm mit übermenschlicher Selbstbeherrschung zu verbergen, in welche Verlegenheit mich diese Entdeckung stürzt.

LA FLÈCHE Er gibt sich mit Liebe ab?! Was zum Teufel fällt ihm ein? Will er die Welt foppen? Die Liebe ist doch nichts für Leute, die so gebaut sind wie er!

CLÉANTE Daß ihm gerade das in den Sinn gekommen ist ... Nun büße ich wahrhaftig alle meine Sünden ab.

LA FLÈCHE Warum muß man denn Eure Liebe vor ihm geheimhalten?

CLÉANTE Um seinen Verdacht nicht zu wecken und mir Wege zur Verhinderung seiner Heirat offenzuhalten. Was für eine Antwort bringst du mir?

LA FLÈCHE Mein Gott, wer Geld aufnehmen will, ist übel dran, Herr; man muß viel durchmachen, wenn man genötigt ist, sich den Wucherern auszuliefern wie Ihr.

CLÉANTE Kommt das Geschäft nicht zustande?

LA FLÈCHE Ich bitte Euch! Der Makler Simon, der die Sache übernommen hat, ein sehr tatkräftiger und eifriger Herr, sagt, daß er für Euch durchs Feuer gegangen ist, weil Ihr schon durch Euer Äußeres sofort sein Herz gewonnen habt.

CLÉANTE Ah! – Ich bekomme also die fünfzehntausend Francs, die ich will?

LA FLÈCHE Ja; nur müßt Ihr auf einige kleine Bedingungen eingehen, wenn die Sache ins reine kommen soll.

CLÉANTE Hat Herr Simon dich mit dem Menschen bekannt gemacht, der das Geld leihen wird?

LA FLÈCHE O nein, so ist das nicht. Der Betreffende bemüht sich noch viel ängstlicher als Ihr, sich zu verstecken. Das ist eine Geheimnistuerei, von der Ihr Euch keinen Begriff macht. Man will um keinen Preis seinen Namen verraten und ihn noch heute an einem dritten Ort mit Euch zusammenbringen, damit Ihr selbst Aufschluß über Euren Besitz und Euren Stand gebt; ganz gewiß wird schon der Name Eures Vaters eine günstige Wendung herbeiführen.

CLÉANTE Vor allem aber der Hinweis darauf, daß man mir das Erbe meiner Mutter nicht streitig machen kann.

LA FLÈCHE Hier sind einige Richtlinien; er hat sie unserem Vermittler diktiert, und Ihr sollt sie Euch einprägen, ehe Ihr weitere Schritte unternehmt. »Wofern dem Verleiher alle Sicherheiten gewahrt werden, wofern überdies der Entleiher volljährig ist und aus einer Familie, deren Besitz anschaulich, festgegründet, unerschütterlich, wohlfundiert und frei von aller Belastung ist, wird eine regelrechte und genaue Verschreibung errichtet, und zwar vor dem rechtschaffensten Notar, der sich finden läßt und der zu diesem Ende von dem Verleiher bestimmt wird, welcher an der ordentlichen Ausführung der Akte ganz besonders interessiert ist.«

CLÉANTE Dagegen läßt sich nichts sagen.

LA FLÈCHE »Um sein Gewissen durch keinen Selbstvorwurf zu belasten, erklärt sich der Verleiher bereit, das Darlehen mit fünfeinhalb Prozent verzinsen zu lassen.«

CLÉANTE Fünfeinhalb Prozent! Das ist weiß Gott anständig! Darüber darf man sich wirklich nicht beklagen.

LA FLÈCHE Sehr richtig. »Da aber der besagte Verleiher die

betreffende Summe nicht flüssig hat und da er demgemäß, um dem Entleiher gefällig zu sein, genötigt ist, sie seinerseits bei einem Dritten zu einem Satz von zwanzig Prozent aufzunehmen, ergibt es sich, daß besagter Erstentleiher auch diese Zinsen, unbeschadet der erstgenannten, übernimmt, sintemalen der besagte Erstverleiher diese Anleihe nur im Interesse des Erstentleihers abschließt.«

CLÉANTE Wie? Teufel noch einmal! An welchen Juden oder Levantiner sind wir da geraten?! Das ist ja mehr als ein Viertel!

LA FLÈCHE Ja, das gleiche habe ich auch gesagt. Ihr müßt Euch die Sache gut überlegen.

CLÉANTE Was soll ich denn überlegen? Ich brauche Geld – so muß ich mit allem einverstanden sein.

LA FLÈCHE Genau das habe ich auch gesagt.

CLÉANTE Steht da noch etwas?

LA FLÈCHE Nur ein kleiner Absatz. »Von den verlangten fünfzehntausend Francs kann der Erstverleiher nur zwölftausend in bar entrichten. Als Gegenwert für den Rest erhält der Erstentleiher Kleidungsstücke, Ziergegenstände und Schmuckstücke laut folgender Liste; der Verleiher hat sie nach Treu und Glauben mit dem denkbar niedrigsten Preis bewertet.«

CLÉANTE Was heißt das?

LA FLÈCHE Jetzt kommt die Liste. »Erstens ein Bett mit vier Füßen und Borten aus ungarischer Stickerei auf olivfarbenen Vorhängen elegant aufgenäht, dazu sechs Stühle und eine passende Decke, alles gut erhalten und mit rot-blau schillerndem Taft gefüttert. Des weiteren ein Betthimmel aus feinem blaßrosa Serge mit seidenen Fransen und Quasten ...«

CLÉANTE Was soll ich damit anfangen?

LA FLÈCHE Wartet noch, Herr. »Des weiteren ein Vorhang, reich bestickt mit ländlichen Szenen. Des weiteren ein großer Tisch aus Nußholz auf zwölf gedrechselten Pfeilern, an beiden Enden ausziehbar, unten mit sechs Fußbrettern versehen ...«

CLÉANTE Was soll mir das, zum Donnerwetter?!

LA FLÈCHE Nur Geduld! »Ferner eine Bologneser Laute mit allen dazugehörigen Saiten bis auf die fehlenden. Desgleichen ein Tischkegelspiel, ein Damespiel und ein Gänsespiel, sämtlich überaus geeignet als Zeitvertreib für müßige Stunden. Letztlich die Haut einer Eidechse, dreieinhalb Fuß lang, mit Stroh ausgestopft, kann als Sehenswürdigkeit an der Zimmerdecke angebracht werden. Oberwähnte Gegenstände mit einem höchst entgegenkommend bezifferten Gesamtwert von mehr als viertausendfünfhundert Francs werden vom Verleiher uneigennützigerweise mit nur dreitausend Francs eingesetzt.«

CLÉANTE Die Pest soll ihn holen, diesen Lumpenkerl, diesen Halsabschneider mit seinem Entgegenkommen! Hat man je solch einen Wucher erlebt? Genügen ihm die aberwitzigen Zinsen nicht, muß er mir auch noch statt dreitausend Francs seinen wertlosen alten Krempel aufhalsen? Ich bekomme für das alles ja keine fünfhundert Francs – und ich muß trotzdem mit allem einverstanden sein, was er fordert. Er hat die Macht, mir seinen Willen aufzuzwingen, und er setzt mir das Messer an die Brust, der Schurke!

LA FLÈCHE Mit Verlaub, Herr, ich sehe Euch schon auf dem klassischen Weg in den Abgrund: Geld aufnehmen, teuer kaufen, billig verkaufen, die Eier essen wollen, noch ehe die Henne gackert.

CLÉANTE Was soll ich denn anfangen? So weit kommt die Jugend durch die vermaledeite Habsucht der Väter; da darf sich niemand wundern, wenn man als Sohn den Tod des Vaters herbeisehnt!

LA FLÈCHE Freilich, der Eure muß durch seine Habsucht den friedlichsten Menschen in Wut versetzen. Ich habe Gott sei Dank keine Neigung, die mich an den Galgen bringen könnte, und unter meinen Kameraden, welche sich in allerlei Geschäftchen einlassen, bleibe ich immer schön abseits und verzichte auf alle Streiche, die den Hals in Gefahr bringen – aber, unter uns gesagt, dieser Mensch und sein Benehmen könnten sogar aus mir einen Dieb machen – denn da wäre der Diebstahl ja geradezu ein Akt der Wohltätigkeit.

CLÉANTE Gib mir die Liste – ich möchte sie genau besehen.

Zweite Szene

Simon, Harpagon, Cléante, La Flèche

SIMON Ja, mein Herr, ein junger Mensch, der Geld braucht. Seine Geschäfte zwingen ihn dazu, und er wird allem zustimmen, was Sie fordern.

HARPAGON Aber glauben Sie, Herr Simon, daß keinerlei Gefahr besteht? Kennen Sie den Namen, das Vermögen und die Familie dieses Mannes?

SIMON Nein, ich kann Sie nicht genau ins Bild setzen, ich bin nur ganz von ungefähr an ihn geraten. Doch Sie sollen durch ihn selbst über alle Einzelheiten aufgeklärt werden. Und sein Mittelsmann hat mir versichert, daß Sie befriedigt sein werden, sobald Sie ihn kennenlernen. Ich kann Ihnen nur sagen, daß seine Familie überaus wohlhabend ist; er hat keine Mutter mehr und ist bereit, sich auf Wunsch zu verpflichten, daß sein Vater in spätestens acht Monaten stirbt.

HARPAGON Das wäre immerhin etwas. Die Tugend der Nächstenliebe verhält uns dazu, unseren Brüdern beizustehen, wenn wir dazu imstande sind.

SIMON Gewiß doch.

LA FLÈCHE *leise zu Cléante* Was bedeutet das? Unser Makler Simon besucht Euren Vater!

CLÉANTE *leise zu La Flèche* Hat man ihm hinterbracht, wer ich bin? Wärst du fähig, mich zu verraten?

SIMON *zu La Flèche* Oho, haben Sie es aber eilig! Wer hat Ihnen gesagt, daß Sie hierher kommen sollen? *zu Harpagon* Ich habe den beiden Ihren Namen und Ihre Wohnung ganz gewiß nicht verraten, mein Herr. Aber schließlich und endlich ist weiter nichts dabei; sie sind verschwiegen, und Sie können sich mit ihnen auch hier unterhalten.

HARPAGON Wie?

SIMON Das ist der Herr, der möchte, daß Sie ihm fünfzehntausend Francs leihen.

HARPAGON Was, du Galgenstrick, auf solche verbrecherische Abenteuer willst du dich einlassen?!

CLÉANTE Wie, mein Vater, Sie sind zu solchen üblen Schandtaten bereit?

Simon und La Flèche gehen ab.

HARPAGON Du willst dich durch unerträgliche Belastungen zugrunde richten?!

CLÉANTE Sie suchen sich durch unerlaubte Wucherzinsen zu bereichern?!

HARPAGON Und nach all dem wagst du es, vor mich hinzutreten?!

CLÉANTE Und nach all dem wagen Sie es, sich öffentlich zu zeigen?!

HARPAGON Sag mir: schämst du dich denn nicht derart maßloser Ausschweifungen, derart entsetzenerregender Ausgaben, einer derart schändlichen Vergeudung der Mittel, die deine Eltern im Schweiß ihres Angesichts so mühsam erworben haben?!

CLÉANTE Erröten Sie nicht, wenn Sie Ihr Ansehen durch solche Praktiken aufs Spiel setzen, wenn Sie Ihren Ruf und Ihren Leumund der unersättlichen Raffgier und Habsucht opfern und sich durch die erbärmlichen Methoden bereichern, welche die schlimmsten Wucherer ersonnen haben?!

HARPAGON Fort, aus meinen Augen, Halunke, fort, aus meinen Augen!

CLÉANTE Wer ist denn der Üblere, was meinen Sie: einer, der Geld aufnimmt, das er benötigt, oder einer, der Geld stiehlt, das er nicht benötigt?

HARPAGON Verschwinde, sage ich, laß mich endlich mit deinem Geschwätz zufrieden! *allein.* Dieser Zwischenfall kommt mir gar nicht ungelegen, denn er lehrt mich, daß ich mehr als je ein wachsames Auge auf ihn haben muß.

Dritte Szene

Frosine, Harpagon

FROSINE Mein Herr ...

HARPAGON Warte ein wenig. Ich bin gleich wieder hier. *für sich* Ich möchte nur geschwind ein wenig nach meinem Geld sehen.

Vierte Szene

La Flèche, Frosine

LA FLÈCHE Die Sache wird immer komischer. Nichts von dem, was auf der Liste steht, ist im Haus. Dieser Mensch muß irgendwo einen großen Trödlerladen haben.

FROSINE Du bist hier, mein lieber Freund?! Wie kommst du denn in dieses Haus?

LA FLÈCHE Ach, du bist's, Frosine? Was tust du denn hier?

FROSINE Was ich überall tue: ich vermittle, ich mache mich nützlich, ich trachte, aus meinen kleinen Fähigkeiten großen Profit zu ziehen. Du weißt es ja auch: man muß in dieser Welt von seinen Fertigkeiten leben, und einem Wesen meiner Art hat der Himmel keine andere Einnahmequelle mitgegeben als den Fleiß und die Begabung für die Intrige.

LA FLÈCHE Hast du einen Handel mit dem Herrn dieses Hauses?

FROSINE Ja, ich betreibe für ihn eine kleine Angelegenheit, bei der ich mir einige Entlohnung erhoffe.

LA FLÈCHE Von dem? Da mußt du sehr geschickt sein, wenn du etwas aus ihm herauslocken willst. Laß dir sagen, daß hier das Geld sehr teuer bezahlt wird.

FROSINE Gewisse Dienstleistungen sind immer ganz besonders einträglich.

LA FLÈCHE Gehorsamer Diener! Du kennst diesen Herrn Harpagon wohl nicht. Er ist von allen menschlichen Wesen das unmenschlichste menschliche Wesen, von allen Sterblichen der zäheste und härteste. Was immer man für ihn tut, seine Dankbarkeit geht nie so weit, daß er die Hände öffnet. Lobsprüche, Hochachtung, Wohlwollen, Freundschaft, in Worten, das ja, und reichlich – aber Geld? – nicht zu haben. Nichts ist trockener und dürrer und weniger ergiebig als seine Gunst und seine Zuneigung; und vor dem Wort ›geben‹ schaudert's ihn derart, daß er nie sagt »Ich gebe acht«, sondern »Ich leihe acht«.

FROSINE Mein Gott, ich verstehe mich darauf, die Leute anzuzapfen. Ich weiß ihre Neigung zu wecken, ihren Herzen zu schmeicheln und die Stellen zu entdecken, wo ihre Schwächen sitzen.

LA FLÈCHE Unsinn! Ich wette, daß du diesen Menschen in Sachen Geld nicht erweichen kannst. Der ist in diesem Punkt ein Heide, der reinste Heide unter den Heiden, man könnte vor seinen Augen zugrunde gehen, und er würde keinen Finger rühren. Mit einem Wort: er liebt das Geld mehr als Ehre, guten Ruf und Anstand; beim bloßen Anblick eines Bittstellers verfällt er in Krämpfe, denn da ist seine verwundbare Stelle berührt, das bricht ihm das Herz, das reißt ihm die Eingeweide aus dem Leib, und wenn . . . doch da kommt er. Ich verschwinde.

Fünfte Szene

Harpagon, Frosine

HARPAGON *für sich* Alles ist in bester Ordnung. *laut* Nun, was gibt's, Frosine?

FROSINE Mein Gott, mein Gott, wie gut es Ihnen gehen muß! Sie sehen ja aus wie die Gesundheit selbst!

HARPAGON Wie – ich?

FROSINE Ich habe Sie noch nie so frisch und munter gesehen.

HARPAGON Tatsächlich?

FROSINE Nein, nein, in Ihrem ganzen Leben waren Sie noch nie so jung wie heute, ich kenne Burschen von fünfundzwanzig, die sind älter als Sie!

HARPAGON Dabei, liebe Frosine, habe ich schon gute sechzig zu tragen.

FROSINE Ach, sechzig, was ist das denn? Die Blüte der Jahre, das schönste Alter für einen Herrn.

HARPAGON Das mag sein, aber zwanzig Jahre weniger – ich glaube, das täte mir gar nicht schlecht.

FROSINE Machen Sie sich nicht lächerlich! Das haben Sie doch nicht nötig – Sie sind aus einem Holz geschnitzt, das hundert Jahre hält.

HARPAGON Glaubst du?

FROSINE Unbedingt. So etwas merkt man. Lassen Sie einmal sehen – – ja, eben, hier, zwischen den Augen, da ist das Zeichen der Langlebigkeit.

HARPAGON Kennst du dich so gut aus?

FROSINE Natürlich! – Zeigen Sie einmal Ihre Hand. – Mein Gott, was für eine schöne Lebenslinie!

HARPAGON Ja?

FROSINE Sehen Sie nicht, wie lang diese Linie ist?

HARPAGON Und was bedeutet das?

FROSINE Weiß Gott – ich habe ›hundert‹ gesagt, aber das sind mindestens hundertzwanzig.

HARPAGON Wirklich und wahrhaftig?

FROSINE Nicht umzubringen! Sie werden noch Ihre Kinder und Kindeskinder begraben.

HARPAGON Das freut mich! – Und wie steht unsere Angelegenheit?

FROSINE Was für eine Frage! Habe ich je etwas angepackt und nicht zum besten Ende gebracht? Als Ehestifterin bin ich ja in meinem Element. Es gibt keine zwei Leute auf der Welt, die ich nicht in allerkürzester Zeit zueinanderbringen kann – – wenn ich es mir in den Kopf setze, verheirate ich den Sultan mit der Republik Venedig – und bei Ihrer Sache sind die Schwierigkeiten nicht halb so groß. Ich gehe im Haus der beiden Damen aus und ein, ich habe des langen und breiten über Sie gesprochen, ich habe der Mutter eröffnet, was Sie mit Mariane vorhaben, daß Sie sie auf der Straße und am Fenster gesehen haben . . .

HARPAGON Und ihre Antwort?

FROSINE Sie hat den Antrag mit Freude aufgenommen. Und als sie hörte, daß Sie heute abend den Ehekontrakt Ihrer Tochter abschließen und daß Mariane der Zeremonie beiwohnen soll, war sie einverstanden. Sie wird mir ihre Tochter anvertrauen.

HARPAGON Ich bin genötigt, Herrn Anselme heute zu bewirten – und ich möchte, daß Mariane an dem Essen teilnimmt.

FROSINE Ja; sie soll nach Tisch Ihrer Tochter die Aufwartung machen, dann mit ihr ein wenig ausfahren und hernach zur Tafel kommen.

HARPAGON Gut; ich leihe den beiden für die Fahrt meine Kutsche.

FROSINE Das ist vortrefflich!

HARPAGON Aber, Frosine, hast du dich mit der Mutter auch darüber unterhalten, was sie ihrer Tochter mitgeben muß? Hast du ihr beigebracht, daß sie dazuschauen soll, daß sie sich anstrengen muß, daß eine derartige Gelegenheit den stärksten Aderlaß rechtfertigt? Man heiratet schließlich kein Mädchen, wenn es nicht hübsch etwas mitbringt.

FROSINE Was denn? – dieses Mädchen bringt Ihnen ja zwölftausend im Jahr!

HARPAGON Zwölftausend im Jahr?

FROSINE Jawohl. Erstens: sie ist an ganz einfache Nahrung gewöhnt. Sie lebt von Salat, Milch, Käse und Kartoffeln, man muß ihr also keine reichbesetzte Tafel bieten, keine kräftigen Suppen, weder Gerstenschleim noch andere Leckerbissen, auf die unsere Damen Wert legen; das alles ist nicht billig und käme zumindest auf dreitausend Francs im Jahr. Zweitens: sie begnügt sich mit ganz einfacher Kleidung, sie wünscht sich keinen kostbaren Staat, keinen Schmuck, keine wertvollen Möbel, mit denen sich die anderen umgeben wollen – und das ergibt ganz gewiß viertausend im Jahr oder noch mehr. Außerdem: sie hat eine kräftige Abneigung gegen das Spiel – und das ist bei einer Frau von heute sehr ungewöhnlich; ich kenne eine, sie wohnt in meiner Nähe, die hat letztes Jahr zwanzigtausend Francs am Kartentisch verloren. Aber wir wollen nur ein Viertel davon nehmen ... fünftausend Francs als Spielverlust im Jahr, dazu viertausend für Putz und Schmuck, das sind neuntausend, und dreitausend für die Kost – macht das nicht, gering gerechnet, zwölftausend im Jahr?

HARPAGON Ja, das alles ist nicht schlecht, aber die Rechnung hat weder Hand noch Fuß.

FROSINE Ich bitte Sie: es soll weder Hand noch Fuß haben, daß Ihre künftige Frau Ihnen als Aussteuer Bedürfnislosigkeit mitbringt, den Hang zur Schlichtheit und Einfachheit in der äußeren Erscheinung als Kapital und dazu noch als solide Anlage einen Abscheu vor dem Glücksspiel?

HARPAGON Es ist doch ein schlechter Witz, daß eine Mitgift aus den Summen bestehen soll, die eine Frau nicht ausgibt! Was ich nicht in der Hand habe, kann ich nicht gutschreiben, also muß ich etwas bekommen.

FROSINE Ja, ja, Sie sollen auch etwas bekommen. Die beiden haben von einem Besitz im Ausland erzählt, auf den sie Anspruch haben.

HARPAGON Ja? Dem muß man nachgehen! – Aber, Frosine, mich beunruhigt noch etwas anderes. Die Person ist jung, nicht wahr, und die jungen Leute lieben immer nur ihresgleichen und stecken immer nur mit jungen Leuten zusammen. Ich fürchte: ein Mann in meinen Jahren ist nicht nach ihrem Geschmack, und das könnte mir Unannehmlichkeiten bereiten, die mir sehr unlieb wären.

FROSINE Ach, da kennen Sie sie aber schlecht. Das ist ja gerade noch ein weiterer Vorzug dieser Mariane, von dem ich Ihnen eben erzählen wollte. Sie hat auch eine heftige Abneigung gegen alle jungen Leute und mag nur alte Herren.

HARPAGON Nur?

FROSINE Nur. – Sie hätten sie hören sollen, wie sie über diesen Punkt gesprochen hat – nein, sie erträgt den Anblick eines jungen Mannes einfach nicht, und es gibt für sie nichts Entzückenderes, sagt sie, als wenn sie einen stattlichen Greis mit einem großmächtigen Bart sehen kann. Je älter einer ist, um so reizender erscheint er ihr, und ich möchte Sie warnen: machen Sie sich ja nicht jünger, als Sie sind. Denn für Mariane muß es mindestens ein Sechziger sein. Vor ein paar Monaten war sie schon so gut wie verlobt, aber von einem Tag auf den andern war's aus, denn es hat sich herausgestellt, daß ihr Zukünftiger erst sechsundfünfzig war und daß er zum Schreiben keine Brillen aufsetzen muß.

HARPAGON Nur deshalb?

FROSINE Nur. – Sie sagt, daß sechsundfünfzig ihr nichts bedeuten – und vor allem mag sie Nasen nicht, auf denen keine Brillen sitzen.

HARPAGON Das alles ist ganz neu für mich.

FROSINE Es ist noch nicht alles – es geht viel weiter, als man sich's vorstellen kann. Sie hat zum Beispiel in ihrem Zimmer Bilder und Stiche hängen – und was glauben Sie, wen sieht man da? Den Adonis, den Paris oder Apoll? Nein: den Göttervater Saturn, den König Priamus, den alten Nestor und Vater Anchises auf den Schultern seines Sohns Aeneas.

HARPAGON Oh, das finde ich herrlich! Nie hätte ich das erwartet; und es freut mich ganz besonders, daß sie so vernünftig ist. Ich als Frau – ich hätte auch die jungen Männer nicht geliebt.

FROSINE Das glaub' ich gern. Alles Unkraut, Grünschnäbel, Windbeutel, nicht wert, geliebt zu werden; ich weiß wirklich nicht, was an ihnen dran ist.

HARPAGON Mich geht es ja nichts an, aber ich verstehe nicht, daß die Frauen so hinter ihnen her sind.

FROSINE Weil sie nicht richtig im Kopf sind. Jungem, unreifem Gemüse nachlaufen, das soll vernünftig sein?! Sind denn das Männer, diese Milchbärte? Hat man denn an so etwas einen Halt?

HARPAGON Ich sag's ja immer! Die mit ihrer Haut wie Käse und ihren drei Haaren auf der Oberlippe und ihren flachsigen Perücken und ihren aufgebauschten Hosen und ihren kurzen Westen, die den Bauch freilassen!

FROSINE Bei Ihnen, ja, da sieht's anders aus! Das nenne ich einen Mann! Das läßt sich sehen, so muß man sein und so muß man sich kleiden, wenn man geliebt sein will.

HARPAGON Gefalle ich dir?

FROSINE Nur. Sie sind zum Entzücken, und Ihr Gesicht ist zum Malen. Drehen Sie sich einmal um, bitte! Ja – es gibt nichts Schöneres! Und wenn Sie sich bewegen – das ist eine Gestalt, wohlgeformt, gelenkig, strotzend, frei von aller Kränklichkeit.

HARPAGON Nein, mir fehlt wirklich nichts, bis auf einen gelegentlichen Hustenanfall.

FROSINE Na und? So ein Husten macht sich gar nicht schlecht – Sie husten sehr anmutig.

HARPAGON Sag einmal, Frosine, hat Mariane mich eigentlich schon gesehen? Bin ich ihr beim Vorübergehen aufgefallen?

FROSINE Nein, aber wir haben uns ausführlich über Sie unterhalten. Ich habe ihr ein Bild von Ihnen entworfen, ich habe nicht versäumt, Ihre Vorzüge herauszustreichen und durchblicken zu lassen, welche Auszeichnung es ist, einen Mann wie Sie als Gatten zu haben.

HARPAGON Das ist schön – ich danke dir!

FROSINE Und nun habe ich eine kleine Bitte. *seine Miene verzieht sich.* Ich bin in Gefahr, einen Prozeß zu verlieren, weil mir eine kleine Summe fehlt; und Sie könnten mir mühelos dazu verhelfen, daß ich den Prozeß gewinne, wenn Sie mir beistehen wollten. Sie haben keine Ahnung, wie diese Person darauf brennt, Sie kennenzulernen. *seine Miene wird heiter.* Und Sie werden ihr so gut gefallen, und von Ihrer altväterischen Halskrause wird sie ganz hingerissen sein, aber vor allem wird sie jubeln, daß Sie die Hose nur mit Nadeln an Ihrem Wams befestigen, ohne allen Bänderkrimskrams! Das macht sie toll – ein Freier mit einer angenadelten Hose ist das Höchste für sie.

HARPAGON Das höre ich sehr gern, meine gute Frosine.

FROSINE Dieser Prozeß ist für mich ungeheuer wichtig. *seine Miene verzieht sich.* Wenn ich ihn verliere, bin ich erledigt, aber eine kleine Unterstützung würde alles in Ordnung bringen. Hätten Sie gesehen, wie sie bei meinem Bericht über Sie gestrahlt hat! *seine Miene wird heiter.* Ihre Augen haben vor Vergnügen geleuchtet, als ich Ihre guten Eigenschaften aufzählte – und jetzt ist sie ganz außer sich vor Ungeduld, endlich die Ihre zu werden.

HARPAGON Also, meine beste Frosine, du hast mir große Freude bereitet – und ich muß dir sagen, daß ich dir großen Dank schulde.

FROSINE Ich bitte Sie, lieber Herr, gewähren Sie mir die kleine Hilfe, um die ich Sie ersuche. *seine Miene verzieht sich.* Dann stehe ich wieder fest auf beiden Beinen. Ich wäre Ihnen so unaussprechlich dankbar.

HARPAGON Leb wohl, ich muß noch einige Depeschen ausfertigen.

FROSINE Ich versichere Ihnen, lieber Herr, daß Sie mich aus der allerschlimmsten Gefahr retten würden.

HARPAGON Ich lasse anspannen – daß ihr dann in die Stadt fahren könnt.

FROSINE Ich würde Sie nicht bemühen, wenn ich nicht durch äußerste Not dazu gezwungen wäre.

HARPAGON Und ich werde darauf sehen, daß wir zeitig zu Abend essen, damit eure Gesundheit keinen Schaden leidet.

FROSINE Versagen Sie mir nicht diese Gunst, um die ich Sie bitte. Sie glauben gar nicht, was für ein Vergnügen es ihr bereitet hat, als sie . . .

HARPAGON Ich muß gehen. Man ruft mich. Auf Wiedersehen.

FROSINE *allein* Das Fieber soll dich heimsuchen, du widerwärtiger Hund, zum Teufel mit dir! Dieser Kerl war unempfindlich gegen alle meine Angriffe! Aber ich gebe das Spiel nicht auf – bei der Gegenseite wird doch wenigstens einiges für mich zu holen sein!

Dritter Akt

Erste Szene

Harpagon, Cléante, Élise, Valère, Claude, Jacques, Brindavoine, La Merluche

HARPAGON Also los, her mit euch allen, ich will meine Anordnungen treffen und jedem sagen, was er zu tun hat. Claude, ich beginne mit Ihnen. *sie hat einen Besen in der Hand.* Sie haben Ihre Waffe in der Hand – recht so. Ihre Aufgabe wird es sein, überall sauber zu machen. Achten Sie vor allem darauf, die Möbel nicht zu fest zu reiben, sonst werden sie abgenützt. Ferner übertrage ich Ihnen die Aufsicht über die Flaschen; wenn eine während des Essens verschwindet oder zerbricht, halte ich mich an Sie und zieh's Ihnen vom Lohn ab.

JACQUES *für sich* Das ist schlau!

HARPAGON Fort mit Ihnen. *Claude ab – wie im folgenden jeder nach Empfang der Anordnungen Harpagons.* Ihr beiden *er wendet sich an Brindavoine und La Merluche* habt das Amt, die Gläser zu säubern und nachzuschenken, aber nur, wenn jemand durstig ist, nicht so wie gewisse ungeschickte Bedienstete, die sich aufdrängen und die Gäste zum Trinken nötigen, wenn sie gar nicht ans Trinken denken. Ihr müßt warten, bis man euch mehrmals ruft, und dürft nicht vergessen, immer viel Wasser bereit zu haben.

JACQUES *für sich* Ja, ja, der unverdünnte Wein steigt zu Kopf.

LA MERLUCHE Sollen wir die Schürzen ablegen, Herr?

HARPAGON Ja, aber erst, wenn ihr die Gäste kommen seht; und gebt nur ja auf eure Gewänder acht.

BRINDAVOINE Ihr wißt, Herr, daß vorne auf meinem Wams ein großer Ölfleck ist.

LA MERLUCHE Und meine Hose, Herr, ist, wie Ihr wißt, hinten durchlöchert, und man sieht, mit Respekt zu sagen . . .

HARPAGON Still! Richte es so ein, daß du mit dem Rücken zur Wand zu stehen kommst, und zeige dich den Leuten nie von hinten. *zu Brindavoine* Und du halte den Hut immer so, wenn du eingießt. – Du aber, meine Tochter, mußt ein Auge auf alle Speisen haben, die aufgetragen und fortgebracht werden, und darauf sehen, daß nichts verlorengeht. Das schickt sich für ein Mädchen. Jetzt aber sei bereit, meine Zukünftige zu empfangen, die dich besuchen wird und mit der du ausfahren sollst. Hörst du?

ÉLISE Ja, mein Vater.

HARPAGON Und du, mein Sohn, du Gimpel, dem ich gnädig den Zwischenfall von vorhin nachsehen will, du wirst es dir nicht einfallen lassen, sie unfreundlich anzusehen.

CLÉANTE Ich, mein Vater? Weshalb sollte ich sie unfreundlich ansehen?

HARPAGON Mein Gott, man kennt ja die Launen der Kinder, wenn die Väter wieder heiraten. Man weiß, mit was für Augen sie die sogenannte Stiefmutter betrachten. Aber wenn du willst, daß ich deine letzte Schandtat vergesse, dann mußt du diese Person mit einem freundlichen Gesicht begrüßen und ihr so liebenswürdig entgegenkommen, als du nur kannst.

CLÉANTE Darf ich ehrlich sein, mein Vater? Ich kann Ihnen nicht versprechen, daß ich mich sehr freuen werde, weil sie meine Stiefmutter werden soll. Sagte ich Ihnen das, würde ich lügen. Was aber den liebenswürdigen Empfang und das freundliche Gesicht betrifft – in diesem Punkt will ich Ihnen gern gehorchen.

HARPAGON Tu zumindest dein möglichstes.

CLÉANTE Sie sollen keine Gelegenheit haben, sich über mich zu beklagen.

HARPAGON Das wird sehr vernünftig von dir sein. – Valère, du wirst ihn genau überwachen. – Ja, Meister Jacques, nun bist du an der Reihe – dich habe ich mir für das Ende aufgespart.

JACQUES Wollt Ihr zu Eurem Kutscher oder zu Eurem Küchenmeister sprechen, gnädiger Herr – ich bin ja beides.

HARPAGON Zu allen beiden, Jacques.

JACQUES Und zu welchem sprecht Ihr zuerst?

HARPAGON Zum Küchenmeister.

JACQUES Wartet, bitte, einen Augenblick. *er legt seine Kutscherjacke ab und ist darunter als Koch gekleidet.*

HARPAGON Was sind denn das für Umstände?

JACQUES Jetzt redet, gnädiger Herr.

HARPAGON Jacques, ich habe mich auf ein Abendessen eingelassen.

JACQUES Nein, so etwas! Das reinste Wunder!

HARPAGON Sag, wirst du etwas Gutes auftischen?

JACQUES Wenn Ihr mir das nötige Geld gebt.

HARPAGON Zum Teufel mit eurem ewigen Geld! Alles redet nur vom Geld! Gibt es denn keinen anderen Gesprächsstoff – immer nur Geld, Geld, Geld? Wo man hinhört: Geld! Das ist euer tägliches Brot: Geld, Geld, Geld, Geld . . .

VALÈRE Unser Meister Jacques ist wirklich höchst unverschämt – immer nur freche Antworten! Für viel Geld etwas Gutes auftischen, ein schönes Heldenstück! – nein, das ist wahrhaftig keine Hexerei, das bringt selbst der armseligste Stümper fertig. Der rechte Meister aber muß imstande sein, mit wenig Geld eine köstliche Tafel zu bestellen.

JACQUES Eine köstliche Tafel mit wenig Geld?.

VALÈRE Ja.

JACQUES Meiner Treu, Herr Haushofmeister, dieses Geheimnis sollten Sie uns verraten – am besten übernehmen Sie gleich mein Amt – Sie mischen sich ja ohnedies in alles ein, was hier vorgeht.

HARPAGON Ruhe! – Was brauchen wir denn?

JACQUES Hier, gnädiger Herr, hier ist ein Künstler, der Euch für wenig Geld ein köstliches Mahl bereitet.

HARPAGON Du sollst auf meine Frage antworten!

JACQUES Wie viele Leute werden bei Tische sein?

HARPAGON Acht bis zehn, aber wir rechnen nur mit acht. Essen für acht reicht auch für zehn.

VALÈRE Selbstverständlich.

JACQUES Also . . . viererlei ausgesuchte Suppen, fünf Zwischengerichte – Braten – die Suppen: Hummersuppe, Rebhuhnsuppe mit grünem Kohl, Kraftbrühe, Entensuppe mit Rübchen – als Zwischengerichte: Hühnerfrikassee, Pastetchen, mit Tauben gefüllt, Krebse, weiße Würstchen, Morcheln ...

HARPAGON Was denn, was denn – damit kann man ja eine ganze Stadt verköstigen!

JACQUES Die Braten auf einer Riesenschüssel kunstvoll aufgebaut: eine große Mastkalbslende, drei Fasane, drei Zuchtpoularden, zwölf gefüllte Tauben, zwölf Brathähnchen, zwölf Kaninchen, zwölf Rebhühner, zwei Dutzend Wachteln, drei Dutzend Schnepfen ...

HARPAGON *hält ihm den Mund zu* Schurke, du verkochst mein ganzes Vermögen!

JACQUES Als Beilagen ...

HARPAGON Genug!

VALÈRE Wollen Sie, daß die Leute platzen? Hat der gnädige Herr Gäste geladen, damit sie sich überfressen? Lesen Sie im Wegweiser für das gesunde Leben, fragen Sie die Ärzte, ob es etwas Schädlicheres für die Menschen gibt als übermäßige Nahrungsaufnahme!

HARPAGON Ganz recht.

VALÈRE Lassen Sie sich's gesagt sein, Herr Küchenmeister, Sie und Ihresgleichen, daß ein Tisch mit allzuvielen Gerichten einer Mordwaffe gleichkommt; wer sich als wahrhafter Freund seiner Gäste bewähren will, wird Zurückhaltung bei der Speisenfolge walten lassen, im Sinne der klassischen Maxime: Man muß essen, um zu leben, und nicht leben, um zu essen.

HARPAGON Oh, das ist gut gesagt!! Komm, laß dich umarmen für diesen Satz! Das ist das Schönste, was ich in meinem Leben gehört habe: Man muß leben, um zu essen, und nicht essen, um zu ... Nein, so war's nicht. Was hast du gesagt?

VALÈRE Man muß essen, um zu leben, und nicht leben, um zu essen.

HARPAGON Ja. Hörst du?! Welcher große Mann hat das gesagt?

VALÈRE Ich erinnere mich im Augenblick nicht an seinen Namen.

HARPAGON Vergiß nicht, diese Maxime für mich aufzuschreiben. Ich will sie in Goldbuchstaben über dem Kamin meines Speisezimmers anbringen lassen.

VALÈRE Ich werde es nicht vergessen. Was aber die Tafel betrifft, laßt mich nur machen. Ich kann alles aufs schönste vorbereiten.

HARPAGON Dann tu's.

JACQUES Um so besser – nun spare ich mir die Mühe.

HARPAGON Wir brauchen Speisen, von denen man wenig nimmt, weil sie schnell satt machen: fettes Lämmernes, dazu Kastanienpüree, das wird reichen.

VALÈRE Verlaßt Euch auf mich, Herr.

HARPAGON Und jetzt, Jacques, soll die Kutsche geputzt werden.

JACQUES Das geht den Kutscher an. *er schlüpft in die Jacke.* Ja, Herr?

HARPAGON Die Karosse soll geputzt, die Pferde sollen für die Ausfahrt bereitgestellt werden.

JACQUES Die Pferde, Herr? Mein Gott, die können ja nicht mehr laufen. Ich sage nicht: sie liegen auf der Streu. Ich wollte, ich könnte das sagen, aber sie haben ja keine Streu. Und Ihr laßt die armen Tiere derart hungern, daß sie nur noch Gespenster von Pferden sind, Schatten von Pferden, Gerippe in Pferdegestalt.

HARPAGON Sie sind heruntergekommen, weil sie nichts tun.

JACQUES Und wenn sie nichts tun, müssen sie darum auch nichts fressen? Es wäre besser für sie, viel zu tun und viel zu fressen. Mir bricht das Herz, wenn ich die Marter mitansehe, denn ich hab' diese Geschöpfe so gern, daß mir ist, als ob ich selbst mit ihnen zugrunde ginge; jeden Tag spare ich mir ihnen zuliebe etwas vom Munde ab – Man darf nicht so hart sein, Herr, und lebende Wesen derart grausam leiden lassen.

HARPAGON Eine kleine Ausfahrt in die Stadt ist keine schwere Arbeit.

JACQUES Nein, Herr, ich habe nicht das Herz, anzuspannen, ich wäre untröstlich, über Kreaturen in diesem jämmerlichen Zustand die Peitsche zu schwingen. Wie sollen sie eine Kutsche ziehen, sie können ja kaum sich selbst schleppen.

VALÈRE Ich werde den Lakaien unserer Nachbarn bitten, die Damen auszufahren; wir brauchen unseren Freund ja auch hier, um das Essen zu rüsten.

JACQUES Gut; sie sollen lieber unter einer fremden Hand statt unter meiner zugrunde gehen.

VALÈRE Unser Küchenmeister spielt den Beleidigten.

JACQUES Unser Haushofmeister spielt den Unentbehrlichen.

HARPAGON Keinen Streit, bitte!

JACQUES Ich kann Speichellecker und Schmeichler nicht leiden, gnädiger Herr; und ich durchschaue diesen Menschen – sein beständiges Schnüffeln, wieviel Brot und Wein und Salz und Licht verbraucht wird, das soll Euch nur kitzeln und Euch schöntun, aber ich koche vor Wut und ich bin außer mir, wenn ich immer wieder hören muß, wie die Leute über Euch reden. Denn – ob ich will oder nicht – ich mag Euch leiden, Herr – nach meinen Pferden seid Ihr mir das liebste Geschöpf unter der Sonne.

HARPAGON Willst du mir sagen, Jacques, was die Leute über mich reden?

JACQUES Ja, Herr, wenn ich sicher sein könnte, daß es Euch nicht ärgert.

HARPAGON Nein, ganz gewiß nicht.

JACQUES Aber, mit Verlaub, ich weiß genau, ich weiß sehr gut, daß ich Euch erzürnen werde.

HARPAGON Nein, gar nicht, sage ich dir. Im Gegenteil, du wirst mich erfreuen. Es verlangt mich, zu hören, wie man über mich redet.

JACQUES Wenn Ihr es denn wollt, Herr, dann sage ich geradeheraus, daß man Euch überall auslacht; daß man uns Euretwegen von allen Seiten Spottworte nachruft, daß man Euch mit wahrer Wonne verhöhnt und sich die tollsten Historien über Eure Habsucht erzählt. Die einen sagen: Ihr laßt eigene Kalender drucken, in denen die Fasttage verdoppelt sind, damit Ihr Eurem Gesinde weniger zu essen geben könnt – die anderen sagen, daß Ihr mit Euren Leuten immer vor den Feiertagen Streit anfangt – oder nachdem sie den Dienst aufgesagt haben –, nur damit Ihr um die Geschenke herumkommt. Man hört, daß Ihr den Kater eines

Nachbarn einmal vor Gericht stellen wolltet, weil er Euch ein Restchen Hammelkeule weggefressen hatte – daß Ihr eines Nachts Euren eigenen Pferden den Hafer stibitzt habt – Euer Kutscher, mein Vorgänger, soll Euch in der Dunkelheit etliche Stockhiebe versetzt haben, deren Ihr nie Erwähnung tatet. Mit einem Wort: man kann sich nirgends zeigen, ohne daß man die schlimmsten Lästerungen über Euch anhören muß. Ihr seid eine komische Figur und das Gespött für alle Welt, und man nennt Euch nie anders als den Geizhals, den Geizkragen, den Knicker, den Filz, den Halsabschneider.

HARPAGON *schlägt ihn* Und du bist ein Dummkopf, ein Frechdachs, ein Schelm und ein Lump!

JACQUES Hab' ich's nicht vorhergesagt?! Ihr wolltet mir nicht glauben. Ich hab' gewußt, daß ich Euch erzürne, wenn ich die Wahrheit sage.

HARPAGON Ich will dich reden lehren!

Zweite Szene

Jacques, Valère

VALÈRE Man lohnt Ihnen die Aufrichtigkeit recht übel, Meister Jacques.

JACQUES Was geht es Sie an, Sie neugebackener Haushofmeister, warum mischen Sie sich überall ein? Lachen Sie über die Schläge, die Sie bekommen werden, nicht über meine.

VALÈRE Bitte, lieber Meister Jacques, geraten Sie nicht in Zorn.

JACQUES *für sich* Jetzt spielt er den Sanften. Ich will mich recht grimmig stellen – und wenn er dumm genug ist, sich zu fürchten, dann soll er etwas zu spüren bekommen. *Laut* Wissen Sie, daß mir nicht so nach Gelächter zumute ist wie Ihnen, Herr? Und wenn Sie mich reizen, dann mache ich, daß Sie Ihr Gesicht ganz anders verziehen!

VALÈRE *den Jacques drohend quer über die Bühne bis an die Wand drängt* Sachte, sachte!

JACQUES Wie, sachte? – Nein, ich will nicht.

VALÈRE Ich bitte Sie.

JACQUES Sie sind ein Tropf!

VALÈRE Lieber Meister Jacques!

JACQUES Nichts da, ›Lieber‹! Ich will Sie den Stock schmekken lassen.

VALÈRE Den Stock?

JACQUES *den Valère nun drohend quer über die Bühne drängt* So war's nicht gemeint.

VALÈRE Lassen Sie sich gesagt sein, Lümmel, daß ich Sie etwas schmecken lasse, wenn ich will.

JACQUES Gewiß, gewiß.

VALÈRE Daß Sie nichts weiter sind als ein schäbiger Stümper von einem Koch.

JACQUES Ich weiß.

VALÈRE Und daß Sie mich noch kennenlernen sollen.

JACQUES Nein, lieber nicht!

VALÈRE Sie wollen mich den Stock schmecken lassen?

JACQUES Das war nur im Scherz gesagt.

VALÈRE Ich bin aber nicht zum Scherzen aufgelegt. *er schlägt ihn mit dem Stock* Sie elender Witzbold! Ich mag Ihre Scherze nicht!

JACQUES *allein* Der Henker soll die Ehrlichkeit holen – mit der ist kein Geschäft zu machen. Ich will ihr für alle Zukunft abschwören – Nie mehr sage ich die Wahrheit. – Mein Herr – das ginge ja noch an, er hat das Recht, mich zu prügeln – aber dieser Haushofmeister, nein – an dem will ich mich rächen, sobald ich kann.

Dritte Szene

Mariane, Frosine, Jacques

FROSINE Lieber Jacques, ist Ihr Herr zu Hause?

JACQUES Ja, er ist zu Hause, das weiß ich nur zu gut.

FROSINE Sagen Sie ihm, bitte, daß wir hier sind.

Vierte Szene

Frosine, Mariane

MARIANE Ach, Frosine, mir ist so seltsam zumute; sollte ich verraten, was ich empfinde, dann müßte ich sagen: mich schaudert's vor dieser Begegnung.

FROSINE Warum, was beunruhigt Sie denn, liebste Mariane?

MARIANE Ach, wie können Sie das fragen?! Wissen Sie nichts von dem Schrecken, der ein weibliches Wesen angesichts der Folter befällt, welcher man es preisgeben will?

FROSINE Ja, man kann auf angenehmere Art sterben als durch die Umarmung des Herrn Harpagon; und ich merke Ihnen an, daß Ihnen der junge Stutzer, von dem Sie mir erzählt haben, nicht aus dem Kopf gehen will.

MARIANE Liebe Frosine, ich will es nicht beschönigen; ich muß gestehen, daß seine Artigkeiten bei seinen Besuchen in unserem Haus mein Herz bewegt haben.

FROSINE Und wissen Sie, wer er ist?

MARIANE Nein, das weiß ich nicht, doch weiß ich, daß er geschaffen ist, Liebe zu erwecken. Und hätte ich die Wahl, ich nähme ihn lieber als jeden anderen – er trägt viel dazu bei, daß der Gatte, den man mir bestimmt hat, mir derartigen Schrecken einflößt.

FROSINE Ach ja, alle diese jungen Stutzer sind angenehm anzusehen und verstehen sich auf allerlei Artigkeiten. Aber sie sind fast alle bettelarm; für Sie, Mariane, ist's viel besser, einen Alten zu nehmen, der Sie reich macht. Ich gebe zu, daß die Sinne dabei nicht auf ihre Rechnung kommen; einen gewissen Widerwillen muß man angesichts eines solchen Gatten gewiß überwinden. Aber dafür dauert es nicht lange. Glauben Sie mir: sein Tod wird Sie bald in die Lage versetzen, einen liebenswürdigeren Mann zu wählen, der alles wiedergutmacht.

MARIANE Mein Gott, Frosine, es ist doch seltsam, daß man, um glücklich zu sein, das Ableben eines Menschen herbeisehnen oder zumindest abwarten muß. Und der Tod hält sich nicht an das, was wir uns vornehmen.

FROSINE Aber ich bitte Sie! Sie heiraten ihn unter der Bedingung, daß Sie bald Witwe sind; das ist eine Klausel des Ehekontrakts. Und es wäre die ärgste Unverschämtheit, wenn er nicht binnen dreier Monate sterben wollte. – Doch da ist er in höchsteigener Person.

MARIANE Ach, Frosine, was für eine traurige Figur!

Fünfte Szene

Harpagon, Frosine, Mariane

HARPAGON Lassen Sie sich's nicht verdrießen, Allerschönste, wenn ich mit Brillen vor Ihnen erscheine. Ich weiß, daß Ihre Reize in die Augen springen und für alle Welt offensichtlich sind und keiner Brille bedürfen, um wahrgenommen werden zu können; aber man betrachtet die Himmelskörper durch Gläser, und ich meine und behaupte, daß Sie ein Himmelskörper sind, der himmlischste Himmelskörper im ganzen großen Himmel. – Frosine, sie sagt kein Wort – mir scheint: sie hat keine Freude, mich zu sehen.

FROSINE Weil sie noch ganz überwältigt ist; alle Mädchen schämen sich zunächst, wenn sie offenbaren sollen, wie es in ihrem Herzen aussieht.

HARPAGON Ja, da hast du recht. *zu Mariane* Hier, meine allerliebste Schöne, hier kommt meine Tochter, um Sie zu begrüßen.

Sechste Szene

Élise, Harpagon, Mariane, Frosine

MARIANE Ich habe allzu lange gezögert, Verehrte, Ihnen meine Aufwartung zu machen.

ÉLISE Sie haben getan, Verehrte, was an mir gewesen wäre; es hätte sich gehört, daß ich Ihnen zuvorkomme.

HARPAGON Sehen Sie nur, wie groß sie ist! Aber Unkraut wächst sich schnell aus.

MARIANE *leise zu Frosine* Er ist unausstehlich!

HARPAGON Was sagt meine Allerliebste?

FROSINE Sie findet Sie bewundernswert.

HARPAGON Zuviel Ehre, mein allerliebstes Schätzchen!

MARIANE *leise* Was für ein Unhold!

HARPAGON Ich bin Ihnen so dankbar für Ihre Empfindungen.

MARIANE *leise* Das ertrage ich nicht länger.

HARPAGON Hier kommt auch mein Sohn, um Ihnen seine Ehrerbietung zu bezeigen.

MARIANE *leise zu Frosine* Ach, Frosine, welches Zusammentreffen! Er ist's, er, von dem ich eben gesprochen.

FROSINE *zu Mariane* Ein köstliches Abenteuer.

HARPAGON Ich sehe, daß Sie staunen, weil ich so große Kinder habe; aber die kommen bald aus dem Haus, alle beide.

Siebente Szene

Cléante, Harpagon, Élise, Mariane, Frosine, Valère

CLÉANTE Verehrteste, ich muß gestehen, daß ich auf diese Begegnung nicht vorbereitet war; denn mein Vater hat mir keine geringe Überraschung bereitet, als er mir eben erst seine Absichten enthüllte.

MARIANE Ich kann das gleiche sagen. Das unerwartete Zusammentreffen überrascht mich wie Sie, und ich habe mit dieser Begegnung in keiner Weise gerechnet.

CLÉANTE Gewiß könnte mein Vater keine schönere Wahl treffen, Verehrteste, und die Ehre, Sie zu sehen, ist für mich höchst erfreulich; doch will ich Ihnen damit nicht sagen, daß mir die Aussicht, ich könnte in Ihnen meine Stiefmutter sehen, willkommen wäre. Dieses Kompliment will mir nicht über die Lippen – denn es gibt, mit Verlaub, einen Rang, den ich mir für Sie nicht wünsche. Ich weiß, diese Worte könnten für manche Ohren grausam klingen, doch Sie vermögen sie ganz gewiß richtig zu verstehen: daß sie nämlich einer Heirat gelten, Verehrteste, mit der ich, wie Sie sich ausmalen können, nicht einverstanden zu sein imstande bin – die, wie Sie einsehen werden, da Sie wissen, wer ich bin, meinen Wünschen zuwiderläuft – einer Heirat, mit einem Wort, die – wenn ich mit der gütigen Erlaubnis meines Vaters sagen darf, was geschähe, wenn es nach mir ginge – nicht zustande kommen würde.

HARPAGON Das ist aber ein unverschämtes Kompliment! Schöne Sachen sagst du ihr da.

MARIANE Und ich, wenn ich Ihnen antworten soll, möchte Ihnen sagen, daß die Meinungen auf Gegenseitigkeit beruhen. Wenn Sie nicht einverstanden wären, mich als Stiefmutter zu sehen, wäre ich es ebensowenig, Sie als Stiefsohn zu sehen. Denken Sie nicht, ich bitte Sie, daß ich schuld an diesem Ihrem Unbehagen bin, denn es wäre mir sehr schmerzlich, Sie zu enttäuschen; und sähe ich mich nicht durch unabweisliche Notwendigkeit dazu gezwungen – ich gäbe Ihnen mein Wort, daß ich einer Heirat, die Sie bekümmert, nie zustimmen würde.

HARPAGON Ganz recht hat sie! Einem dummen Kompliment gebührt eine ebensolche Antwort! Verzeihen Sie, meine Allerschönste, daß ich einen unverschämten Sohn habe. Er ist ein junger Schwachkopf und kann die Bedeutung der Worte, die er sagt, noch nicht abschätzen.

MARIANE Ich versichere Ihnen, daß seine Reden mich keineswegs beleidigt haben, im Gegenteil: er hat mir durch die Erklärung seiner wahren Gefühle Vergnügen bereitet. Ich bin froh über ein derartiges Geständnis; und hätte er anders zu mir gesprochen, hätte ich ihn weniger gern.

HARPAGON Sie sind zu gütig, wenn Sie seine Fehler mit solcher Nachsicht hinnehmen. Allmählich wird er klüger werden – Sie werden sehen, daß seine Gefühle sich ändern.

CLÉANTE Nein, Vater, ich bin nicht imstande, mich zu ändern; ich bitte die Verehrte inständig, mir das zu glauben.

HARPAGON Nein, das ist aber jetzt wirklich unerhört! Es wird ja immer ärger.

CLÉANTE Soll ich mein Herz verleugnen?

HARPAGON Auch das noch? Willst du endlich damit aufhören?!

CLÉANTE Nun denn, da Sie wünschen, daß ich nicht so weiterrede: gestatten Sie, Verehrteste, daß ich an meines Vaters Stelle trete. Ich bekenne, daß ich im Leben nichts Liebenswerteres gesehen habe als Sie, daß ich kein größeres Glück erleben könnte als: Ihnen zu gefallen; Ihr Gatte zu sein wäre ein Segen, eine Seligkeit, die ich dem Los der Größten und Mächtigsten vorzöge. Ja, Verehrteste, Sie zu besitzen scheint mir die höchste, die äußerste der Freuden, und dahin sei all mein Streben gerichtet. Es gibt nichts, was ich nicht zu tun vermöchte, um dieses heißersehnte Ziel zu erreichen; und selbst die gewaltigsten Hindernisse . . .

HARPAGON Halt, mein Sohn, halt!

CLÉANTE Ich mache der Dame in Ihrem Namen ein Kompliment.

HARPAGON Ich bin ja nicht stumm, ich kann selbst reden; ich brauche dich nicht als Zwischenhändler. He, bringt Stühle her.

FROSINE Nein, es ist besser, daß wir gleich ausfahren und um so früher zurückkommen – Sie haben später noch Zeit genug, sich weiter zu unterhalten.

HARPAGON Dann soll man anspannen. Entschuldigen Sie mich, Allerschönste, wenn ich es versäumt habe, Ihnen vor der Ausfahrt eine Erfrischung anzubieten.

CLÉANTE Ich habe vorgesorgt, mein Vater, und in Ihrem Namen einige Schalen mit Südfrüchten und Konfekt bestellt.

HARPAGON *leise zu Valère* Valère!

VALÈRE *zu Harpagon* Er ist toll geworden.

CLÉANTE Oder finden Sie, mein Vater, daß dies zu wenig ist? Unser verehrter Gast wird uns gütigst entschuldigen.

MARIANE Das wäre nicht nötig gewesen.

CLÉANTE Haben Sie je einen strahlenderen Diamanten gesehen, Verehrteste, als jenen, welchen mein Vater an seinem Finger trägt?

MARIANE Ja, wirklich, er hat ein schönes Feuer.

CLÉANTE *zieht den Ring vom Finger seines Vaters und gibt ihn Mariane* Sie müssen ihn näher betrachten.

MARIANE Er ist wunderschön und von ganz besonderem Glanz.

CLÉANTE *hindert Mariane daran, den Ring zurückzugeben* Nein, Verehrteste! Er ist in zu schönen Händen – mein Vater macht ihn Ihnen zum Geschenk.

HARPAGON Was?

CLÉANTE *zu Harpagon* Was ist da zu fragen? *zu Mariane* Er bittet Sie durch mich, ihn anzunehmen.

MARIANE Ich möchte nicht . . .

CLÉANTE Sie scherzen wohl. Er wird ihn nicht zurücknehmen.

HARPAGON *für sich* In mir kocht es.

MARIANE Das wäre . . .

CLÉANTE Nein, sage ich, das hieße, ihn beleidigen.

MARIANE Ich muß Sie bitten . . .

CLÉANTE Auf keinen Fall!

HARPAGON *für sich* Daß die Pest . . .

CLÉANTE Hören Sie, wie die Weigerung ihn erzürnt!

HARPAGON *leise zu Cléante* Du Schurke!

CLÉANTE Sehen Sie seine Verzweiflung!

HARPAGON *leise zu Cléante, ihm drohend* Verbrecher!

CLÉANTE Ich kann nichts dafür, mein Vater, ich tue mein möglichstes, sie zur Annahme zu bewegen, doch sie bleibt standhaft.

HARPAGON *wie oben* Lumpenkerl!

CLÉANTE Sie sind die Ursache, Verehrte, daß mein Vater mir zürnt.

HARPAGON *wie oben* Schuft!

CLÉANTE Sie machen ihn ganz krank. Sträuben Sie sich um Himmels willen nicht länger.

FROSINE Mein Gott, was für Umstände! Behalten Sie doch den Ring, da Herr Harpagon es wünscht.

MARIANE Um Sie nicht länger zu ärgern, behalte ich ihn jetzt und will ihn zu gelegener Zeit zurückgeben.

Achte Szene

Harpagon, Mariane, Frosine, Cléante, Brindavoine, Élise, Valère

BRINDAVOINE Gnädiger Herr, ein Mann möchte mit Ihnen sprechen.

HARPAGON Sag ihm, ich habe keine Zeit, er soll ein andermal kommen.

BRINDAVOINE Er sagt, daß er Ihnen Geld bringt.

HARPAGON Verzeihung, ich bin gleich wieder da.

Neunte Szene

Harpagon, Mariane, Cléante, Élise, Frosine, La Merluche, Valère

LA MERLUCHE *tritt eilig auf und rennt dabei Harpagon um* Gnädiger Herr ...

HARPAGON Oh, ich bin tot.

CLÉANTE Mein Vater, mein Vater, was ist geschehen? Sind Sie verletzt?

HARPAGON Dieser Hund ist von meinen Schuldnern bestochen worden, mir das Genick zu brechen.

VALÈRE Zum Glück ist's nichts Schlimmes.

LA MERLUCHE Um Vergebung, gnädiger Herr, ich wollte mich beeilen.

HARPAGON Was suchst du hier, du Gauner?

LA MERLUCHE Die beiden Pferde haben ihre Hufeisen verloren.

HARPAGON Dann soll man sie gleich zum Schmied führen.

CLÉANTE Und während sie beschlagen werden, will ich Sie als Gastgeber vertreten, mein Vater, und den Damen im Garten eine Erfrischung reichen lassen.

HARPAGON Valère, du siehst nach dem Rechten und achtest

darauf, ich bitte dich, daß möglichst viel übrig bleibt und zum Kaufmann zurückgetragen wird.

VALÈRE Versteht sich.

HARPAGON *allein* O du Teufel von einem Sohn! Willst du mich ganz und gar zugrunde richten?!

Vierter Akt

Erste Szene

Cléante, Mariane, Élise, Frosine

CLÉANTE Nun können wir getrost hierher zurückkommen – niemand beobachtet uns – wir dürfen endlich frei reden.

ÉLISE Ja, mein Fräulein, Cléante hat mir seine Liebe zu Ihnen offenbart. Ich kenne die Kümmernisse und Schmerzen, wenn die Erfüllung der Wünsche gefährdet scheint; doch glauben Sie mir, daß ich mit zärtlichster Sorge an Ihrem Schicksal Anteil nehme.

MARIANE Es tut sehr wohl, daß man sich solcher Sympathien sicher weiß wie der Ihren; ich beschwöre Sie, mein Fräulein, bewahren Sie mir allezeit diese selbstlose Freundschaft, die mich ein grausames Schicksal leichter tragen läßt.

FROSINE Ach, was seid ihr beide doch für unglückselige junge Leute, daß ihr nicht zuallererst mich in eure Angelegenheit eingeweiht habt! Ich hätte gewiß alle Schwierigkeiten von euch abgewendet, statt die Dinge dahin zu bringen, wo sie jetzt leider sind.

CLÉANTE Was soll's? Mein Vater wollte es so. Doch was werden Sie beschließen, schöne Mariane?

MARIANE Mein Gott, kann ich denn etwas beschließen? Kann ich in meiner Zwangslage mehr tun als Wünsche hegen?

CLÉANTE So hat Ihr Herz mir keine andere Verheißung zu bieten als bloße Wünsche? Keine tatkräftige Zuneigung? Keine hilfreiche Güte? Keine entschlossene Liebe?

MARIANE Was soll ich Ihnen antworten? Versetzen Sie sich in meine Lage und sehen Sie selbst, was ich tun darf. Entscheiden Sie, planen Sie, ich will mich Ihnen anvertrauen, denn ich halte Sie für verständig genug, mir nichts zuzumuten, was die Ehre und den Anstand verletzt.

CLÉANTE Oh, warum binden Sie mir die Hände durch die ärgerlichen Vorschriften einer mißverstandenen Ehre und eines übertriebenen Anstandes?!

MARIANE Was bleibt mir übrig? Könnte ich selbst die zahlreichen Rücksichten außer acht lassen, an die mein Geschlecht gebunden ist, habe ich doch Achtung vor meiner Mutter. Mit so viel Liebe und Geduld hat sie mich großgezogen, daß ich nicht imstande bin, sie zu kränken. Auf sie müssen Sie einwirken, ja, wagen Sie das Äußerste, um sie zu gewinnen. Sie dürfen tun und sagen, was Sie wollen, ich ermächtige Sie dazu – und wenn alles davon abhängt, daß man mich vor die Wahl stellt und daß ich mich zu Ihren Gunsten entscheide, werde ich selbst offenbaren, was ich für Sie empfinde.

CLÉANTE Frosine, gute Frosine, willst du uns helfen?

FROSINE Das müssen Sie mich weiß Gott nicht fragen! Von ganzem Herzen wollt' ich's. Sie wissen ja, daß ich meine Menschlichkeit nicht verleugnen kann. Mein Herz ist nicht von Stein, und ich bin nur allzu gern bereit, hilfreich zu sein, wenn ich Leute sehe, die wahrhaft und in allen Ehren lieben. Was also können wir tun?

CLÉANTE Denk nach, ich bitte dich!

MARIANE Zeig uns einen Ausweg!

ÉLISE Laß dir etwas einfallen, um zunichte zu machen, was du herbeigeführt hast!

FROSINE Gar nicht einfach. *zu Mariane* Ihre Mutter ist nicht unvernünftig; man könnte ihr mit Erfolg zureden, das, was sie dem Vater geben wollte, dem Sohn zugute kommen zu lassen. *zu Cléante* Die Sache hat nur einen Haken: Ihr Vater ist Ihr Vater.

CLÉANTE Allerdings.

FROSINE Das bedeutet: er wird aufsässig, wenn er merkt, daß man ihn verschmäht, und gibt dann um keinen Preis die Einwilligung zu Ihrer Heirat. Wenn wir erfolgreich sein wollen, müßte die Ablehnung von ihm kommen – wir sollten also versuchen, ihn auf irgendeine Weise gegen Sie *sie meint Mariane* aufzubringen.

CLÉANTE Sehr gut.

FROSINE Ja, ich weiß, das ist sehr gut! So wird es glücken. Aber wie stellt man's an, zum Teufel! Wartet einmal: wenn wir eine Frau auftreiben, ungefähr in meinem Alter und halbwegs so gescheit wie ich, die eine Dame von Stand vorstellen kann, mit Hilfe eines schnell zusammengeholten Gefolges und mit einem ausgefallenen Titel, sagen wir: Großherzogin von Klein-Britannien, dann müßte es mir gelingen, Ihrem Vater einzureden, daß sie sehr reich ist und außer dem Grundbesitz bare hunderttausend Taler ihr eigen nennt ... daß sie rasend verliebt in ihn ist und darauf brennt, seine Frau zu werden und ihm alles, was sie besitzt, im Heiratskontrakt zu überschreiben, dann wird er wohl für diesen Vorschlag zu haben sein; denn er liebt Sie zwar heftig, das weiß ich, aber das Geld liebt er noch etwas mehr, und wenn er einmal auf den Schwindel hereingefallen ist und das getan hat, was euch recht ist, kann's uns gleichgültig sein, daß er nachher zur Besinnung kommt und merkt, wieviel es bei unserer steinreichen Großherzogin geschlagen hat.

CLÉANTE Das ist sehr klug ausgedacht.

FROSINE Überlaßt mir alles. Mir kommt eben eine meiner Freundinnen in den Sinn – die ist dazu wie geschaffen.

CLÉANTE Sei versichert, Frosine, daß ich dir sehr dankbar sein werde, wenn dir dieser Streich glückt. Doch, liebwerte Mariane, beginnen wir damit, ich bitte Sie, Ihre Mutter zu gewinnen, denn es wird gar nicht leicht sein, ihr den Heiratsplan auszureden. Lassen Sie, ich beschwöre Sie, nichts unversucht, berufen Sie sich mit aller Eindringlichkeit auf ihre mütterliche Zuneigung, setzen Sie ohne Scheu die zauberische Beredsamkeit und den unwiderstehlichen Reiz ein, die der Himmel Ihren Augen und Ihren Lippen verliehen hat, vergessen Sie nicht, ich flehe Sie an, die zarten Worte, die holden Bitten, die rührenden Schmeicheleien, denen sich ganz gewiß niemand entziehen kann.

MARIANE Ich will tun, was ich kann, und nichts vergessen.

Zweite Szene

Harpagon, Cléante, Mariane, Élise, Frosine

HARPAGON *für sich* Oh – mein Sohn küßt seiner zukünftigen Stiefmutter die Hand, und seine zukünftige Stiefmutter läßt sich's gefallen! Sollte da am Ende irgend etwas vor mir verborgen werden?

ÉLISE Hier ist mein Vater.

HARPAGON Der Wagen ist vorgefahren. Sie können einsteigen, wenn es Ihnen beliebt.

CLÉANTE Da Sie nicht mitfahren, mein Vater, will ich die Damen begleiten.

HARPAGON Nein, bleib! Sie können gut allein fahren, und ich brauche dich hier.

Dritte Szene

Harpagon, Cléante

HARPAGON Sag einmal – unbeschadet der Frage nach der Stiefmutter – was hältst du von diesem Mädchen?

CLÉANTE Was ich von ihr halte?

HARPAGON Ja, von ihrem Äußeren, ihrer Gestalt, ihrer Schönheit, ihrem Geist.

CLÉANTE Nun ja . . .

HARPAGON Also . . .

CLÉANTE Ehrlich gesagt – ich habe in ihr nicht gefunden, was ich vermutet hatte. Sie ist gefallsüchtig, der Wuchs nicht ebenmäßig, die Züge recht gewöhnlich und der Verstand eher armselig. Glauben Sie aber nicht, mein Vater, dies wäre gesagt, um sie Ihnen zu verleiden, denn – Stiefmutter hin, Stiefmutter her – ich mag diese genauso gern wie eine andere.

HARPAGON Du hast ihr immerhin aber gesagt, daß du . . .

CLÉANTE Ich habe ihr in Ihrem Namen einige Artigkeiten gesagt, mein Vater, und dies, um Ihnen angenehm zu sein.

HARPAGON So daß du also nicht für sie eingenommen bist.

CLÉANTE Ich? Nein, gar nicht.

HARPAGON Das ist ärgerlich; denn es macht einen Plan zunichte, der mir eben durch den Kopf gegangen ist. Ich habe dieses Mädchen hier vor mir gesehen, da ist mir mein Alter in den Sinn gekommen – und ich habe mir gesagt, daß es wohl allerlei üble Nachrede geben wird, wenn ich ein so junges Geschöpf heirate. Das hat mich von meinem Vorsatz abgebracht. Da ich aber um sie angehalten, ihr also mein Wort verpfändet habe, hätte ich sie dir gegeben – wenn diese deine Abneigung nicht wäre.

CLÉANTE Mir?

HARPAGON Dir.

CLÉANTE Zur Frau?

HARPAGON Zur Frau.

CLÉANTE Hören Sie, Vater: sie ist zwar nicht ganz nach meinem Geschmack; aber falls ich Ihnen gefällig sein kann, bin ich bereit, sie zu heiraten, wenn Sie es wünschen.

HARPAGON Ich? Ich bin nicht so verstockt, wie du glaubst; ich will mich nicht gegen deine Neigung stellen.

CLÉANTE Mit Verlaub, ich nehme das Ihnen zuliebe gern auf mich.

HARPAGON Nein, nein; eine Ehe kann ohne Neigung nicht glücklich sein.

CLÉANTE Die stellt sich vielleicht später ein; denn man sagt, daß die Liebe oft erst mit der Ehe kommt.

HARPAGON Ein Mann soll sich auf derlei nicht einlassen; ich muß mich davor hüten, böse Folgen heraufzubeschwören. Hättest du eine gewisse Neigung für sie empfunden, bitte, ich hätte sie mit dir statt mit mir verheiratet; so aber bleibe ich bei meinem ursprünglichen Vorsatz und heirate sie selbst.

CLÉANTE Nun denn, mein Vater, da es so steht, muß ich Ihnen mein Herz eröffnen und mein Geheimnis offenbaren. Die Wahrheit ist, daß ich dieses Mädchen liebe, seit ich sie einmal auf einem Spaziergang erblickte, daß ich mir damals vornahm, Sie, mein Vater, zu bitten, sie mir zur Frau zu geben, und daß mich davon nur die Erkenntnis Ihrer Gefühle abhielt und die Furcht, Sie zu verstimmen.

HARPAGON Du hast sie besucht?

CLÉANTE Ja, mein Vater.

HARPAGON Oft?

CLÉANTE Recht häufig.

HARPAGON Man hat dich gut aufgenommen?

CLÉANTE Sehr gut, doch ohne zu wissen, wer ich bin – daher Marianes Überraschung, als sie mich hier sah.

HARPAGON Du hast ihr deine Liebe gestanden und deine Absicht eröffnet, sie zu heiraten?

CLÉANTE Gewiß; ja, ich habe sogar ihrer Mutter leise Andeutungen gemacht.

HARPAGON Sie hat gehört, was du mit ihrer Tochter vorhast?

CLÉANTE Allerdings.

HARPAGON Und die Tochter erwidert deine Liebe?

CLÉANTE Wenn ich dem Anschein trauen darf, mein Vater, glaube ich daran, daß sie mir gutgesinnt ist.

HARPAGON *für sich* Recht so, jetzt bin ich dem Geheimnis auf die Spur gekommen. *zu Cléante* Nun, mein Sohn, weißt du, was jetzt geschieht? Du wirst so gut sein und dir diese Liebe aus dem Sinn schlagen, du wirst aufhören, ein Mädchen, mit dem ich verlobt bin, zu verfolgen, und du wirst dich in Kürze mit jener, die dir bestimmt ist, vermählen.

CLÉANTE So treiben Sie Ihr Spiel mit mir, mein Vater?! Da es nun soweit gekommen ist, erkläre ich, daß ich zu meiner Liebe stehen werde, daß ich vor dem Äußersten nicht zurückschrecke, um Ihnen Mariane streitig zu machen – und wenn auch die Zustimmung der Mutter für Sie sprechen sollte, hoffe ich auf andere Helfer, die meine Sache fördern werden.

HARPAGON Wie, Schurke, du wagst es, in meinem Revier zu weiden?

CLÉANTE Nein, Vater, das ist mein Revier, denn ich war vor Ihnen da.

HARPAGON Bin ich nicht dein Vater, schuldest du mir nicht Gehorsam?

CLÉANTE In diesen Dingen sind die Kinder nicht verpflichtet, den Vätern zu weichen. Vor der Liebe sind alle Menschen gleich.

HARPAGON Eine Tracht Prügel wird dich den Unterschied lehren!

CLÉANTE All Ihre Drohungen sind vergeblich.

HARPAGON Du wirst auf Mariane verzichten.

CLÉANTE Niemals.

HARPAGON Man bringe mir einen Stock.

Vierte Szene

Jacques, Harpagon, Cléante

JACQUES Was ist denn das, ihr Herren? Was geht hier vor?

CLÉANTE *zu Harpagon* Ich spotte deiner.

JACQUES *zu Cléante* Sachte, junger Herr!

HARPAGON Mich so zu beschimpfen!

JACQUES *zu Harpagon* Sachte, gnädiger Herr!

CLÉANTE Ich widersetze mich.

JACQUES *zu Cléante* Wie, Eurem Vater?

HARPAGON Laß mich ihn zerschmettern.

JACQUES *zu Harpagon* Wie, Euren Sohn? Wenn nur ich es wäre ...

HARPAGON Dich, Jacques, will ich als Zeugen anrufen, damit du siehst, daß ich recht habe.

JACQUES Gut. *zu Cléante* Entfernt Euch ein wenig.

HARPAGON Ich liebe ein Mädchen, das ich heiraten will; und dieser Galgenstrick untersteht sich, sie gleichfalls zu lieben und gegen meinen Befehl auf ihre Hand zu hoffen.

JACQUES Nein, das ist nicht recht.

HARPAGON Der Sohn wird zum Nebenbuhler des Vaters – ist das nicht gräßlich? Müßte ihm nicht der Respekt jede Einmischung in meine Neigungen verbieten?

JACQUES Ja, Ihr habt recht. Bleibt hier – ich rede mit ihm. *er geht zu Cléante, der sich am anderen Ende des Schauplatzes befindet.*

CLÉANTE Wenn er dir die Entscheidung überläßt, soll's mir recht sein. Es ist mir gleichgültig, wen er anruft, also kann ich auch dich entscheiden lassen, lieber Jacques.

JACQUES Das ist eine große Ehre für mich.

CLÉANTE Ich bin für ein junges Mädchen entbrannt, das meine Gefühle erwidert, das die Beweise meiner Zuneigung huldvoll entgegennimmt – und mein Vater will unsere Liebe durch seinen Heiratsantrag zerstören.

JACQUES Da hat er gewiß unrecht.

CLÉANTE Schämt er sich denn nicht – er will in seinem Alter noch heiraten! Schickt es sich denn für ihn, verliebt zu sein? Sollte er dieses Geschäft nicht den jungen Leuten überlassen?

JACQUES Ihr habt recht. Er ist nicht bei Trost. Ich will zu ihm sprechen. *er geht wieder zu Harpagon.* Nein, Euer Sohn ist nicht so vermessen, wie Ihr denkt, er ist für Vernunftgründe zugänglich. Daß er Euch Gehorsam schuldet, weiß er, er hat sich gegen Euch nur in der ersten Aufwallung empört, sagt er, und er weigert sich nun nicht mehr, sich Euren Anordnungen zu fügen, wenn Ihr ihn nur besser behandelt als bisher und ihm eine Gattin bestimmt, mit der er zufrieden sein kann.

HARPAGON Ja, lieber Jacques, dann sag ihm, daß er unter diesen Umständen von mir alles erwarten kann, und er darf sich in aller Freiheit jede Gattin aussuchen, die er will – außer Mariane.

JACQUES Laßt mich nur machen. *er geht zu Cléante.* Nein, Euer Vater ist nicht so ein Narr, wie Ihr denkt, er hat zugegeben, daß nur Eure Empörung ihn so sehr in Harnisch gebracht hat – daß er Euch nur Euer Benehmen übelnimmt, aber bereit ist, Euch zu gewähren, was Ihr Euch wünscht, wenn Ihr Euch dazu versteht, gelassen und artig zu bleiben und ihm die Ehre und den Respekt und die Unterordnung zu bezeigen, die man einem Vater schuldet.

CLÉANTE Oh, lieber Meister Jacques, du kannst ihm versichern: wenn er mir Mariane nicht vorenthält, werde ich der gehorsamste Mensch unter der Sonne sein und nie im Leben etwas gegen seinen Willen tun.

JACQUES *zu Harpagon* Ich hab's zustandegebracht. Er stimmt dem zu, was Ihr gesagt habt.

HARPAGON Jetzt ist alles bestens geregelt.

JACQUES *zu Cléante* Die Sache ist erledigt. Er freut sich über Eure Zusicherungen.

CLÉANTE Der Himmel sei bedankt!

JACQUES Nun können die Herren miteinander weiterreden. Die Einigkeit ist hergestellt, und der Zank ist nur entstanden, weil der eine den andern mißverstanden hatte.

CLÉANTE Mein guter Jacques, ich werde dir mein Lebtag dankbar sein.

JACQUES Nichts zu danken, junger Herr.

HARPAGON Du hast mir Freude gemacht, Jacques. Das verdient eine Belohnung. Geh, ich verspreche dir, ich werde dir's nie vergessen. *er greift in die Tasche, so daß Jacques meint, er wolle ihm etwas geben, aber er zieht nur sein Taschentuch hervor.*

JACQUES Ich empfehle mich ergebenst.

Fünfte Szene

Cléante, Harpagon

CLÉANTE Mein Vater, verzeihen Sie mir, ich habe mich gehenlassen.

HARPAGON Schon gut.

CLÉANTE Ich versichere Ihnen, daß ich von tiefstem Bedauern erfüllt bin.

HARPAGON Und ich bin von höchster Freude erfüllt, weil du vernünftig bist.

CLÉANTE Wie gütig von Ihnen, mein Vergehen so schnell zu vergessen!

HARPAGON Man vergißt die Vergehen seiner Kinder gern, wenn die Kinder sich auf ihre Pflicht besinnen.

CLÉANTE Kein Groll mehr, wirklich keiner, trotz meiner Ungebührlichkeiten?

HARPAGON Das legst du mir nahe, da du dich fügst und zum Gehorsam zurückfindest.

CLÉANTE Ich versichere Ihnen, Vater, daß mein Herz bis in den Tod dankbar Ihrer Güte gedenken wird.

HARPAGON Und ich verspreche dir, daß es nichts gibt, was du nicht von mir haben kannst.

CLÉANTE O nein, Vater, ich verlange nichts mehr, Sie haben mir genug gegeben, indem Sie mir Mariane gaben.

HARPAGON Wie?

CLÉANTE Ich sage, mein Vater, daß ich mehr als zufrieden bin, denn für mich bedeutet es alles, daß ich dank Ihnen Mariane bekommen werde.

HARPAGON Wer sagt, daß du Mariane bekommen wirst?

CLÉANTE Sie, mein Vater!

HARPAGON Ich?

CLÉANTE Gewiß doch.

HARPAGON Wie – du hast ja versprochen, auf sie zu verzichten.

CLÉANTE Ich auf sie verzichten?

HARPAGON Ja.

CLÉANTE Nein.

HARPAGON Du hast es nicht aufgegeben, dich um sie zu bemühen?

CLÉANTE Im Gegenteil, mich verlangt's mehr nach ihr denn je.

HARPAGON Wie, du Halunke, schon wieder?

CLÉANTE Nichts kann mich umstimmen.

HARPAGON Na warte, du Verbrecher! Das wollen wir sehen!

CLÉANTE Ja, das wollen wir sehen!

HARPAGON Aus meinen Augen für alle Zeit!

CLÉANTE Wie Sie wünschen!

HARPAGON Ich verstoße dich!

CLÉANTE Stoßen Sie!

HARPAGON Du bist nicht mehr mein Sohn.

CLÉANTE Einverstanden.

HARPAGON Ich enterbe dich.

CLÉANTE Nur zu!

HARPAGON Und ich gebe dir meinen Fluch mit ins Leben.

CLÉANTE Behalten Sie ihn – ich will nichts, was von Ihnen kommt.

Sechste Szene

La Flèche, Cléante

LA FLÈCHE *kommt mit einer Kassette vom Garten* Gut, daß Ihr da seid, Herr! Kommt schnell!

CLÉANTE Was gibt's?

LA FLÈCHE Kommt, sage ich. Wir haben Glück.

CLÉANTE Wie das?

LA FLÈCHE Hier ist alles, was wir brauchen.

CLÉANTE Was denn?

LA FLÈCHE Ich war den ganzen Tag auf der Lauer.

CLÉANTE Wonach?

LA FLÈCHE Der Schatz Eures Vaters – ich habe ihn ergattert.

CLÉANTE Wie hast du das angestellt?

LA FLÈCHE Sie sollen es erfahren. Aber nur fort von hier – er schreit schon.

Siebente Szene

Harpagon

HARPAGON *schreit im Garten und tritt ohne Hut auf* Diebe! Diebe! Totschlag! Mord! Gerechter Himmel! Ich bin verloren, ich bin ermordet! Man hat mich erdrosselt, man hat mir mein Geld genommen! Wer mag's gewesen sein? Wohin ist er, wo ist er, wo verbirgt er sich? Wie find' ich ihn? Wohin wend' ich mich? Oder wend' ich mich nirgendwohin? Ist er nicht hier? Oder hier? Wer ist's? Aufhalten! *er packt sich selbst am Arm.* Gib mir mein Geld zurück, Halunke! – Oh, das bin ich ja selber!

Ich bin außer mir. Ich weiß nicht, wo ich bin, was ich tue! O du mein armes Geld, mein armes Geld, mein Schatz, mein teurer Freund, man hat dich mir entzogen. Und weil du mir fern bist, hab' ich alle Hilfe verloren, allen Trost, alle Freude; es ist aus mit mir – was soll ich noch auf dieser Welt?! Ich kann ohne dich nicht leben. Nein, es ist vorbei, ich kann nicht mehr, ich bring' mich um, ich bin tot und begraben! Will niemand mich wieder lebendig machen und mir mein liebes Geld wiedergeben oder sagen, wer es genommen hat? – Wie? Was? *er horcht vergebens nach Stimmen.* Niemand redet. – Wer es auch gewesen ist, er hat es geschickt angestellt, die Stunde abgepaßt und gewartet, bis ich mit meinem schurkischen Sohn geredet hab'. Fort von hier – ich hole die Polizei, ich lasse das ganze Haus foltern, Mägde, Diener, den Sohn, die Tochter, mich selbst. *Blick ins Publikum.* All die vielen Leute – und keiner, der mir nicht Verdacht einjagt, und jeder sieht aus wie mein Dieb. He, worüber spricht man da? Über den, der mich beraubt hat? Was ist das für ein Lärm? Ist dort mein Dieb? Hört mich – wer etwas über meinen Dieb weiß, ich beschwöre euch, sagt es mir. Ist er nicht bei euch versteckt? – Sie starren mich alle an – sie lachen mich aus. Ihr werdet sehen, sie sind alle beteiligt an dem Frevel, den man an mir verübt hat. Schnell, geschwind, Kommissäre, Häscher, Wächter, Richter, Daumenschrauben, Schafott, Henker! Ich lasse alle Welt hängen. Und finde ich mein Geld nicht, erhänge ich auch mich.

Fünfter Akt

Erste Szene

Harpagon, Kommissär, Schreiber

KOMMISSÄR Überlassen Sie alles mir, ich verstehe mein Geschäft, Gott sei Dank, ich kläre heute nicht zum erstenmal einen Diebstahl auf; ich möchte gern so viele Börsen mit tausend Francs besitzen, als ich schon Spitzbuben an den Galgen gebracht habe.

HARPAGON Alle Ämter müssen sich meiner Sache annehmen, und wenn man mir nicht hilft, mein Geld zu finden, dann mache ich der Justiz den Prozeß.

KOMMISSÄR Wir werden die notwendigen Erhebungen anstellen. Wieviel war in dieser Kassette?

HARPAGON Wohlgezählte zehntausend Taler.

KOMMISSÄR Zehntausend Taler?

HARPAGON Zehntausend Taler.

KOMMISSÄR Ein bedeutender Diebstahl.

HARPAGON Für dieses ungeheure Verbrechen ist keine Strafe streng genug. Wenn es ungerochen bleibt, dann sind unsere erhabensten Güter nicht länger sicher.

KOMMISSÄR Aus welchen Geldsorten bestand die Summe?

HARPAGON Nur gute Louisdore und Dukaten von vollem Gewicht.

KOMMISSÄR Wen verdächtigen Sie des Diebstahls?

HARPAGON Die ganze Welt. Verhaften Sie diese Stadt und alle ihre Vororte.

KOMMISSÄR Glauben Sie mir: wir dürfen niemandes Argwohn wecken, wir wollen vorsichtig bestrebt sein, einige Indizien zu sammeln, und dann mit aller Macht zuschlagen, um das gestohlene Geld zu ergattern.

Zweite Szene

Jacques, Harpagon, Kommissär, Schreiber

JACQUES *wendet sich, nachdem er aufgetreten ist, noch einmal in die Richtung, aus der er kommt* Ich komme gleich wieder. Stecht ihn inzwischen ab, röstet seine Füße auf dem Spieß, taucht ihn in siedendes Wasser und hängt ihn dann an einem Balken auf.

HARPAGON Wen? Den Kerl, der mich bestohlen hat?

JACQUES Einen jungen Eber, Herr, den Euer Haushofmeister mir geschickt hat; ich möchte ihn auf meine Art für Euch zubereiten.

HARPAGON Davon ist jetzt nicht die Rede – du mußt diesem Herrn über etwas anderes Aufschluß geben.

KOMMISSÄR Seien Sie ganz unbesorgt. Ich bin nicht der Mann, der einem anderen die Ehre abschneidet; wir wollen die Sache mit äußerster Sanftmut anpacken.

JACQUES Ist der Herr einer der Gäste bei der heutigen Tafel?

KOMMISSÄR Mein lieber Freund, Sie dürfen Ihrem gnädigen Herrn jetzt wirklich nichts vorenthalten.

JACQUES Meiner Treu, ich zeige ja gern, was ich kann – ich will Sie so trefflich bewirten, als ich es nur immer vermag.

HARPAGON Das sollst du nicht sagen, du sollst ...

JACQUES Und wenn die Tafel nicht so gut bestellt ist, wie ich es möchte, dann hat nur unser Herr Haushofmeister die Schuld, weil er mir in seiner Sparsamkeit die Flügel stutzt.

HARPAGON Es geht nicht um das Essen, du Hund, du sollst mir über das Geld Aufschluß geben, das man mir genommen hat.

JACQUES Man hat Ihnen Geld genommen?

HARPAGON Ja, du Schelm, und ich lasse dich hängen, wenn du mir's nicht wiedergibst.

KOMMISSÄR Quälen Sie ihn doch nicht. Ich sehe ihm an, daß er rechtschaffen ist und daß er Ihnen sagen wird, was Sie hören wollen, ohne daß wir ihn einsperren müssen. Ja, guter Freund, wenn Sie alles gestehen, wird Ihnen kein Leid zugefügt werden, und Ihr gnädiger Herr wird Sie reichlich belohnen. Man hat ihm heute sein Geld entwendet, und es ist unmöglich, daß Sie nicht allerlei in dieser Angelegenheit wissen.

JACQUES *für sich* Das kommt mir für die Rache an diesem Haushofmeister sehr gelegen. Seit er zu uns gekommen ist, spielt er die erste Geige; man hört nur auf ihn – und die Prügel von vorhin brennen mir auch auf der Seele.

HARPAGON Was murmelst du da?

JACQUES Gnädiger Herr, wenn ich Euch etwas sagen soll, dann glaube ich, daß Euer lieber Herr Haushofmeister Euch das angetan hat.

HARPAGON Valère?

JACQUES Ja.

HARPAGON Valère, der mir so ergeben scheint?

JACQUES Eben dieser. Ich glaube, daß er Euch bestohlen hat.

HARPAGON Und worauf stützt du diesen Glauben?

JACQUES Worauf?

HARPAGON Ja.

JACQUES Darauf, daß . . . daß ich es glaube.

KOMMISSÄR Aber wir brauchen Beweise für die Aussage.

HARPAGON Hast du ihn dort herumstreichen gesehen, wo ich mein Geld verwahrte?

JACQUES Ja, gewiß. Wo verwahrtet Ihr Euer Geld?

HARPAGON Im Garten.

JACQUES Wahrhaftig. Ich habe ihn im Garten herumstreichen gesehen. Und worin verwahrtet Ihr Euer Geld?

HARPAGON In einer Kassette.

JACQUES Das ist es! Ich habe ihn mit einer Kassette gesehen.

HARPAGON Und wie sieht diese Kassette aus? Ich will wissen, ob es meine Kassette war.

JACQUES Wie sie aussieht?

HARPAGON Ja.

JACQUES Sie ist . . . wie eine Kassette eben ist.

KOMMISSÄR Gewiß; aber beschreiben Sie sie etwas genauer.

JACQUES Eine große Kassette.

HARPAGON Die gestohlene Kassette ist klein.

JACQUES Ja, ja, sie ist klein, wenn Sie es so wollen; ich sage nur ›große Kassette‹, weil so viel drin ist.

KOMMISSÄR Welche Farbe hat sie?

JACQUES Welche Farbe?

KOMMISSÄR Ja.

JACQUES Sie ist ... ihre Farbe ist ... helft mir doch ...

HARPAGON Nun?

JACQUES Nicht rot?

HARPAGON Nein, grau.

JACQUES Sie ist nicht rot, nein, grau – ja, das wollte ich sagen.

HARPAGON Kein Zweifel! Sie ist es ganz gewiß! Schreiben Sie, protokollieren Sie diese Aussage! Himmel, wem soll man noch vertrauen? Man kann sich auf nichts und niemanden mehr verlassen! Ich glaube bald von mir selbst, daß ich imstande wäre, mich zu bestehlen.

JACQUES Da kommt er. Aber sagt ihm nur nicht, daß ich Euch auf die Spur geführt habe.

Dritte Szene

Valère, Harpagon, Kommissär, Schreiber, Jacques

HARPAGON Komm her. Und gestehe die schwärzeste Untat, das gräßlichste Bubenstück, das je begangen wurde.

VALÈRE Was wünscht Ihr, Herr?

HARPAGON Wie, Schurke, du schämst dich deines Verbrechens nicht?

VALÈRE Von welchem Verbrechen sprecht Ihr?

HARPAGON Von welchem Verbrechen ich spreche, Ruchloser?! Als ob du nicht wüßtest, was ich meine! Vergebens suchst du dich zu verstellen, die Sache ist ans Licht gekommen, man hat mir alles hinterbracht – nein, meine Güte derart zu mißbrauchen, sich hier einzuschleichen, um mich zu hintergehen, mir einen solchen Schelmenstreich zu spielen ...!

VALÈRE Da man Euch alles hinterbracht hat, Herr, will ich keine Ausflüchte gebrauchen und nichts leugnen.

JACQUES *für sich* Oh, sollte ich ungewollt die Wahrheit erraten haben?

VALÈRE Ich hatte vor, Euch alles zu gestehen, ich wollte nur eine günstige Gelegenheit abwarten; da es aber nun so weit gekommen ist, beschwöre ich Euch: zürnt mir nicht und hört meine Rechtfertigung an.

HARPAGON Und welche Rechtfertigung willst du vorbringen, infamer Räuber?

VALÈRE Nein, Herr, dieser Name gebührt mir nicht. Gewiß habe ich Unrecht an Euch getan, doch mein Vergehen scheint mir verzeihlich.

HARPAGON Verzeihlich? Ein gemeiner Anschlag, ein hinterlistiger Überfall?

VALÈRE Bitte, bleibt ruhig. Habt Ihr mich erst angehört, werdet Ihr es merken: das Übel ist nicht so groß, als Ihr denkt.

HARPAGON Nicht so groß, als ich denke? Wie, Bube? Mein alles, mein Fleisch und Blut ...

VALÈRE Euer Fleisch und Blut ist nicht in schlechte Hände geraten, Herr. Mein Stand macht niemandem Unehre, und es gibt nichts in dieser Sache, was sich nicht zum Guten wenden kann.

HARPAGON Das will ich sehen; gib mir wieder, was du mir entwendet hast.

VALÈRE Eure Ehre soll nicht angetastet werden, mein Herr!

HARPAGON Was hat denn meine Ehre damit zu tun? Sag mir doch, wie kommst du dazu, dich so weit zu vergessen?

VALÈRE Mein Gott, das fragt Ihr?!

HARPAGON Jawohl, das frage ich.

VALÈRE Eine höhere Macht, die alles entschuldigt, was in ihrem Namen geschieht: die Liebe ...

HARPAGON Die Liebe?

VALÈRE Ja.

HARPAGON Schöne Liebe – eine schöne Liebe, weiß Gott, die Liebe zu meinem Geld.

VALÈRE O nein, mein Herr, nicht Eure Reichtümer haben mich angezogen, etwas anderes hat mich begeistert; ich will wahrhaftig nichts von Eurem Gut, wenn Ihr mir nur das belaßt, was ich schon habe.

HARPAGON Der Teufel soll mich holen, Bube, wenn ich es dir lasse! Seht doch die Unverschämtheit – er will behalten, was er gestohlen hat!

VALÈRE Ihr nennt es ›gestohlen‹?

HARPAGON Und ob das ›gestohlen‹ ist – mir einen solchen Schatz zu nehmen!

VALÈRE Ja, ein Schatz, gewiß, das Wertvollste von allem, was Ihr Euer eigen nennt; aber verliert Ihr es denn, wenn Ihr es mir laßt? Ich bitte Euch auf meinen Knien um diesen köstlichen Schatz! Ihr könnt nichts Besseres tun als ihn mir geben.

HARPAGON Davor werde ich mich hüten. Was heißt denn das?!

VALÈRE Wir haben einander Treue geschworen und gelobt, daß wir nicht aufeinander verzichten wollen.

HARPAGON Ein schöner Schwur, ein vortreffliches Gelübde!

VALÈRE Ja, wir sind entschlossen, einander für alle Zeit zugehören.

HARPAGON Das werde ich verhindern – verlaß dich drauf!

VALÈRE Nur der Tod kann uns trennen.

HARPAGON Was für eine teuflische Liebe zu meinem Geld!

VALÈRE Ich hab Euch doch schon gesagt, mein Herr, daß mich nicht Eigennutz getrieben hat, zu tun, was ich getan habe. Nicht das, was Ihr vermutet, hat mein Herz bewegt, ein höheres Gefühl ließ mich den Entschluß fassen.

HARPAGON Bald wird er aus christlicher Nächstenliebe fordern, was mir gehört. Aber ich will darauf sehen, Spitzbube, daß die Justiz eingreift und mir zu meinem Recht verhilft.

VALÈRE Haltet Ihr das, wie Ihr wollt. Ich bin bereit, alle Strafen zu erleiden, die Ihr über mich verhängen laßt; aber glaubt mir wenigstens das eine, mein Herr: wenn Unrecht geschehen ist, bin ich allein anzuklagen – Eure Tochter hat mit alledem nicht das geringste zu schaffen.

HARPAGON Ja, das will ich gern glauben; es wäre auch mehr als sonderbar, wenn meine Tochter an dem Verbrechen teilhätte. Aber ich will für mich, was mein ist. Gestehe, wohin hast du mein Eigen verschleppt?

VALÈRE Ich habe sie nicht verschleppt. Sie ist noch hier im Hause.

HARPAGON *für sich* Oh, meine geliebte Kassette. – *zu Valère* Du hast sie nicht aus dem Haus gebracht?

VALÈRE Nein, mein Herr.

HARPAGON Und – sag doch – du hast sie nicht berührt?

VALÈRE Ich sie berühren? Oh, wie Ihr ihr Unrecht tut, ihr und mir! Die Leidenschaft, die mich durchglüht, ist edel und rein.

HARPAGON *für sich* Er glüht für meine Kassette!

VALÈRE Lieber stürbe ich, als daß ich auch nur einen unstatthaften Gedanken dächte! Dazu ist sie zu untadelhaft, zu ehrbar.

HARPAGON *für sich* Meine Kassette ist ehrbar!

VALÈRE In ihrem Anblick allein erfüllt sich meine Sehnsucht; nichts Verbotenes entweiht das Streben, das ihre schönen Augen mir eingeflößt.

HARPAGON *für sich* Meine Kassette hat schöne Augen. Er redet von ihr wie ein Liebhaber von seiner Dame.

VALÈRE Eure Haushälterin, mein Herr, weiß alles, was vorgegangen ist, und sie kann bezeugen, daß ...

HARPAGON Was? Meine Haushälterin ist in die Sache verwickelt?

VALÈRE Ja, mein Herr, sie war Zeugin der Begegnung, und da sie die Ehrbarkeit meiner Gefühle erkannte, stand sie mir bei, Eure Tochter so weit zu bringen, daß sie an mich glaubte und meine Beteuerungen anhörte und mir ihre Treue verpfändete.

HARPAGON *für sich* Was ist das? Trübt die Angst vor der Justiz seinen Verstand? *zu Valère* Warum lenkst du ab und verwickelst meine Tochter in die Sache?

VALÈRE Ich sage Euch, mein Herr, daß es mich unendliche Mühe gekostet hat, sie in ihrer Zurückhaltung so weit wankend zu machen, als meine Liebe es ersehnte.

HARPAGON Was für eine Zurückhaltung?

VALÈRE Die Zurückhaltung Eurer Tochter; erst gestern vermochte sie sich zu entschließen, das gegenseitige Eheversprechen zu unterzeichnen.

HARPAGON Meine Tochter und du – ihr habt ein Eheversprechen unterzeichnet?

VALÈRE Jawohl, mein Herr, sie und ich.

HARPAGON Himmel, noch ein Keulenschlag!

JACQUES Aufschreiben, Herr Kommissär, aufschreiben!

HARPAGON Das Unglück überhäuft mich! Die Verzweiflung wächst ins Maßlose! – Vorwärts, los, tun Sie Ihre Pflicht, eröffnen Sie gegen ihn das Verfahren wegen Diebstahls und Verführung.

VALÈRE Diese Ausdrücke sind meiner unwürdig; und weiß man erst einmal, wer ich bin ...

Vierte Szene

Élise, Mariane, Frosine, Harpagon, Valère, Jacques, Kommissär, Schreiber

HARPAGON O du verworfene Tochter, unwürdig, mich deinen Vater zu nennen! – So bewährst du die Erziehung, die ich dir angedeihen ließ? Du verfällst in sündige Liebe zu einem elenden Dieb, du verpfändest ihm deine Treue, ohne mich zu fragen! Aber ihr sollt euch getäuscht haben, alle beide! *zu Élise* Die starken Mauern eines Klosters werden für dein gutes Betragen bürgen. *zu Valère* Und ein solider Galgen wird mich für dein Bubenstück entschädigen.

VALÈRE Nicht der Jähzorn soll in dieser Sache Recht sprechen, mein Herr. Man wird mich zumindest anhören, ehe man mich verurteilt.

HARPAGON Ich nehme zurück, was ich vom Galgen gesagt habe – das war vorschnell. Du wirst bei lebendigem Leib verbrannt.

ÉLISE *kniet vor ihrem Vater* Mein Vater, ich bitte Sie, seien Sie nicht so unmenschlich! Lassen Sie's im Gebrauch Ihrer väterlichen Gewalt nicht zum Äußersten kommen! Die erste Aufwallung Ihres Unmuts soll Sie nicht hinreißen – nehmen Sie sich

Zeit, um zu überlegen, was Sie tun wollen. Und sehen Sie doch zumindest genau auf jenen, den Sie beschuldigen. Er ist nicht der, für den Sie ihn halten. Sie werden es weniger verwunderlich finden, daß ich ihm gehören will, wenn Sie erfahren, daß Sie mich ohne ihn längst nicht mehr hätten. Ja, mein Vater, er war es, der mich damals vor dem Ertrinken rettete, er ist es, dem Sie das Leben eben jener Tochter danken, welche Sie ...

HARPAGON Was kümmert's mich? Für mich wäre es besser, er hätte dich damals ertrinken lassen und mir dafür diesen Streich nicht gespielt.

ÉLISE Bei Ihrer väterlichen Liebe beschwöre ich Sie, mein Vater, mich nicht ...

HARPAGON Nein, nein, ich will nichts hören, die Gerechtigkeit soll ihren Lauf nehmen.

JACQUES *für sich* Du wirst mir für die Stockhiebe büßen!

FROSINE *für sich* Das ist mir eine schöne Verwirrung!

Fünfte Szene

Anselme, Harpagon, Élise, Mariane, Frosine, Valère, Jacques, Kommissär, Schreiber

ANSELME Wie, Herr Harpagon – in welcher Erregung muß ich Sie antreffen?

HARPAGON Oh, Herr Anselme, Sie sehen den unglückseligsten Menschen unter der Sonne vor sich – der Kontrakt, den wir abschließen wollten, ist durch Mißgeschick und widrige Umstände gefährdet. Man mordet mein Hab und Gut, man mordet meine Ehre; hier dieser Schurke, dieser Verräter hat die heiligsten Rechte verletzt, er hat sich bei mir eingeschlichen, er ist in meine Dienste getreten, um mich meines Geldes zu berauben und meine Tochter zu verführen.

VALÈRE Wer denkt denn an Ihr Geld? Lassen Sie doch endlich das Geld aus dem Spiel!

HARPAGON Ja, sie haben einander die Ehe versprochen. Und

diese Herausforderung geht Sie an, Herr Anselme. Sie müssen sich der Klage gegen ihn anschließen und ihn seine Unverschämtheit vor den Schranken büßen lassen.

ANSELME Ich habe nicht die Absicht, mir eine Gattin mit Gewalt zu holen und einem andern ein Herz streitig zu machen. Was aber Ihr gutes Recht betrifft, will ich es gern wahrnehmen helfen, als wär's mein eigenes.

HARPAGON Hier ist ein redlicher Kommissär, der, wie er mir versichert, umsichtig seinen Pflichten zu obliegen gedenkt. *zum Kommissär* Verfolgen Sie ihn, wie sich's gebührt, und stellen Sie seine Verbrechen ins rechte Licht.

VALÈRE Ich wüßte nicht, welchen Verbrechens man mich zeihen sollte, da ich Élise liebe, und zu welcher Strafe ich wegen unseres Eheversprechens verurteilt werden könnte, wenn man weiß, wer ich bin ...

HARPAGON Erzähl mir nichts. Die Welt ist heute voll von wohlgeborenem Diebsgesindel, von dahergelaufenen Betrügern, die sich erlauchte Namen zulegen.

VALÈRE Ich bin zu stolz, mir etwas anzumaßen, was nicht mein ist – ganz Neapel kann meine Abkunft bezeugen.

ANSELME Aufgepaßt; überlegen Sie gut, was Sie sagen! Sie sind in größerer Gefahr, als Sie denken mögen. Denn vor Ihnen steht ein Mann, dem ganz Neapel wohlbekannt ist und der die Geschichte, die Sie erzählen wollen, leicht durchschauen kann.

VALÈRE Ich bin nicht von jenem Schlag, der Gefahren scheut. Und wenn Sie Neapel kennen, wissen Sie sicherlich, wer Don Thomas d'Alburcy gewesen ist.

ANSELME Gewiß weiß ich das; kaum einer, der ihn besser gekannt hätte als ich.

HARPAGON Ich mag nichts von diesem Don Thomas hören und überhaupt von keinem Don!

ANSELME Lassen Sie ihn reden; wir wollen doch anhören, was er uns zu sagen weiß.

VALÈRE Ich habe zu sagen, daß er mir das Leben gegeben hat.

ANSELME Er?

VALÈRE Ja.

ANSELME Ach, Sie scherzen wohl. Denken Sie sich eine andere Geschichte aus, mit der Sie mehr Glück haben, und suchen Sie nicht, sich durch gerade diesen Betrug herauszureden.

VALÈRE Wählen Sie Ihre Worte besser, mein Herr! Dies ist kein Betrug, ich bringe nichts vor, das ich nicht nachzuweisen vermöchte.

ANSELME Sie wagen es, sich als Sohn des Don Thomas d'Alburcy auszugeben?

VALÈRE Ja, das wage ich, und ich will diese Wahrheit gegen jeden verfechten, wer immer er sei.

ANSELME Wahrhaftig, diese Kühnheit ist erstaunlich! Vernehmen Sie denn zu Ihrer Beschämung, daß jener, von dem Sie reden, vor mehr als sechzehn Jahren auf hoher See mit seinen Kindern und seiner Gemahlin zugrunde ging, als er ihr Leben vor den grausamen Verfolgungen der neapolitanischen Wirren retten wollte, die zahlreiche adelige Familien zur Flucht veranlaßten.

VALÈRE Ja; doch vernehmen Sie zu Ihrer Beschämung, daß sein damals siebenjähriger Sohn mitsamt einem Diener von einem spanischen Schiff aufgefischt wurde und daß dieser gerettete Sohn zu Ihnen spricht. Vernehmen Sie, daß der Kapitän, von meinem Schicksal gerührt, mir wohlgeneigt war, mich wie einen Sohn erziehen ließ, daß ich mich dem Waffenhandwerk zuwandte, sobald meine Jahre dies erlaubten, daß man mir vor kurzem berichtete, mein Vater sei nicht tot, was ich immer angenommen hatte, daß ich hier, wohin ich gekommen war, ihn zu suchen, durch eine gütige Fügung des Himmels die reizende Élise erblickte, daß ich seither ihrer Schönheit botmäßig bin, daß die Heftigkeit meiner Neigung und die Strenge ihres Vaters mich den Entschluß fassen ließen, in diesem Haus Dienste anzunehmen und einen anderen mit der Suche nach meinen Eltern zu betrauen.

ANSELME Und welches Zeugnis außer Ihren Worten kann mir beweisen, daß Sie mir keine Märchen erzählen, daß Sie nicht eine Wahrheit in Ihrem Sinn auslegen und ausschmücken?

VALÈRE Der spanische Kapitän – ein Petschaft mit einem

Rubin, das meinem Vater gehörte, ein Achat-Armband, das meine Mutter mir um den Arm gelegt hatte, der alte Pedro, jener Diener, der mit mir aus den Fluten gerettet wurde.

MARIANE Mein Gott! Ich kann auf Ihre Worte erwidern, daß Sie nichts Falsches vortäuschen; denn was Sie sagten, beweist es mir: Sie sind mein Bruder.

VALÈRE Sie meine Schwester?

MARIANE Ja. Mein Herz war schon bewegt, als Sie zu reden begannen. Unsere Mutter, die Sie bald sehen sollen, hat mir nur zu oft vom Mißgeschick unserer Familie erzählt. Auch uns ließ der Himmel nicht durch den Schiffbruch zugrunde gehen, doch wir behielten das Leben um den Preis unserer Freiheit. Seeräuber retteten meine Mutter und mich, als wir uns an einen Balken des Schiffes geklammert im Meer befanden. Nach zehn Jahren der Sklaverei erlangten wir durch günstige Umstände die Freiheit wieder, begaben uns nach Neapel, wo all unser Hab und Gut uns geraubt worden war und wir nichts über meinen Vater in Erfahrung bringen konnten. In Genua vermochte meine Mutter nur noch klägliche Reste einer Erbschaft, die in alle Winde zerstreut war, sicherzustellen; sie floh vor der barbarischen Ungerechtigkeit ihrer Angehörigen mit mir hierher, wo sie mehr dahinsiecht als wirklich lebt.

ANSELME Himmel, wie unbegreiflich ist deine Macht, wie zeigst du uns immer wieder, daß du allein Wunder zu wirken vermagst! Umarmt mich, meine Kinder, und vereint beide eure Rührung mit der eures Vaters!

VALÈRE Sie sind unser Vater?

MARIANE Sie sind es, den unsere Mutter so bitterlich beweinte?

ANSELME Ja, meine Tochter, ja, mein Sohn, ich bin Don Thomas d'Alburcy, den der Himmel mit allem Geld, das er bei sich trug, vor den Fluten bewahrte, der euch mehr als sechzehn Jahre tot glaubte, der nach langen Fahrten in der Ehe mit einem holden und klugen Mädchen Trost suchen und eine neue Familie finden wollte. Die Gefährdung meines Lebens, der ich mich bei meiner Rückkehr gegenüber sah, ließ mich Neapel endgültig verlassen; und da ich dort in die Lage kam, alles zu verkaufen, was ich besaß, siedelte ich mich hier an, wo ich mir einen neuen Namen zulegte, um die kummervollen Erinnerungen, die mein anderer Name erweckte, von mir abzutun.

HARPAGON Das ist Ihr Sohn?

ANSELME Ja.

HARPAGON Ich lasse Sie verurteilen, mir die zehntausend Taler, die er mir gestohlen hat, zu bezahlen.

ANSELME Er soll Sie bestohlen haben?

HARPAGON Ja, er.

VALÈRE Wer sagt Ihnen das?

HARPAGON Mein Kutscher: Meister Jacques.

VALÈRE Du sagst es?

JACQUES Sie sehen, daß ich nichts sage.

HARPAGON Der Herr Kommissär hat seine Aussage gehört.

VALÈRE Halten Sie mich einer derart nichtswürdigen Tat für fähig?

HARPAGON Fähig oder nicht fähig, ich will mein Geld wiedersehen.

Sechste Szene

Cléante, Valère, Mariane, Élise, Frosine, Harpagon, Anselme, Jacques, La Flèche, Kommissär, Schreiber

CLÉANTE Verzweifeln Sie nicht, mein Vater, und klagen Sie niemanden an! Ich bin dem verschwundenen Schatz auf der Spur und komme, um Ihnen zu sagen, daß Sie ihn bald wiederhaben, wenn Sie mich Mariane heiraten lassen.

HARPAGON Wo ist er?

CLÉANTE Unbesorgt, mein Vater, ich bürge dafür, daß er sichergestellt ist. Nun müssen Sie einen Entschluß fassen; Sie haben die Wahl: geben Sie mir Mariane oder verlieren Sie die Kassette.

HARPAGON Hat man nichts herausgenommen?

CLÉANTE Nicht das geringste. Nun überlegen Sie, ob Sie mit

der Heirat einverstanden sind wie Marianes Mutter, die ihre Tochter zwischen Ihnen und mir frei entscheiden läßt.

MARIANE Sie wissen noch nicht, daß es nun mit dem mütterlichen Einverständnis nicht mehr sein Bewenden hat; denn zu diesem Bruder, der hier vor Ihnen steht, hat mir der Himmel einen Vater geschenkt, bei dem Sie um meine Hand anhalten müssen.

ANSELME Der Allmächtige hat mich euch nicht wiedergegeben, meine Kinder, um euch die Erfüllung eurer Wünsche zu versagen. Sie können sich denken, Herr Harpagon, daß die Wahl eines jungen Mädchens eher auf den Sohn als auf den Vater fallen wird. Lassen Sie mich darum gar nicht erst sagen, was Sie ja nicht zu hören brauchen, und stimmen Sie, wie ich, dieser zweifachen Heirat zu.

HARPAGON Ehe ich diesen Vorschlag bedenke, muß ich meine Kassette sehen.

CLÉANTE Sie werden sie sehen, unversehrt und ungeöffnet.

HARPAGON Ich habe kein Geld, das ich meinen Kindern in die Ehe mitgeben könnte.

ANSELME Das soll Sie nicht bedrücken. Ich habe genügend Geld für beide Paare.

HARPAGON Erklären Sie sich bereit, alle Kosten der Eheschließung zu übernehmen?

ANSELME Ja, dazu verpflichte ich mich. Sind Sie jetzt zufrieden?

HARPAGON Ja, wenn Sie mir ein Festgewand für die Hochzeit anfertigen lassen.

ANSELME Einverstanden. Und nun genießen wir die Freude, die dieser glückliche Tag uns beschert!

KOMMISSÄR He, meine Herren, langsam, wenn ich bitten darf! Wer zahlt die Kosten meines Protokolls?

HARPAGON Wir brauchen Ihr Protokoll nicht.

KOMMISSÄR Kann sein; aber ich will es nicht umsonst geschrieben haben.

HARPAGON *zeigt auf Jacques* Nehmen Sie diesen als Bezahlung und hängen Sie ihn.

JACQUES Was man tut, ist von Übel: ich habe Stockhiebe für die Wahrheit bekommen, und für die Unwahrheit will man mich hängen.

ANSELME Herr Harpagon, man muß ihm seine Übeltat verzeihen!

HARPAGON Sie bezahlen also den Kommissär?

ANSELME Meinetwegen. Und nun gehen wir zu eurer Mutter, um sie an unserem Glück teilhaben zu lassen.

HARPAGON Und ich gehe zu meiner geliebten Kassette.

(Eine sprachlich veränderte, für das Wiener Burgtheater hergestellte Fassung der Komödie kann vom Verlag angefordert werden. H. W.)

Der Bürger als Edelmann
(Le Bourgeois Gentilhomme)
Komödie mit Gesang und Tanz
in fünf Akten
Musik von
Jean-Baptiste Lully

LE BOURGEOIS GENTILHÔME

Personen

HERR JOURDAIN, Bürger
FRAU JOURDAIN
LUCILE, Tochter des Herrn Jourdain
NICOLE, Zofe des Herrn Jourdain
CLÉONTE, in Lucile verliebt
COVIELLE, Diener des Cléonte
DORANTE, Graf, Liebhaber der Dorimène
DORIMÈNE, Baronin
Musikmeister
Schüler des Musikmeisters
Tanzmeister
Fechtmeister
Philosoph
Schneidermeister
Schneidergehilfe
Zwei Lakaien
Musiker, Sänger, Sängerinnen, Tänzer, Köche, Schneidergehilfen und andere Mitwirkende der Zwischenspiele

Die Handlung begibt sich in Paris
Der Schauplatz ist ein Saal im Haus des Herrn Jourdain

Alle Hinweise bei den musikalischen Nummern und Einlagen beziehen sich auf den bei Durand erschienenen Klavierauszug. Textwiederholungen der gesungenen Stücke sind im Buch nicht genau angegeben und aus dem Klavierauszug ersichtlich.

H. W.

Ouvertüre

Erster Akt

Beim Aufgehen des Vorhangs sitzt ein Schüler des Musikmeisters an einem Tisch und komponiert, wobei er vor sich hin singt beziehungsweise summt.

Introduktion (Seite 4)

DER SCHÜLER
Oh, weh mir . . .
Oh, weh mir, Tag und Nacht . . .
Mm . . .
Fühlt mein Herz Höllenqualen . . .
Mm . . . mm . . . mm . . . mm . . . mm . . . mm . . . mm . . .
La la ra la la la
. . . mich auf ewig in Bann . . .
-wig in Bann . . .
Läßt du so grausam schon
Meine Lie- . . .
-sam schon meine Liebe bezahlen . . .
La la la bezahlen,
Oh, Schäferin,
Sag, was tust du dann dei- . . .

. . . dann dei- . . .
-ferin, sag, was tust du dann
Deinen Feinden an?
Mm . . . mm . . .
-nen Feinden an?
La la la la la la . . .
Läßt du so grausam schon,
Schäferin, bezahlen . . .
Mm . . . mm . . . mm . . .
Oh, Schäferin!
Sag, was tust du dann
Deinen . . .
Sag, was tust . . .
-ferin . . .
Sag, was tust du dann . . .
Den Feinden an?
Den Feinden an?

Erste Szene

Musikmeister, Schüler, Tanzmeister, Sänger, Musiker, Tänzer

MUSIKMEISTER *zu seinen Leuten* Kommt nur, und ruht euch hier ein wenig aus, bis der Herr erscheint.

TANZMEISTER *zu seinen Leuten* Ihr auch – erwartet ihn hier im Saal.

sie führen ihre Leute in zwei Ecken des Saals.

MUSIKMEISTER *zum Schüler* Wie weit bist du?

SCHÜLER Ich bin eben fertig geworden.

MUSIKMEISTER Laß sehen. *er betrachtet die eben beendete Komposition.* Ja, das ist hübsch.

TANZMEISTER Etwas Neues?

MUSIKMEISTER Ich habe ihm aufgetragen, während wir hier warten, bis unser Gönner erscheint, eine Arie für eine Serenade zu schreiben.

TANZMEISTER Darf man sie ansehen?

MUSIKMEISTER Sie können das Stück gleich anhören, denn der Herr des Hauses wird sich gewiß bald hier einfinden.

TANZMEISTER Er überhäuft uns beide förmlich mit Aufträgen.

MUSIKMEISTER Ja, gewiß; dieser Mensch ist ein Mann, wie man sich ihn als Herrn nur wünschen kann. Es gibt wohl kaum eine angenehmere Geldquelle für Sie wie für mich als diesen Herrn Jourdain mit all den Träumen von Adel und Vornehmheit, die sich in seinem Kopf festgesetzt haben. Wenn alle Welt ihm gliche, würden Ihre Tanzkunst und meine Musik aufblühen.

TANZMEISTER Nicht ohne Einschränkung; denn ich wollte, daß er die Schöpfungen, die wir ihm widmen, besser zu würdigen wüßte.

MUSIKMEISTER Allerdings, er versteht sie sehr schlecht; doch er bezahlt sie sehr gut. Und darauf ist die Kunst heutzutage mehr angewiesen als auf sonst etwas.

TANZMEISTER Ich meinerseits muß gestehen, daß ich die Anerkennung nicht entbehren möchte. Mich beflügelt der Beifall. Ist es nicht qualvoll für die schönen Künste, sich Dummköpfen preiszugeben und die barbarischen Urteile eines Narren über erhabene Werke zu ertragen? Wie köstlich – das brauchen wir einander nicht zu versichern –, für Leute zu arbeiten, welche die Feinheiten schätzen, für die Schönheit einer Arbeit empfänglich sind und unsere Bemühungen mit schmeichelhafter und kundiger Anerkennung lohnen. Ja, der erfreulichste Widerhall auf das, was wir hervorbringen, bleibt: es gewürdigt zu sehen, es durch beifällige Zustimmung geehrt zu wissen. Ich glaube, das ist die allerbeste Entschädigung für unsere Anstrengungen. Und in solchem Genuß der Kundigen an unserer Kunst besteht unser erlesenster Genuß.

MUSIKMEISTER Einverstanden; ich schätze es wie Sie, mich derart geschätzt zu wissen. Gewiß tut nichts so wohl wie der von Ihnen soeben gerühmte Ruhm. Aber vom Weihrauch kann man nicht leben, Hymnen allein sichern nicht das Wohlbefinden, man braucht auch etwas Kompakteres. Und das allerschönste Lob bleibt doch jenes, welches einen hellen, metallischen Klang hat. Unser Gönner ist gewiß kein großes Licht; er redet ungereimtes Zeug, und seine Zustimmung trifft unfehlbar daneben; doch für das, was sein Geist schuldig bleibt, entschädigt sein Geld. Er trägt den Kunstverstand in seiner Börse. Sein Urteil ist mit dem Prägestock geprägt. Und Sie sehen, daß dieser ungehobelte Bürger uns von größerem Nutzen ist als der feinsinnige hohe Herr, der uns hier eingeführt hat.

TANZMEISTER Was Sie da sagen, hat wohl seine Berechtigung, aber Sie streichen doch das Geld allzu sehr heraus. Der äußere Vorteil ist zu schäbig, als daß ein wahrer Ehrenmann sich ihm derart ausliefern dürfte.

MUSIKMEISTER Sie nehmen aber auch recht gern das Honorar, das unser Freund Ihnen gibt.

TANZMEISTER Gewiß; aber es macht mich nicht vollkommen glücklich, und ich wollte, er hätte zu seinem Vermögen auch ein ebenso großes Urteilsvermögen.

MUSIKMEISTER Das wünsche ich auch, und darauf wollen wir beide hinarbeiten, so gut wir können. Jedenfalls aber gibt er uns die Möglichkeit, in der Welt bekannt zu werden. Mag er doch anstelle der anderen bezahlen, wenn die anderen uns an seiner Stelle anerkennen.

TANZMEISTER Da kommt er.

Zweite Szene

Herr Jourdain, zwei Lakaien, Musikmeister, Schüler, Tanzmeister, Sänger, Musiker, Tänzer

HERR JOURDAIN *in einem Schlafrock mit einer Nachtmütze* Nun, Leute? Was gibt's? Werdet ihr mir einen neuen kleinen Schwank vorführen?

TANZMEISTER Wie – was für einen Schwank?

HERR JOURDAIN Oder ... wie heißt's denn? Prolog oder Dialog mit Musik und Tanz.

TANZMEISTER Ach so!

MUSIKMEISTER Wir sind bereit.

HERR JOURDAIN Ich bin spät dran, weil ich mich heute wie ein Herr ersten Ranges kleide – und der Schneider hat mir Strümpfe aus Seide geliefert, die waren einfach nicht auf die Beine zu bekommen.

MUSIKMEISTER Wir sind ja dazu da, den passenden Augenblick zu erwarten.

HERR JOURDAIN Ich bitte euch, alle beide, geht nicht weg, bevor man mein neues Kleid gebracht hat. Das müßt ihr noch sehen.

TANZMEISTER Ganz wie es Ihnen beliebt.

HERR JOURDAIN Gebt acht: dann bin ich ganz erstrangig ausstaffiert, von unten bis oben.

MUSIKMEISTER Daran zweifeln wir nicht.

HERR JOURDAIN Ich habe mir diesen wertvollen Hausmantel schneidern lassen.

TANZMEISTER Er ist von ausgesuchter Schönheit.

HERR JOURDAIN Mein Schneider hat gesagt: die noblen Leute tragen so etwas am Morgen.

MUSIKMEISTER Er paßt Ihnen vortrefflich.

HERR JOURDAIN He, Lakaien, meine zwei Lakaien!

ERSTER LAKAI Was wünschen Euer Gnaden?

HERR JOURDAIN Nichts. Nur sehen, ob ihr hört. *zu den beiden Meistern* Wie findet ihr die Livreen?

TANZMEISTER Sie sind wunderschön.

HERR JOURDAIN *schlägt den Schlafrock zurück, man sieht enge Beinkleider aus rotem und ein Wams aus grünem Samt* Das ist ein kleines Hausgewand für meine Morgenübungen.

MUSIKMEISTER Es ist sehr vornehm.

HERR JOURDAIN Lakai!

ERSTER LAKAI Euer Gnaden?

HERR JOURDAIN Nein, der andere!

ZWEITER LAKAI Euer Gnaden?

HERR JOURDAIN *den Schlafrock ablegend* Nimm den Mantel. – Bin ich jetzt elegant?

TANZMEISTER Höchst elegant. Es gibt nichts Kleidsameres.

HERR JOURDAIN Und jetzt zu eurem Zeug.

MUSIKMEISTER Ich möchte Ihnen zunächst ein Stück vorführen, das er *er deutet auf den Schüler* eben für die von Ihnen bestellte Serenade geschrieben hat. Er versteht sich unter allen meinen Schülern am besten auf diese Gattung.

HERR JOURDAIN So etwas läßt man doch nicht von einem Schüler machen. Sind Sie sich am Ende zu gut für dieses Geschäft?

MUSIKMEISTER Der Ausdruck »Schüler« möge Sie nicht täuschen, mein Herr. Schüler solcher Art sind den größten Meistern ebenbürtig. Die Melodie könnte nicht schöner sein. Hören Sie doch!

HERR JOURDAIN Gebt mir den Mantel, daß ich besser hören kann! – Nein, wartet, ich mache mich hübscher ohne Mantel – oder nein, gebt ihn mir doch lieber, er ist kleidsamer.

ein Sänger singt aus den Noten, die der Schüler zu Anfang des Akts geschrieben hat.

Arie (Seite 8)

DER SÄNGER

Oh, weh mir! Tag und Nacht
Fühlt mein Herz Höllenqualen,
Du schlugst mit einem Blick
Mich auf ewig in Bann!
Läßt du so grausam schon
Meine Liebe bezahlen,
Oh, Schäferin, sag, was tust du dann
Deinen Feinden an?

HERR JOURDAIN Das ist ein recht trübseliges Lied, das schläfert mich ein. Ihr müßt an einigen Stellen etwas mehr Spaß hineintun.

MUSIKMEISTER Das Lied muß zu den Worten passen, Herr!

HERR JOURDAIN Man hat mir neulich ein ganz ausgezeichnetes vorgesungen. Wartet einmal ... also ... sagt mir doch, wie es geht.

TANZMEISTER Das weiß ich leider wirklich nicht.

HERR JOURDAIN Es war etwas Lämmernes dabei.

TANZMEISTER Etwas Lämmernes?

HERR JOURDAIN Ach ja! jetzt weiß ich's! *er singt*

Lied (Seite 11 – ohne Orchesterbegleitung)

Mädchen, wie tugendsam
Schienst du mir, sanft und milde,
Eh ich zur Frau dich nahm,
Sanfter noch als ein Lamm.
Wehe, wehe,
Nun ist mein Weib eine rasende wilde
Reißende Tigerin.

Ist das nicht schön?

MUSIKMEISTER Das schönste Lied der Welt.

TANZMEISTER Und Sie singen es so hübsch.

HERR JOURDAIN Dabei hab' ich nie singen gelernt.

MUSIKMEISTER Sie müssen die Musik studieren, mein Herr, nicht nur den Tanz. Die beiden Künste sind untrennbar verbunden.

TANZMEISTER ... und wecken in jedem Menschen den Sinn für alles Schöne.

HERR JOURDAIN Lernen die feinen Leute Musik?

MUSIKMEISTER Gewiß, mein Herr.

HERR JOURDAIN Dann lerne ich sie. Aber ich weiß nicht, wann. Denn zu dem Meister dazu, der mir das Fechten beibringt, hab' ich noch einen Philosophen bestellt, der heute vormittag anfängt.

MUSIKMEISTER Die Philosophie ist gewiß etwas, aber die Musik, mein Herr, die Musik ...

TANZMEISTER Die Musik und der Tanz – die Musik und der Tanz, das ist alles, was man braucht.

MUSIKMEISTER Nichts ist so nützlich für einen Staat wie die Musik.

TANZMEISTER Nichts benötigen die Menschen dringender als den Tanz.

MUSIKMEISTER Ohne die Musik kann kein Staat sich halten.

TANZMEISTER Ohne den Tanz ist der Mensch verloren.

MUSIKMEISTER Alle Wirren und alle Kriege in der Welt entstehen nur, weil man nicht allgemein die Musik erlernt.

TANZMEISTER Alles Mißgeschick, alle traurigen Begebenheiten, von denen die Geschichte berichtet, die Mißgriffe der Staatsmänner und die Unterlassungen der Feldherren sind nur der mangelnden Ausbildung im Tanz zuzuschreiben.

HERR JOURDAIN Wieso denn?

MUSIKMEISTER Kommen die Kriege nicht von den Unstimmigkeiten unter den Menschen?

HERR JOURDAIN Ja, das ist wahr.

TANZMEISTER Und wenn alle Menschen die Musik erlernten, wäre das nicht der Weg zum harmonischen Gleichklang, also zum allgemeinen Frieden?

HERR JOURDAIN Ja, da haben Sie recht.

TANZMEISTER Begeht jemand einen Verstoß – gegen seine Umgebung, in der Staatsführung oder in der Strategie, redet man von einem Fehltritt; oft sagt man auch: Er tanzt aus der Reihe, nicht wahr?

HERR JOURDAIN Ja, das sagt man.

TANZMEISTER Und woher kann das nur kommen? Daher, daß er sich nicht auf das Tanzen versteht, oder?

HERR JOURDAIN Ja, das stimmt – ihr habt recht, alle beide.

TANZMEISTER Wir wollten Ihnen die Vortrefflichkeit und den Nutzen von Tanz und Musik darlegen.

HERR JOURDAIN Ja, ja, jetzt versteh' ich das schon sehr gut.

MUSIKMEISTER Wünschen Sie nun die Proben unserer Kunst?

HERR JOURDAIN Ja.

MUSIKMEISTER Wie ich schon angedeutet habe, handelt es sich um einen bescheidenen Versuch, den ich unternommen habe – alle Leidenschaften darzustellen, welche die Musik auszudrücken vermag.

HERR JOURDAIN Bravo!

MUSIKMEISTER *zu den Sängern* Vorwärts, kommt! *zu Herrn Jourdain* Sie müssen sich vorstellen, daß sie als Schäfer kostümiert sind.

HERR JOURDAIN Warum denn schon wieder Schäfer?! Überall sieht man überhaupt nur Schäfer.

TANZMEISTER Wenn sich Gestalten vermittels der Musik ausdrücken sollen, kommt man aus Gründen der Lebenswahrheit um die Schäfer kaum herum. Der Gesang war zu allen Zeiten bei den Schäfern zuhause, und es wäre doch gewiß unnatürlich, wenn Fürsten oder Bürger ihre Leidenschaften durch Gesang ausdrückten.

HERR JOURDAIN Schon gut, schon gut. Laßt hören!

Musikalischer Dialog (Seite 12)

EINE SÄNGERIN
Ein Herz im Zauberreich der Liebe
Ist stets bewegt ohne Rast, ohne Ruh,
Es muß mit tausend Seufzern, mit Tränen, mit Leiden,
Bezahlen für die Freuden,
Drum gleicht nichts dir, o Freiheit,
Das Schönste bist du!

ERSTER SÄNGER *tiefe Stimme*
Sagt, was gleicht auf der Welt einem Herzen, das liebt,
Das dem andern sich gibt
Im Einklang holder Triebe?
Wer es fand, wer sich band,
Genießt das höchste Glück.
Verschwände unsere Liebe,
Bliebe keine Freude zurück.

ZWEITER SÄNGER *hohe Stimme*
Wohl ist's das höchste Glück, sich zartem Dienst zu weih'n,
Doch ohne Treu' kann die Liebe niemals sein,
Ach, welche bittern Schmerzen,
Weh, alle Mädchen sind treulos im Herzen,
Unsre holden Gefühle erwidern sie nicht,
Wer klug ist, leistet bald auf die Liebe Verzicht.

ALLE DREI
O süße Glut! –

In Freiheit leben ! –
Keine Frau meint es gut! –
Nur nach dir will ich streben! –
Wenn die Leidenschaft ruht! –
Sie quält uns bis aufs Blut! –

Oh, laß es endlich sein, dich in Haß zu verzehren.
Das Herz einer Frau wird nur dem einen gehören,
Die Frau, die dich liebt, wird sich in Treue bewähren.

Und wo find' ich diese Frau?
Unsre Ehre zu bewähren,
Biet' ich dir mein liebend Herz!

Welche Probe soll mich's lehren?
Treibts du mit mir nicht nur Scherz?

Wer treuer liebt von euch beiden,
Ich will's sehen, dann bin ich sein!

Bist du nicht treu, muß ich leiden,
Dann bleib' ich besser allein!
Nun soll uns Liebe binden,
Ich bin dein, du bist mein,
Sie bringt das Glück allein,
Laß mein Herz dein Herz finden.

HERR JOURDAIN Ist das alles?

MUSIKMEISTER Gewiß, mein Herr.

HERR JOURDAIN Ich finde es ganz angenehm. Ein paar nette Stellen sind dabei.

TANZMEISTER Und nun möchte ich meinerseits einen kleinen Versuch machen, die schönsten Bewegungen und Posen zu zeigen, die den Tanz beseelen.

HERR JOURDAIN Aber nicht schon wieder Schäfer!

TANZMEISTER Ganz wie Sie befehlen!

Ballett (Seite 25)

TANZMEISTER

Feierlich, meine Herren!
Jetzt etwas schneller!
Diese Sarabande wieder feierlicher!
Genau im Takt!
Jetzt fröhlich und ausgelassen!
Mit viel Ausdruck, meine Herren!

Vier Tänzer führen als erstes Zwischenspiel vielerlei Tanzfiguren und Schritte nach den Anweisungen des Tanzmeisters aus.

Zweiter Akt

Erste Szene

Herr Jourdain, Musikmeister, Tanzmeister, Lakai

HERR JOURDAIN Das war gar nicht ohne; diese Leute können großartig hüpfen.

MUSIKMEISTER Wenn der Tanz sich gleichrangig mit der Musik verbindet, ist's noch viel großartiger. Das kleine Ballett, das wir heute noch gemeinsam für Sie gestalten wollen, kann seinen erhabenen Eindruck auf Sie nicht verfehlen.

HERR JOURDAIN Ja, gleich. Jemand, dem zu Ehren ich das alles angeschafft habe, wird mir heute die Ehre geben, bei mir zu essen.

TANZMEISTER Alles ist bereit.

MUSIKMEISTER Aber das genügt noch nicht. Ein Herr Ihres Standes, der in der Pracht lebt und Sinn für das Schöne hat, muß jeden Mittwoch zu einem Hauskonzert bitten, oder jeden Donnerstag.

HERR JOURDAIN Bitten die besseren Leute?

MUSIKMEISTER Jawohl.

HERR JOURDAIN Dann bitte ich auch. Wird's schön?

MUSIKMEISTER Sicherlich. Sie brauchen drei Stimmen, eine hohe, eine mittlere, eine tiefe, begleitet von einer tiefen Kniegeige, einer Gitarre und einem Cembalo – dazu zwei hohe Geigen für die Zwischenspiele.

HERR JOURDAIN Ich möchte auch eine Schiffstrompete. Ich mag dieses Instrument – und es klingt so schön.

MUSIKMEISTER Überlassen Sie alles unseren Anordnungen.

HERR JOURDAIN Vergeßt nur ja nicht, mir dann rechtzeitig Leute für die Tafelmusik zu schicken.

MUSIKMEISTER Alles wird nach Wunsch ablaufen.

HERR JOURDAIN Und daß mir vor allem das Ballett gut ausfällt!

MUSIKMEISTER Sie werden zufrieden sein, ganz besonders mit den Menuetten, die Sie zu sehen bekommen werden.

HERR JOURDAIN Ja, das Menuett, das ist mein Leibtanz, das müssen Sie sehen, wie ich das tanze. Vorwärts – passen Sie einmal auf – los!

TANZMEISTER *aus der Prosa allmählich rhythmisch werdend* Den Hut unterm linken Arm, mein Herr …

Menuett (Seite 28)

Der Tanzmeister tanzt und singt mit und überwacht in typischer Manier die unbeholfenen Bewegungen des Herrn Jourdain.

La la la la la la la la la …
Und noch einmal, bitte sehr …
La la la la das rechte Bein la la la …
Mit dem Kopf bitte nicht wackeln …
La la la la la la la la …
Die beiden Arme nicht so steif …
La la la la la den Kopf viel höher …
Viel mehr nach außen die Füße drehn …
La la und nicht so krumm dastehn.

HERR JOURDAIN *vom Tanzen atemlos, will hören, wie's seinen Zuschauern gefallen hat* Nun?

MUSIKMEISTER Das kann niemand besser.

HERR JOURDAIN *der den Tanz mit einer Reverenz beendet* Ja – übrigens – zeigen Sie mir, wie man eine Baronin begrüßt. Das werde ich jetzt gleich brauchen.

TANZMEISTER Wie man eine Baronin begrüßt …

HERR JOURDAIN Ja, wie man eine Baronin begrüßt, die Dorimène heißt.

TANZMEISTER Wenn Sie die Dame mit ausgesuchter Höflichkeit begrüßen wollen, machen Sie zuerst eine Reverenz, bei der Sie sich rückwärts bewegen, dann nähern Sie sich ihr mit drei Reverenzen und verneigen sich bei der dritten bis zu ihren Knien.

HERR JOURDAIN Zeigen Sie einmal her. *nachdem der Tanzmeister die Reverenzen vorgeführt hat.* Gut.

LAKAI Euer Gnaden, der Fechtmeister ist da.

HERR JOURDAIN Er soll kommen und mir seine Lektion geben. Ihr müßt sehen, wie gut ich fechten kann.

Zweite Szene

Fechtmeister, Herr Jourdain, Musikmeister, Tanzmeister, Lakai

FECHTMEISTER *drückt Herrn Jourdain ein Florett in die Hand* Zuerst die Begrüßung, mein Herr, aufrecht halten, das Gewicht ein wenig auf das linke Bein verlegen, die Beine nicht so weit auseinander, die Füße auf die Gefechtslinie, die Hand an der Hüfte, die Degenspitze in Schulterhöhe, den Arm nicht ganz so gestreckt, die linke Hand in Kopfhöhe heben, die linke Schulter etwas zurückgenommen, den Kopf aufrecht, den Blick voll Zuversicht – vorgehen, den Körper gespannt – eine Quart-Battuta und parieren – eins, zwei – Haltung! – Noch einmal. Mit festem Stand. – Ein Schritt zurück. – Wenn Sie auf die Klinge schlagen, mein Herr, muß der Degen zum Gegner vorschnellen und der Körper zurückgenommen werden – eins, zwei – vorwärts, treffen Sie mich – Terz-Battuta und parieren – ein Schritt nach vorn, den Körper bereit, ein Schritt nach vorn – schlagen Sie – eins, zwei – Haltung! – Noch einmal. Mit festem Stand. – Ein Schritt zurück. Aufgepaßt, mein Herr, aufgepaßt! *er trifft ihn mehrmals und sagt dazu jeweils »Aufgepaßt!«*

HERR JOURDAIN *atemlos* Oh!

MUSIKMEISTER Sie sind ein Meister.

FECHTMEISTER Wie ich schon neulich sagte, besteht das ganze Geheimnis des Kampfes in zweierlei: erstens treffen, zweitens nicht getroffen werden, und wie ich Ihnen bei meiner letzten lehrhaften Vorführung nachgewiesen habe, ist es unmöglich, getroffen zu werden, wenn man den Degen des Gegners von seinem Körper fernhält, und das wiederum wird durch kleine

Bewegungen der Faust bewirkt, teils nach außen, teils nach innen.

HERR JOURDAIN Also, auch wenn man kein Held ist, kann man sich drauf verlassen, daß man einen andern tötet, ohne selbst getötet zu werden?

FECHTMEISTER Unbedingt. Ich habe es Ihnen doch vorgeführt, nicht wahr?

HERR JOURDAIN Ja.

FECHTMEISTER Und daraus ergibt sich, wie bedeutend unsere Geltung im Staate sein sollte und wie turmhoch die Fechtkunst allen anderen überflüssigen Fertigkeiten überlegen ist, dem Tanz, der Musik, der ...

TANZMEISTER Oho, Herr Degenstecher! Ich bitte um Respekt vor dem Tanz!

MUSIKMEISTER Lernen Sie, bitte, die Vortrefflichkeit der Musik schätzen!

FECHTMEISTER Ihr seid mir spaßige Leute, daß ihr euer Gewerbe mit meiner Kunst vergleichen wollt.

MUSIKMEISTER Seht doch diesen aufgeblasenen Herrn!

TANZMEISTER Ein komisches Tierchen mit seinem Latz vor der Brust! *ein mit Leder überzogener Umhang, dessen sich Fechtlehrer beim Unterricht bedienen.*

FECHTMEISTER Lieber kleiner Tanzmeister, ich könnte Ihnen gehörig zum Tanz aufspielen, und Sie, mein kleiner Musikus, könnte ich in den höchsten Tönen singen lassen.

TANZMEISTER Herr Eisendrescher, ich will Ihnen eine Lektion geben.

HERR JOURDAIN *zum Tanzmeister* Sind Sie närrisch, mit ihm Streit zu suchen – er kann die Terz und die Quart und die Battuta und ist imstande, einen Menschen nur zu lehrhaften Zwecken zu töten.

TANZMEISTER Zum Henker mit seinen Zwecken und der Terz und der Quart und mit der Battuta!

HERR JOURDAIN *zum Tanzmeister* Nur still, sage ich!

FECHTMEISTER *zum Tanzmeister* Was? Du kleiner Frechdachs!

HERR JOURDAIN Bitte, lieber Fechtmeister!

TANZMEISTER *zum Fechtmeister* Was, du großer Droschkengaul?

HERR JOURDAIN Bitte, lieber Tanzmeister!

FECHTMEISTER Wenn ich mich auf dich stürze ...

HERR JOURDAIN Still!

TANZMEISTER Wenn ich dich zu fassen bekomme ...

HERR JOURDAIN *zum Tanzmeister* Bitte!

FECHTMEISTER ... bist du zerquetscht ...

HERR JOURDAIN *zum Fechtmeister* Aber ...

TANZMEISTER ... wirst du zurechtgeklopft ...

HERR JOURDAIN *zum Tanzmeister* Ich bitte Sie ...

MUSIKMEISTER Lassen Sie uns ihm Manieren beibringen!

HERR JOURDAIN *zum Tanzmeister* Mein Gott, hört doch auf!

Dritte Szene

Der Philosoph, Fechtmeister, Herr Jourdain, Musikmeister, Tanzmeister, Lakai

HERR JOURDAIN *zu dem auftretenden Philosophen* Oh, Herr Professor, Sie kommen gerade zurecht mit Ihrer Philosophie. Bitte, stiften Sie Frieden zwischen diesen Leuten.

PHILOSOPH Was ist denn geschehen, was gibt es, meine Herren?

HERR JOURDAIN Sie sind sich in die Haare geraten, wer den besseren Beruf hat, daß sie Grobheiten sagen und handgreiflich werden wollen.

PHILOSOPH Wie, meine Herren? Darf man sich so ereifern? Kennen Sie denn nicht die tiefgründige Schrift von Seneca über den Zorn? Gibt es Niedrigeres und Schändlicheres als die Leidenschaft, die aus Menschen wilde Tiere macht? Muß denn nicht allezeit die Vernunft jeden unserer Schritte lenken?

TANZMEISTER Wie? Er hat uns doch beide beschimpft, er verhöhnt den Tanz, den ich ausübe, und die Musik, die er betreibt.

PHILOSOPH Der wahre Weise steht über jedem Schimpf, den

man ihm zufügen mag; und die rechte Antwort auf Schmähungen ist Langmut und Mäßigung.

FECHTMEISTER Diese Leute haben sich unterstanden, ihre Berufe mit dem meinen zu vergleichen.

PHILOSOPH Und warum erregt Sie das? Der Mensch soll nicht, vom Standesdünkel verblendet, Händel suchen. Was ihn über seine Mitmenschen erhebt, ist die Weisheit und die Tugend.

TANZMEISTER Ich behaupte, daß der Tanz eine Kunst ist, der man alle Ehrerbietung schuldet.

MUSIKMEISTER Und ich: daß die Musik eine Kunst ist, der alle Zeiten gehuldigt haben.

FECHTMEISTER Und ich behaupte, daß die Kunst, mit Waffen umzugehen, die allerschönste und wichtigste ist.

PHILOSOPH Und die Philosophie? Ihr seid ja drei Dummköpfe, wenn ihr in meiner Gegenwart so albern und großmäulig daherredet und Tätigkeiten Künste nennt, die nicht einmal die Ehre haben, Kunstfertigkeiten zu sein, da man sie alle miteinander in die armselige Kategorie der Schaustellungen einreihen muß.

FECHTMEISTER Oh, du Hund von einem Philosophen!

MUSIKMEISTER Oh, du miserabler Schulfuchs!

TANZMEISTER Oh, du räudiger Strohkopf!

PHILOSOPH Was, ihr erbärmlichen Dreckskerle?! *er stürzt sich auf sie, die drei wehren sich, eine Rauferei beginnt und verlagert sich allmählich zu einem Ausgang, bis alle vier am Ende dieser Szene den Schauplatz raufend verlassen.*

HERR JOURDAIN Aber, Herr Professor!

PHILOSOPH Unverschämtes widerwärtiges Gesindel!

HERR JOURDAIN Herr Professor!

FECHTMEISTER Die Pest über dieses Vieh!

HERR JOURDAIN Meine Herren!

PHILOSOPH Gemeine Bande!

HERR JOURDAIN Herr Philosoph!

MUSIKMEISTER Zum Teufel mit dem großmäuligen Flegel!

HERR JOURDAIN Meine Herren!

PHILOSOPH Ihr Lümmel, ihr Tölpel, ihr Gauner, ihr Schufte! *sie sind abgegangen.*

HERR JOURDAIN Herr Philosoph, meine Herren, Herr Philosoph, meine Herren, Herr Ph ... schlagt nur zu, soviel ihr wollt – was soll ich tun – ich werde mein schönes Gewand nicht in Gefahr bringen und euch trennen. Das wäre doch dumm von mir, mich einzumengen und auch nur einen schmerzhaften Schlag dabei einzustecken!

Vierte Szene

Philosoph, Herr Jourdain

PHILOSOPH *tritt wieder auf, bringt seine arg zugerichtete Halskrause in Ordnung* Und nun zu unserer Lektion.

HERR JOURDAIN Ach, Professor, es ärgert mich, daß man Sie verprügelt hat.

PHILOSOPH Das tut nichts. Ein Philosoph weiß, den Dingen ihren Lauf zu lassen; ich werde im Stil des Juvenal eine Satire gegen diese Kerle verfassen und sie damit völlig vernichten. Lassen wir das. Was wünschen Sie zu lernen?

HERR JOURDAIN Alles. Ich habe nämlich eine riesige Lust, gelehrt zu sein, und ich bin ganz außer mir vor Zorn auf meine Eltern, daß sie mich nicht schon als Kind in allen Wissenschaften ausgebildet haben.

PHILOSOPH Ein schätzenswerter Zug. Nam sine doctrina vita est quasi mortis imago, wie der Lateiner sagt. Sie verstehen doch Latein?

HERR JOURDAIN Ja, aber tun Sie so, als ob ich nichts verstehe. Sagen Sie mir, was das heißt.

PHILOSOPH Ohne die Wissenschaft ist das Leben gleichsam ein Abbild des Todes.

HERR JOURDAIN Da hat der Lateiner ganz recht.

PHILOSOPH Verfügen Sie über einige Grundbegriffe, etliche wissenschaftliche Vorkenntnisse?

HERR JOURDAIN O ja! Ich kann lesen und schreiben.

PHILOSOPH Womit wünschen Sie zu beginnen? Soll ich Sie in die Logik einführen?

HERR JOURDAIN Was ist denn das, die Logik?

PHILOSOPH Die Lehre von den drei elementaren Funktionen des Geistes.

HERR JOURDAIN Und was sind denn das für Funktionen?

PHILOSOPH Die drei elementaren Funktionen des Geistes sind: die erste Funktion, die zweite Funktion und die dritte Funktion. Die erste besteht darin, das Allgemeine zu erfassen. Die zweite besteht darin, auf Grund von Kategorien das Besondere zu beurteilen. Und die dritte aus der Konklusion mit Hilfe der Figuren »Barbara, Celarent, Darii, Ferio, Baralipton« und so weiter ...

HERR JOURDAIN Nein, diese Figuren gefallen mir gar nicht – und diese Logik ist nicht nach meinem Geschmack. Ich will etwas Hübscheres lernen.

PHILOSOPH Vielleicht die Moral?

HERR JOURDAIN Die Moral?

PHILOSOPH Ja.

HERR JOURDAIN Wie ist die denn, die Moral?

PHILOSOPH Sie ist die Lehre von der vollkommenen Glückseligkeit, sie leitet die Menschen an, ihre Leidenschaften zu zügeln und ...

HERR JOURDAIN Nein, lassen wir das lieber. Ich bin höllisch reizbar, und wenn ich mich einmal nach Herzenslust aufregen will, kann mich auch diese Moral nicht zurückhalten.

PHILOSOPH Oder soll ich Sie in der Physik unterrichten?

HERR JOURDAIN Was bekommt man da zu hören, in der Physik?

PHILOSOPH Sie lehrt die Gesetze der natürlichen Vorgänge und das Wesen der Körper, sie forscht nach der Natur der Elemente, der Metalle, der Mineralien, der Gesteine, der Pflanzen und der Tiere, sie beschreibt die Ursachen der Meteore, der Regenbogen, der Sternschnuppen, der Kometen, des Blitzes, des Donners, des Wetterleuchtens, des Regens, des Schnees, des Frosts, der Winde und Wirbelstürme ...

HERR JOURDAIN Das ist mir zu laut und zu unordentlich.

PHILOSOPH Worin soll ich Sie also unterrichten?

HERR JOURDAIN Bringen Sie mir die Orthographie bei.

PHILOSOPH Sehr gern.

HERR JOURDAIN Und dann den Kalender, daß ich weiß, wann der Mond scheint und wann nicht.

PHILOSOPH Gut. Nun will ich ganz in Ihrem Sinne und als echter Philosoph meinen Stoff anpacken, wie es sich gehört, und Ihnen genau das Wesen der Buchstaben erklären, von denen jeder anders ausgesprochen wird als jeder andere. Im einzelnen wäre hierüber zu berichten, daß man die Buchstaben einteilt in Selbstlaute und Mitlaute, weil die ersteren, wie der Name sagt, selbst, die letzteren, wie der Name sagt, nur im Zusammenhang mit den ersteren laut zu werden vermögen. Die fünf Selbstlaute sind A, E, I, O, U.

HERR JOURDAIN A, E, I, O, U – das verstehe ich.

PHILOSOPH Der Selbstlaut A wird durch starkes Öffnen des Mundes gebildet. A –

HERR JOURDAIN A – A – ja.

PHILOSOPH Der Selbstlaut E, indem man den Unterkiefer dem Oberkiefer nähert. A – E –

HERR JOURDAIN A – E – – A – E – – Ja! Mein Gott, ist das schön!

PHILOSOPH Und der Selbstlaut I, indem man beide Kiefer einander noch mehr nähert und die beiden Mundwinkel möglichst weit zu den Ohren hin zieht. A – E – I – –

HERR JOURDAIN A – E – I – I – I – I – – Ja, das stimmt! Hoch die Wissenschaft!

PHILOSOPH Der Selbstlaut O wird gebildet, indem man die Kiefer wieder mehr öffnet, dafür aber die Ober- und die Unterlippe einander nähert: O –

HERR JOURDAIN O – O – – Wie das stimmt! A – E – I – O – I – O – – Das ist großartig. I – O – I – O – –

PHILOSOPH Die Form des Mundes wird zu einem kleinen Kreis, der ein O darstellt.

HERR JOURDAIN O – O – O – – Sie haben recht. Ach, wie schön ist es, wenn man etwas weiß!

PHILOSOPH Der Selbstlaut U wird gebildet, indem man die

Zähne einander nähert, aber nicht ganz schließt, und die beiden Lippen in die Länge zieht, sie gleichfalls annähert, aber nicht völlig schließt: U –

HERR JOURDAIN U – U – – So etwas von richtig! U –

PHILOSOPH Die beiden Lippen treten vor, ganz so, als würden Sie den Mund verziehen, wie man sagt. Wenn Sie demnach also jemandem Ihre Abneigung ausdrücken und den Mund verziehen möchten, müssen Sie künftig nur innerlich U sagen.

HERR JOURDAIN U – U – – das ist wahr! Ach, warum hab' ich nicht früher studiert, dann hätte ich das alles schon längst gewußt.

PHILOSOPH Morgen kommen wir zu den anderen Buchstaben, zu den Mitlauten.

HERR JOURDAIN Gibt's bei denen auch so außerordentliche Sachen?

PHILOSOPH Gewiß. Das D zum Beispiel wird erzeugt, indem man mit der Zungenspitze an die Gegend oberhalb der oberen Zähne schlägt: D –

HERR JOURDAIN D – D – – ja, ja! Oh, das ist schön, das ist so schön!

PHILOSOPH Das F, indem man mit den oberen Zähnen die Unterlippe berührt: F –

HERR JOURDAIN F – F – – das ist wahr! Oh, mein Vater und meine Mutter, ich bin euch sehr böse!

PHILOSOPH Das R, indem man die Zungenspitze bis zum Gaumen bewegt, derart, daß sie dem Luftstrom, der an ihr vorbeidrängt, ausweicht und immer wieder an dieselbe Stelle zurückkommt, also gewissermaßen zittert: R –

HERR JOURDAIN R – R – R – – ja, genau so ist es! Sie sind ein großer Gelehrter – und ich habe soviel Zeit verloren!

PHILOSOPH Ich werde Ihnen alle diese Außerordentlichkeiten ganz genau erklären.

HERR JOURDAIN Ja, bitte. Ich muß Ihnen nämlich etwas gestehen. Ich bin verliebt in eine sehr bedeutende Dame, und ich möchte, daß Sie mir helfen, einen kleinen Brief zu schreiben, den ich ihr zu Füßen legen will.

PHILOSOPH Sehr gern.

HERR JOURDAIN Das wäre doch galant, was?

PHILOSOPH Sicherlich. Wünschen Sie in Versen zu schreiben?

HERR JOURDAIN Nein, nein, keine Verse.

PHILOSOPH Also nur in Prosa.

HERR JOURDAIN Nein, keine Verse und keine Prosa.

PHILOSOPH Eines von beiden muß es aber sein.

HERR JOURDAIN Warum?

PHILOSOPH Weil man sich nur in Versen oder in Prosa auszudrücken vermag, mein Herr.

HERR JOURDAIN Nur ... entweder Prosa oder Verse? Nichts anderes?

PHILOSOPH Nein. Was nicht Prosa ist, sind Verse, und was nicht Verse sind, ist Prosa.

HERR JOURDAIN Und wenn man redet, was ist das?

PHILOSOPH Prosa.

HERR JOURDAIN Wieso? Wenn ich sage: »Nicole, bring mir die Pantoffeln und die Schlafmütze«, das ist Prosa?

PHILOSOPH Jawohl.

HERR JOURDAIN So etwas! Jetzt rede ich seit Jahrzehnten Prosa und hab's nicht gewußt; ich bin Ihnen riesig dankbar, daß Sie mir das beigebracht haben. Also – ich möchte ihr in dem Brief sagen: »Schöne Baronin, Ihre schönen Augen lassen mich vor Liebe sterben«, aber das soll sehr elegant und sehr fein ausgedrückt sein.

PHILOSOPH Das Feuer der schönen Augen verbrennt Ihr armes Herz zu Asche, Sie leiden Tag und Nacht so namenlos wie ein ...

HERR JOURDAIN Nein, nein, das will ich nicht; ich will nur das, was ich gesagt habe: Schöne Baronin, Ihre schönen Augen lassen mich vor Liebe sterben.

PHILOSOPH Man muß es doch ausführlicher darstellen.

HERR JOURDAIN Nein, sag' ich, nein! In dem Brief soll nur stehen, was ich gesagt habe, aber sehr hübsch ausgedrückt, nach der neuesten Mode, wie sich's gehört. Bitte, machen Sie mir Vorschläge, wie man das schreiben kann.

PHILOSOPH Entweder so, wie Sie's gesagt haben: Schöne Baronin, Ihre schönen Augen lassen mich vor Liebe sterben. Oder: Ihre schönen Augen, schöne Baronin, lassen mich vor Liebe sterben. Oder: Vor Liebe, schöne Baronin, lassen Ihre schönen Augen mich sterben. Oder: Sterben lassen, schöne Baronin, Ihre schönen Augen mich vor Liebe. Oder: Mich, schöne Baronin, lassen Ihre schönen Augen vor Liebe sterben.

HERR JOURDAIN Und wie ist's am besten?

PHILOSOPH So, wie Sie es gesagt haben: Schöne Baronin, Ihre schönen Augen lassen mich vor Liebe sterben.

HERR JOURDAIN Und dabei habe ich nicht studiert und hab's doch aufs erstemal zusammengebracht. Ich danke Ihnen von Herzen – kommen Sie morgen recht früh wieder, bitte!

PHILOSOPH Ich werde zur Stelle sein. *ab.*

HERR JOURDAIN *zum Lakaien* Mein Gewand ist noch nicht gekommen?

LAKAI Nein, Euer Gnaden.

HERR JOURDAIN Es ist zum Verrücktwerden! Soviel hab' ich heute vor, und der verwünschte Schneider läßt mich warten. Die Pest soll über diesen elenden Kerl kommen! Zum Teufel mit ihm! Das schleichende Fieber soll ihn heimsuchen! Wenn ich ihn jetzt hier hätte, diesen Galgenstrick, diesen Hund von einem Schneider, diesen Verbrecher, diesen . . .

Fünfte Szene

Schneidermeister, Schneidergehilfe, Herr Jourdain, Lakai

SCHNEIDERMEISTER *tritt auf, mit ihm der Gehilfe, der das neue Kleid des Herrn Jourdain trägt.*

HERR JOURDAIN Da sind Sie ja! Ich hätte mich fast über Sie geärgert.

SCHNEIDERMEISTER Ich konnte nicht früher kommen – dabei habe ich zwanzig Gehilfen an Ihrem Gewand arbeiten lassen.

HERR JOURDAIN Die seidenen Strümpfe, die Sie geschickt

haben, sind so eng, daß ich kaum hineingekommen bin, und zwei Maschen sind schon aufgegangen.

SCHNEIDERMEISTER Das dehnt sich aus.

HERR JOURDAIN Ja, wenn noch viele Maschen aufgehen. Und die neuen Schuhe tun mir furchtbar weh.

SCHNEIDERMEISTER Aber gar nicht, mein Herr.

HERR JOURDAIN Wieso gar nicht?

SCHNEIDERMEISTER Sie tun Ihnen gar nicht weh.

HERR JOURDAIN Und ich sage Ihnen: sie tun mir weh.

SCHNEIDERMEISTER Das glauben Sie nur.

HERR JOURDAIN Ich glaube es, weil ich's spüre. Was sind das für Ausreden?!

SCHNEIDERMEISTER Hier ist das allerhöchste Staatsgewand, mit höchster Kunst gearbeitet, ein wahres Meisterwerk – streng, aber nicht dunkel – mit dieser Arbeit erhebe ich mich turmhoch über die größten Leuchten der Schneiderzunft.

HERR JOURDAIN Was ist denn das? Die Blumen mit dem Kopf nach unten?

SCHNEIDERMEISTER Sie haben keine Blumen mit dem Kopf nach oben bestellt.

HERR JOURDAIN Muß man das denn sagen?

SCHNEIDERMEISTER Freilich. Alle besseren Herrschaften wünschen die Blumen so.

HERR JOURDAIN Mit dem Kopf nach unten?

SCHNEIDERMEISTER Jawohl, mein Herr.

HERR JOURDAIN Dann ist's recht.

SCHNEIDERMEISTER Wenn Sie es wünschen, drehe ich sie um.

HERR JOURDAIN Nein, nein.

SCHNEIDERMEISTER Sie müssen es nur sagen.

HERR JOURDAIN Nein, sage ich, es ist schon recht so. Glauben Sie, daß mich das Gewand schön herausputzen wird?

SCHNEIDERMEISTER Was für eine Frage! Ein Maler mit seinem Pinsel kann Sie nicht vorteilhafter erscheinen lassen. Ich habe einen Gesellen, einen wahren Genius im Besetzen von Beinkleidern, und einen zweiten, den Helden unserer Epoche im Zuschneiden eines Wamses.

HERR JOURDAIN Macht sich die Perücke gut, und die Federn?

SCHNEIDERMEISTER Alles ist recht.

HERR JOURDAIN *betrachtet das Gewand des Schneidermeisters* Oh, das ist ja ein Muster von dem letzten Kleid, das Sie mir angefertigt haben – ich erkenne es genau.

SCHNEIDERMEISTER Der Stoff hat mir so gut gefallen, daß ich auch für mich ein Stück davon besorgt habe.

HERR JOURDAIN Haben Sie sich Ihr Stück vielleicht von meinem Stück besorgt?

SCHNEIDERMEISTER Wollen Sie das Gewand jetzt anlegen?

HERR JOURDAIN Ja, her damit!

SCHNEIDERMEISTER Warten Sie, mein Herr, so geht das nicht. Ich habe Leute hier, die Sie im Takt ankleiden sollen. Gewänder solcher Art muß man mit aller Feierlichkeit anziehen. He, kommt herein – bekleidet den Herrn so, wie es bei Standespersonen Brauch ist.

Ballett (Seite 30)

Vier Schneidergesellen nähern sich tanzend Herrn Jourdain. Zwei ziehen ihm die Beinkleider, zwei das Obergewand aus. Dann legen sie ihm sein neues Kleid an. Herr Jourdain stolziert umher und zeigt ihnen sein neues Gewand, um zu sehen, ob es richtig sitzt. Dies alles geschieht im Takt nach der Musik.

DER GEHILFE Ich bitte Euch, edler Herr, um ein kleines Trinkgeld für die Gehilfen.

HERR JOURDAIN Wie nennst du mich?

GEHILFE Edler Herr.

HERR JOURDAIN Edler Herr! Das kommt daher, daß ich als Standesperson gekleidet bin. Wer sich weiter bürgerlich anzieht, den nennt man nicht »edler Herr«. Da hast du – für den »edlen Herrn«.

GEHILFE Wir sind Ihnen sehr dankbar, Exzellenz.

HERR JOURDAIN Exzellenz – oh – Exzellenz. Warte, mein Lieber, »Exzellenz« muß belohnt werden, »Exzellenz« ist kein gewöhnliches Wort. Hier, nimm, was die Exzellenz dir gibt.

GEHILFE Euer Exzellenz, wir trinken alle auf die Gesundheit von Euer Durchlaucht.

HERR JOURDAIN Durchlaucht – oh, oh, oh – warte, lauf doch nicht fort! – Zu mir: Durchlaucht! – Meiner Seel, wenn er auch noch »Hoheit« sagt, bekommt er meine Börse! Da, nimm das für »Durchlaucht«.

GEHILFE Im Namen von uns allen danke ich ganz ergebenst für die große Gnade, Exzellenz.

HERR JOURDAIN Das ist ein Glück. Sonst hätte ich ihm mein ganzes Geld gegeben.

Ballett (Seite 31)

Die vier Gehilfen drücken als zweites Zwischenspiel tanzend ihre Freude über die Freigebigkeit des Herrn Jourdain aus.

Dritter Akt

Erste Szene

Herr Jourdain, Lakaien

HERR JOURDAIN Kommt mit, wir gehen, ich möchte mein neues Gewand der Stadt zeigen; aber folgt mir dicht auf den Fersen – jeder soll sehen, daß ihr zu mir gehört.

ERSTER LAKAI Ja, Euer Gnaden.

HERR JOURDAIN Und ruft Nicole – ich muß ihr etwas auftragen – – nein, halt – da kommt sie ja.

Zweite Szene

Nicole, Herr Jourdain, Lakaien

HERR JOURDAIN Nicole.

NICOLE Bitte?

HERR JOURDAIN Hör zu!

NICOLE Hi, hi, hi, hi, hi!

HERR JOURDAIN Warum lachst du?

NICOLE Hi, hi, hi, hi, hi!

HERR JOURDAIN Was hat denn diese freche Person?

NICOLE Hi, hi, hi! Wie Sie sich hergerichtet haben! Hi, hi, hi!

HERR JOURDAIN Was heißt das?

NICOLE Oh, du meine Güte! Hi, hi, hi, hi, hi!

HERR JOURDAIN Was ist denn das für eine Unverschämtheit?! Du lachst über mich?

NICOLE Nein, gnädiger Herr, das wäre mir ja schrecklich! Hi, hi, hi, hi, hi, hi!

HERR JOURDAIN Wenn du so weiter lachst, bekommst du eine.

NICOLE Was soll ich denn dagegen tun? Hi, hi, hi, hi, hi, hi!

HERR JOURDAIN Du hörst nicht auf?

NICOLE Bitte um Verzeihung – aber Sie sind so spaßig, daß ich mich nicht zurückhalten kann. Hi, hi, hi!

HERR JOURDAIN Das ist doch die größte Frechheit!

NICOLE Wirklich, Sie sind komisch! Hi, hi!

HERR JOURDAIN Ich werde dich ...

NICOLE Bitte, nicht böse sein! Hi, hi, hi, hi!

HERR JOURDAIN Du – ich schwöre dir: wenn ich noch das kleinste Gelächter von dir höre – du bekommst die größte Ohrfeige, die ich je gegeben habe!

NICOLE So, gnädiger Herr – – es ist aus, ich lache nicht mehr.

HERR JOURDAIN Hüte dich! Und putze jetzt gleich ...

NICOLE Hi, hi!

HERR JOURDAIN Putze jetzt gleich, aber ordentlich, verstehst du ...

NICOLE Hi, hi!

HERR JOURDAIN Ich sage dir, du sollst ordentlich ...

NICOLE Hi, hi!

HERR JOURDAIN Fängt das schon wieder an?!

NICOLE Bitte, gnädiger Herr, schlagen Sie mich wirklich, aber lassen Sie mich lachen – das wird das beste sein. Hi, hi, hi, hi, hi!

HERR JOURDAIN Du weißt – wenn ich einmal zornig werde ...

NICOLE Bitte, bitte, lassen Sie mich lachen! Hi, hi, hi!

HERR JOURDAIN Ich werde dich ...

NICOLE Gnä – gnädi – diger ... Herr ... ich komm' um, wenn ich nicht la – ... lachen ... kann – hi, hi, hi!

HERR JOURDAIN Das war noch nie da – diese schamlose Person stellt sich vor mich hin und lacht mich aus, statt meine Befehle anzuhören.

NICOLE Was soll ich denn tun, gnädiger Herr?

HERR JOURDAIN Ordentlich putzen, das ganze Haus prächtig herrichten, du Gaunerin, weil ich Besuch erwarte.

NICOLE Jetzt ist mir das Lachen vergangen. Ihre Gäste machen hier eine solche Wirtschaft, daß ich beim Gedanken an sie ganz mißmutig werde.

HERR JOURDAIN Ich soll wohl dir zuliebe keinen Menschen hereinlassen?!

NICOLE Nicht keinen – aber auch nicht alle, die kommen.

Dritte Szene

Frau Jourdain, Herr Jourdain, Nicole, Lakaien

FRAU JOURDAIN Ja, was ist denn das schon wieder? Mann, wie hast du dich da ausstaffiert?! Willlst du der ganzen Welt den Narren vormachen mit dieser Kostümierung? Soll man dich denn überall auslachen?

HERR JOURDAIN Nur Dummköpfe und Gänse lachen über mich, gute Frau.

FRAU JOURDAIN Man hat damit ja nicht bis heute gewartet. Die Welt lacht schon längst über dich und dein Benehmen.

HERR JOURDAIN Was für eine Welt lacht, bitte?

FRAU JOURDAIN Eine vernünftige Welt, die mehr Verstand hat als du. Ich bin entsetzt über das Leben, das du führst. Ich kenne unser Haus nicht wieder. Man glaubt ja: hier ist alle Tage Karneval – und als könntet ihr's gar nicht erwarten, machen die Geiger und die Sänger schon in aller Früh einen solchen Spektakel, daß die Nachbarn gestört werden.

NICOLE Die gnädige Frau hat ganz recht. Bei dem Haufen von Leuten, die Sie hierher kommen lassen, kann ich ja das Haus nicht in Ordnung halten. Die sammeln ja auf ihren Schuhen den Schmutz aus allen Stadtteilen, um ihn hierher zu bringen. Die arme Françoise kommt mir ganz auf den Hund, wenn sie die Fußböden reibt, die Ihre feinen Lehrer Tag für Tag schmutzig machen.

HERR JOURDAIN Für eine Landpomeranze hast du ein sehr geschicktes Mundwerk, liebe Nicole.

FRAU JOURDAIN Sie hat ganz recht und sie ist vernünftiger als du. Ich möchte wissen, wozu du in deinem Alter einen Tanzlehrer brauchst.

NICOLE Und einen Fechtmeister, der mit den Füßen stampft, daß das ganze Haus wackelt und alle Steinfliesen locker werden.

HERR JOURDAIN Haltet den Mund, ihr zwei!

FRAU JOURDAIN Wozu willst du tanzen, wenn du bald froh sein mußt, daß du noch gehen kannst?

NICOLE Wollen Sie vielleicht jemanden umbringen?

HERR JOURDAIN Haltet den Mund, sage ich, ihr seid ungebildet, alle beide. Was weißt du denn von den Vorrechten, die mir das gibt?!

FRAU JOURDAIN Du solltest dich lieber drum kümmern, für deine heiratsfähige Tochter einen Mann zu finden.

HERR JOURDAIN Ich werde mich um ihre Verheiratung kümmern, wenn ein passender Bräutigam auftaucht; aber ich will mich auch um die schönen Sachen kümmern, die man lernen kann.

NICOLE Gnädige Frau, ich habe gehört, daß er sich jetzt auch einen Philosophen ins Haus geholt hat, um das Kraut fett zu machen.

HERR JOURDAIN Jawohl, ich möchte Geist bekommen und mit anderen edlen Männern debattieren.

FRAU JOURDAIN Wirst du vielleicht in deinem Alter noch in die Lateinschule gehen und dich dort mit dem Rohrstock prügeln lassen?

HERR JOURDAIN Warum nicht? Wollte Gott, daß man mich vor aller Welt prügelt, wenn ich dafür das weiß, was man in der Lateinschule lernt.

NICOLE Es wäre wirklich der Mühe wert!

HERR JOURDAIN Nicht wahr, ja?

FRAU JOURDAIN Das braucht man unbedingt, um ein Haus zu führen.

HERR JOURDAIN Eben! Ihr zwei redet ja so dumm und so ungebildet daher, daß ich mich schäme. *zu Frau Jourdain* Weißt du zum Beispiel, was das ist, was du jetzt sagst?

FRAU JOURDAIN Ja: daß es richtig ist und daß du dich zu einem anderen Leben entschließen solltest.

HERR JOURDAIN Nein, das meine ich nicht. Ich frage dich, was die Worte sind, die du zu mir sagst.

FRAU JOURDAIN Vernünftige Worte, zum Unterschied von deinem Benehmen.

HERR JOURDAIN Ich sage dir, daß ich das nicht meine. Ich frage dich: was ich zu dir sage, wenn ich mit dir rede, was ist das?

FRAU JOURDAIN Unsinn.

HERR JOURDAIN Nein, falsch! Was wir sagen, wenn wir so reden ...

FRAU JOURDAIN Nun?

HERR JOURDAIN Wie heißt das?

FRAU JOURDAIN Wie soll das denn heißen?

HERR JOURDAIN Das ist Prosa, du unwissendes Geschöpf!

FRAU JOURDAIN Prosa!

HERR JOURDAIN Jawohl, Prosa. Alles, was Prosa ist, ist kein Vers. Und nicht alles, was keine Prosa ist, ist kein Vers. Und jetzt siehst du, was Bildung heißt. *zu Nicole* Und du, weißt du, was man tun muß, wenn man U sagen will?

NICOLE Was?

HERR JOURDAIN Ja, was tust du, wenn du U sagst?

NICOLE Wie?

HERR JOURDAIN Sag doch einmal U.

NICOLE Bitte. – U.

HERR JOURDAIN Was tust du?

NICOLE Ich sage U.

HERR JOURDAIN Ja, aber was tust du?

NICOLE Das, was Sie von mir verlangen.

HERR JOURDAIN Oh, diese schauderhafte Unbildung! Du verlängerst die Lippen und näherst den Oberkiefer dem Unterkiefer: U – siehst du? Ich verziehe den Mund: U.

NICOLE Ach, wie schön!

FRAU JOURDAIN Wirklich wunderschön!

HERR JOURDAIN Und das ist noch gar nichts – wenn ihr erst das O seht – und D – und F –

FRAU JOURDAIN Was soll denn diese Narretei?

NICOLE Wogegen ist das gut?

HERR JOURDAIN Was für ein Jammer, daß ich von Unwissenden umgeben bin!

FRAU JOURDAIN Ach geh, du solltest lieber alle diese Leute mit ihrem Firlefanz davonjagen.

NICOLE Zuerst diesen Kerl von einem Fechtmeister, der einem das ganze Haus schmutzig macht.

HERR JOURDAIN Ja, ja, dieser Fechtmeister geht dir nicht aus dem Kopf. Jetzt will ich dir aber einmal zeigen, wie unverschämt du bist. *auf einen Wink bringen die Lakaien zwei Rapiere, er gibt eines davon Nicole.* Da. – Lehrhafte Vorführung. Festen Stand. Quart-Battuta – so: eins, zwei – Terz – Battuta – so: eins, zwei – Dadurch wird man nie getötet. Ist das nicht schön, daß man ganz beruhigt sein kann, wenn man sich mit jemandem schlägt. Komm, versuche doch, mich zu treffen.

NICOLE Ja, soll ich? *sie trifft ihn mehrmals.*

HERR JOURDAIN Gut. – Sehr gut. – Halt – langsam! Du verfluchtes Luder!

NICOLE Sie haben doch gesagt: ich soll Sie treffen.

HERR JOURDAIN Ja, aber du schlägst die Terz, bevor du die Quart schlägst, und du wartest nicht ab, bis ich pariere.

FRAU JOURDAIN Lieber Mann, du hast lauter Dummheiten im Kopf, seit du dich auf den Umgang mit den Adeligen einlassen willst.

HERR JOURDAIN Wenn ich mit dem Adel umgehe, zeigt das meine Klugheit, denn das ist doch viel schöner als der Umgang mit deinen Bürgerlichen.

FRAU JOURDAIN Meiner Seel! Der Umgang mit deinen noblen Herrschaften bringt etwas ein; du warst ja so geschickt mit diesem sauberen Herrn, den du dir in den Pelz gesetzt hast . . .

HERR JOURDAIN Sei doch ruhig und denke nach, bevor du den Mund aufmachst, liebe Gattin! Weißt du denn, wovon du sprichst, wenn du von ihm sprichst? Er ist viel bedeutender, als du glaubst, eine Standesperson, die man bei Hof schätzt, er redet mit dem König wie ich mit dir, ganz einfach so. Macht's mir nicht große Ehre, wenn man einen so hohen Herrn bei mir aus und ein gehen sieht und er mich seinen Freund nennt und mich behandelt wie seinesgleichen? Wie nett er zu mir ist, das kann man sich gar nicht vorstellen; vor allen Leuten gibt er mir Gunstbeweise, daß ich ganz verlegen werde.

FRAU JOURDAIN Ja, er ist nett und macht dich verlegen, aber er leiht Geld von dir.

HERR JOURDAIN Ist's denn nicht auch eine Ehre, einem Herrn

von diesem Rang Geld zu leihen? Wenn ich für eine Standesperson, die mich ihren Freund nennt, weiter nichts tun kann ...

FRAU JOURDAIN Und was tut die Standesperson für dich?

HERR JOURDAIN Man wird sich sehr wundern, wenn man das erfährt.

FRAU JOURDAIN Was denn?

HERR JOURDAIN Genug! Mehr kann ich nicht sagen. Was ich ihm geliehen habe, wird er mir zurückzahlen, in kürzester Zeit, und damit Schluß!

FRAU JOURDAIN Das erwartest du?

HERR JOURDAIN Zuversichtlich. Er hat's ja gesagt.

FRAU JOURDAIN Und er wird nicht vergessen, das nicht zu vergessen?

HERR JOURDAIN Ich habe sein Wort als Edelmann.

FRAU JOURDAIN Leeres Gerede.

HERR JOURDAIN Du bist sehr starrköpfig, meine gute Gattin; ich aber sage dir: er hält Wort – ich bin überzeugt davon.

FRAU JOURDAIN Und ich bin vom Gegenteil überzeugt, und ich sage dir, daß alle Gunstbeweise dich nur in Sicherheit wiegen sollen.

HERR JOURDAIN Ruhe – da kommt er.

Vierte Szene

Dorante, Herr Jourdain, Frau Jourdain, Nicole

DORANTE Mein lieber Freund Jourdain, wie befinden Sie sich?

HERR JOURDAIN Sehr gut, mein Herr, Ihnen zu dienen.

DORANTE Und wie befindet sich Frau Jourdain?

FRAU JOURDAIN Frau Jourdain befindet sich, so gut sie kann.

DORANTE Oh, Freund Jourdain – Sie sind ja ganz unvergleichlich gekleidet!

HERR JOURDAIN Wie Sie sehen.

DORANTE Ganz hervorragend sehen Sie aus in diesem Gewand; ich wüßte keinen jungen Kavalier bei Hofe, der Sie zu übertreffen vermöchte.

HERR JOURDAIN *geschmeichelt* Ei, ei!

FRAU JOURDAIN *beiseite* Er will ihn um den Finger wickeln.

DORANTE Drehen Sie sich einmal um – überaus elegant!

FRAU JOURDAIN *beiseite* Ja, von hinten genau wie von vorn.

DORANTE Meiner Treu, Freund Jourdain, ich war schon ungemein ungeduldig, Sie zu sehen. Keiner aus der großen Welt bedeutet mir so viel wie Sie – erst heute morgen habe ich im Schlafzimmer des Königs von Ihnen gesprochen.

HERR JOURDAIN Sie überhäufen mich, mein Herr. *zu Frau Jourdain* Im Schlafzimmer des Königs! Da hörst du's!

DORANTE Aber bedecken Sie sich doch!

HERR JOURDAIN Ich weiß, wieviel Ehrerbietung ich Ihnen schulde, mein Herr!

DORANTE Mein Gott, bedecken Sie sich – keine Förmlichkeiten zwischen uns, ich bitte Sie!

HERR JOURDAIN Mein Herr . . .

DORANTE Bedecken Sie sich, sage ich – Sie sind mein Freund, Jourdain!

HERR JOURDAIN Ich bin Ihr Diener, mein Herr.

DORANTE Ich bleibe barhaupt, wenn Sie sich nicht bedecken.

HERR JOURDAIN *bedeckt sich* Dann will ich lieber den Anstand verletzen als weiter Umstände machen.

DORANTE Sie wissen ja, daß ich Ihr Schuldner bin.

FRAU JOURDAIN *beiseite* Ja, das wissen wir nur zu gut.

DORANTE Sie waren so großherzig, mir mehrfach Geld zu leihen; ich fühle mich Ihnen und Ihrer einzigartigen Freigebigkeit ungemein verpflichtet.

HERR JOURDAIN Sie beschämen mich, mein Herr.

DORANTE Aber ich pflege zurückzuerstatten, was man mir leiht, und mich für Freuden, die man mir bereitet, erkenntlich zu zeigen.

HERR JOURDAIN Daran zweifle ich nicht, mein Herr.

DORANTE Ich möchte unsere Geschäfte bereinigen und bin hierhergekommen, um mit Ihnen abzurechnen.

HERR JOURDAIN *leise zu Frau Jourdain* Nun, jetzt merkst du, wie ungerecht du warst, liebe Frau.

DORANTE Ich schätze es, wenn alle schwebenden Angelegenheiten möglichst schnell erledigt werden.

HERR JOURDAIN *leise zu Frau Jourdain* Was hab' ich dir gesagt?

DORANTE Sehen wir doch einmal, was ich Ihnen schulde.

HERR JOURDAIN *leise zu Frau Jourdain* Du mit deinem lächerlichen Mißtrauen!

DORANTE Erinnern Sie sich noch an alle Beträge, die Sie mir vorgestreckt haben?

HERR JOURDAIN Ich glaube ja. Ich habe eine kleine Liste gemacht. – Hier ist sie. – Das wären einmal zweihundert Dukaten.

DORANTE Das stimmt.

HERR JOURDAIN Und dann einhundertzwanzig.

DORANTE Ja.

HERR JOURDAIN Das nächstemal einhundertvierzig.

DORANTE Richtig.

HERR JOURDAIN Diese drei Posten machen insgesamt vierhundertsechzig Dukaten, das ist soviel wie fünftausendsechzig Pfund.

DORANTE Ausgezeichnet gerechnet. Fünftausendsechzig Pfund.

HERR JOURDAIN Achtzehnhundertzweiunddreißig Pfund dem Federnhändler.

DORANTE Ganz genau.

HERR JOURDAIN Zweitausendsiebenhundertachtzig Pfund Ihrem Schneider.

DORANTE Stimmt.

HERR JOURDAIN Viertausenddreihundertneunundsiebzig Pfund, zwölf Groschen, acht Heller dem Tuchmacher.

DORANTE Sehr gut. Zwölf Groschen, acht Heller, das ist exakt.

HERR JOURDAIN Und eintausendsiebenhundertachtundvierzig Pfund, sieben Groschen und vier Heller für den Sattler.

DORANTE Stimmt genau. Und was macht das alles?

HERR JOURDAIN Das ergibt zusammen fünfzehntausendachthundert Pfund.

DORANTE Ausgezeichnet. Fünfzehntausendachthundert Pfund.

Dazu kommen noch zweihundert Dukaten, um die ich Sie heute bitte, dann macht es achtzehntausend, die ich Ihnen in kürzester Frist zurückerstatten werde.

FRAU JOURDAIN *leise zu Herrn Jourdain* Nun, was hab' ich dir gesagt?

HERR JOURDAIN *leise zu Frau Jourdain* Ruhe!

DORANTE Oder fällt es Ihnen schwer, mir das Erbetene zu geben?

HERR JOURDAIN Nein, nein!

FRAU JOURDAIN *leise zu Herrn Jourdain* Für diesen Menschen bist du die reinste Melkkuh.

HERR JOURDAIN *leise zu Frau Jourdain* Schweig doch!

DORANTE Wenn es Ihnen schwerfällt, versuche ich's anderswo.

HERR JOURDAIN Nicht doch, mein Herr!

FRAU JOURDAIN *leise zu Herrn Jourdain* Er wird erst zufrieden sein, wenn er dich ganz ausgeplündert hat.

HERR JOURDAIN *leise zu Frau Jourdain* Schweig, sage ich!

DORANTE Sie brauchen es nur zu sagen, wenn es Sie in Verlegenheit setzt.

HERR JOURDAIN Gewiß nicht, mein Herr.

FRAU JOURDAIN *leise zu Herrn Jourdain* Der reinste Bauernfänger.

HERR JOURDAIN *leise zu Frau Jourdain* Schweig doch endlich, Unverschämte!

FRAU JOURDAIN *leise zu Herrn Jourdain* Bis zum letzten Groschen wird er dich aussaugen.

HERR JOURDAIN *leise zu Frau Jourdain* Wirst du schweigen oder nicht?

DORANTE Ich verfüge über etliche Leute, die mit Vergnügen einspringen; doch da Sie mein bester Freund sind, dachte ich, es wäre ein Unrecht Ihnen gegenüber, wenn ich jemand anderen bäte.

HERR JOURDAIN Zuviel der Ehre für mich, mein Herr. Ich will's gleich holen.

FRAU JOURDAIN *leise zu Herrn Jourdain* Was? Du gibst ihm wirklich noch etwas?!

HERR JOURDAIN *leise zu Frau Jourdain* Was soll ich machen? Soll ich einen vornehmen Herrn beleidigen, der heute im Schlafzimmer des Königs von mir gesprochen hat?

FRAU JOURDAIN *leise zu Herrn Jourdain* Nur immer so weiter, du armer Narr!

Fünfte Szene

Dorante, Frau Jourdain, Nicole

DORANTE Sie scheinen verstimmt – was haben Sie, Frau Jourdain?

FRAU JOURDAIN Mir liegt etwas im Magen.

DORANTE Und wo befindet sich das Fräulein Tochter, daß man sie hier nicht sieht?

FRAU JOURDAIN Dort, wo sie ist, kann man sie von hier aus nicht sehen.

DORANTE Und könnte sie sich nicht sehen lassen?

FRAU JOURDAIN Nein; es ist besser für sie, wenn sie bleibt, wo sie ist.

DORANTE Möchten Sie nicht nächstens einmal mit ihr das Ballett und die Komödie ansehen, die für den König gespielt werden?

FRAU JOURDAIN Ja, ich bin wirklich sehr zum Lachen aufgelegt, sehr zum Lachen bin ich aufgelegt.

DORANTE Früher einmal haben Sie gewiß viele Liebhaber gehabt, als Sie noch jung und schön waren – und gutgelaunt.

FRAU JOURDAIN Zum Donnerwetter, mein Herr, finden Sie die Frau Jourdain denn so alt und wackelig?

DORANTE Ach, ich bitte vielmals um Vergebung; ich bin nur nicht gleich auf den Gedanken gekommen, daß Sie noch jung sind, ich bin ja oft so zerstreut! Verzeihen Sie die Ungehörigkeit.

Sechste Szene

Herr Jourdain, Dorante, Frau Jourdain, Nicole

HERR JOURDAIN Hier sind gutgezählte zweihundert Dukaten.

DORANTE Ich versichere Ihnen, Jourdain, daß ich zu Ihrer Verfügung stehe und darauf brenne, mich Ihnen gefällig zu erweisen.

HERR JOURDAIN Ich bin Ihnen ungemein verbunden.

DORANTE Wenn Frau Jourdain die Aufführung bei Hof sehen will, lasse ich ihr die besten Plätze anweisen.

FRAU JOURDAIN Frau Jourdain bedankt sich dafür.

DORANTE *leise zu Herrn Jourdain* Wie ich Ihnen schon schrieb, will unsere schöne Baronin hier speisen und das Ballett ansehen; ich konnte sie endlich überreden, die Einladung anzunehmen.

HERR JOURDAIN Bitte, gehen wir doch etwas weiter an die Seite.

DORANTE Wir haben einander eine Woche lang nicht gesehen, so konnte ich Ihnen noch nicht über den Diamanten berichten, den Sie mir als Geschenk für die Baronin anvertraut haben. Ich hatte die größte Mühe, ihre Widerstände zu überwinden, und erst heute entschloß sie sich, ihn anzunehmen.

HERR JOURDAIN Wie hat er ihr gefallen?

DORANTE Sie war entzückt; und ich müßte mich ungemein täuschen, wenn die Schönheit des Edelsteins die blendende Wirkung auf ihren Geist verfehlte.

HERR JOURDAIN Das walte Gott!

FRAU JOURDAIN *zu Nicole* Wenn er einmal da ist, findet er kein Ende.

DORANTE Ich habe auch die Pracht des Geschenks und die Größe Ihrer Liebe gehörig herausgestrichen.

HERR JOURDAIN Sie überhäufen mich mit Gunstbeweisen, mein Herr; es macht mich so verlegen, daß jemand von Ihrem Rang sich meinetwegen derart erniedrigt wie Sie.

DORANTE Das ist doch nicht Ihr Ernst?! Ist man denn nicht

unter Freunden über solche Rücksichten erhaben? Täten Sie nicht das nämliche für mich, wenn sich dazu Gelegenheit böte?

HERR JOURDAIN Ja, ganz gewiß, und von Herzen gern.

FRAU JOURDAIN *zu Nicole* Der Mensch macht mich ganz krank, wenn er hier ist!

DORANTE Für mich gibt es kein Überlegen, wenn ich einem Freund von Nutzen sein kann. Sie haben mir gestanden, welche Leidenschaft Ihnen die reizende Baronin aus meinem Bekanntenkreis einflößt; und, wie Sie wissen, ich habe mich sogleich bereit erklärt, Ihre Liebe zu begünstigen.

HERR JOURDAIN Gewiß, und diese Gnade beschämt mich.

FRAU JOURDAIN *zu Nicole* Wird er denn niemals fortgehen?

NICOLE Sie haben es sehr hübsch miteinander.

DORANTE Sie haben die Sache von der richtigen Seite angepackt. Frauen lieben vor allem die Unkosten, in die man sich um ihretwillen stürzt; die zahlreichen Serenaden, die Fülle der Blumen, das grandiose Feuerwerk am Teich, der Diamant, den sie von Ihnen bekommen hat, und das Geschenk, das Sie bereithalten, all das spricht eine beredtere Sprache zu Ihren Gunsten als sämtliche Worte, die Sie ihr hätten sagen können.

HERR JOURDAIN Es gibt keine Unkosten, in die ich mich nicht gern stürze, wenn ich damit ihr Herz gewinne. Eine feine Dame ist für mich so ungemein reizvoll, und diese Ehre will ich mir um jeden Preis verschaffen.

FRAU JOURDAIN *zu Nicole* Was haben die soviel miteinander zu reden? Geh doch und versuche ganz vorsichtig, ob du etwas aufschnappen kannst.

DORANTE Sie werden sogleich in reichem Maß das Vergnügen ihres Anblicks genießen. Ihre Augen werden sich nach Herzenslust an ihr sattsehen.

HERR JOURDAIN Ich schicke meine Frau zu meiner Schwägerin, damit ich hier meine Freiheit habe. Sie wird dort essen und bis tief in den Nachmittag bleiben.

DORANTE Das haben Sie geschickt gemacht! Denn Ihre Gattin wäre uns hinderlich gewesen. Ich habe dem Koch bereits in Ihrem Namen meine Aufträge gegeben und auch alles vorbereiten lassen, was für das Ballett nötig ist. Es wird nach meinen Anweisungen getanzt, und wenn die Ausführung der Idee entspricht, bin ich überzeugt, daß es ...

HERR JOURDAIN *merkt, daß Nicole horcht, und gibt ihr eine Ohrfeige* Da hast du, du unverschämtes Ding! *zu Dorante* Gehen wir dort hinüber, bitte!

Siebente Szene

Frau Jourdain, Nicole

NICOLE Meiner Seel, gnädige Frau, die Neugier hat mir allerhand eingetragen. Aber ich glaube: die zwei haben dunkle Geschichten im Sinn und möchten Sie von der Sache fernhalten.

FRAU JOURDAIN Das ist nichts Neues, liebe Nicole. Ich hab' meinen Mann schon lange im Verdacht ... ich werde hintergangen – er hat gewiß irgendwo eine Liebschaft, und ich möchte gern dahinterkommen, was da gespielt wird. Aber denken wir vor allem an meine Tochter. Du weißt, wie sehr Cléonte sie liebt. Der junge Mann gefällt mir, ich möchte seine Werbung begünstigen und ihm Lucile zur Frau geben, wenn ich kann.

NICOLE Oh, gnädige Frau, da bin ich aber wirklich entzückt, daß Sie das vorhaben; denn so wie Ihnen der Herr, gefällt mir der Diener, und ich hoffe, daß wir im Schatten der großen Hochzeit auch heiraten können.

FRAU JOURDAIN Geh, Nicole, und bestelle ihm, er soll gleich zu mir kommen und bei meinem Mann und mir um Luciles Hand anhalten.

NICOLE Ich will laufen, gnädige Frau, und mit größtem Vergnügen – ich habe noch nie einen schöneren Auftrag bekommen. *allein* Jetzt werde ich zwei Menschen sehr glücklich machen.

Achte Szene

Cléonte, Covielle, Nicole

NICOLE Ah, da kommen die Herren ja wie gerufen. Ich bringe eine freudige Nachricht und ich ...

CLÉONTE Aus meinen Augen, Treulose; versuche nicht, mich mit deinen verräterischen Worten einzulullen!

NICOLE Wie? So empfangen Sie mich, wenn ich ...

CLÉONTE Aus meinen Augen, sage ich, und bestelle deiner ungetreuen Herrin, daß sie den allzu leichtgläubigen Cléonte nie wieder hintergehen wird.

NICOLE Was für ein Possenspiel wird da gespielt? Mein guter Covielle, sag mir doch, was ich davon halten soll.

COVIELLE Dein guter Covielle, du kleines Ungeheuer! Schnell, verschwinde, du Hexe, und laß mich in Frieden!

NICOLE Wie, kommst du mir auch so ...

COVIELLE Verschwinde, sag' ich, und sprich nie mehr ein Wort zu mir!

NICOLE Ach, was ist denn in euch gefahren? Diese schöne Geschichte muß ich gleich dem Fräulein berichten.

Neunte Szene

Cléonte, Covielle

CLÉONTE Einen Liebsten so zu behandeln, den treuesten Liebsten, den feurigsten Liebsten auf der Welt!

COVIELLE Ja, es ist wirklich schauerlich, was man uns beiden angetan hat!

CLÉONTE Ich bekunde einem Geschöpf alle erdenkliche zärtliche Leidenschaft, ich liebe nichts auf der Welt außer ihr, nur sie habe ich im Sinn, sie beherrscht all mein Streben, meine Wünsche, meine Freuden; ich spreche nur von ihr, ich denke nur an sie, ich träume nur von ihr, ich atme nur für sie, mein Herz schlägt nur für sie – und das ist nun der gerechte Lohn für all die Zuneigung! Zwei Tage vergehen, ohne daß ich sie sehe, und die Tage werden für mich zu grausamen Jahrhunderten. Ich begegne ihr durch Zufall, und bei Ihrem Anblick fühlt sich mein Herz hoch erhoben, die Freude verklärt meine Züge – hingerissen fliege ich ihr entgegen – und die Treulose wendet den Blick von mir ab und geht eilends davon, als hätte sie mich nie im Leben gesehen.

COVIELLE Genau das könnte ich auch sagen.

CLÉONTE Hat man je so etwas erlebt, lieber Covielle, wie diesen Verrat der ungetreuen Lucile?

COVIELLE Und den Verrat der nichtsnutzigen Nicole, Herr?

CLÉONTE Nach so vielen glühenden Liebesdiensten, Seufzern und Geständnissen, mit denen ich ihren Reizen gehuldigt!

COVIELLE Nach so viel Gunst, Eifer und Hilfe, die ich ihr in der Küche erwiesen!

CLÉONTE Wieviele Tränen vergoß ich doch zu ihren Füßen!

COVIELLE Wieviele Eimer mit Wasser holte ich nicht für sie vom Brunnen!

CLÉONTE Mit welchem Feuer ließ ich sie merken, daß ich sie mehr liebe als mein Leben!

COVIELLE Mit welcher Hitze mußte ich mich plagen, wenn ich für sie den Bratspieß wendete!

CLÉONTE Und nun flieht sie mich voll Verachtung!

COVIELLE Und nun dreht sie mir den Rücken voll Bösartigkeit!

CLÉONTE Ein Verrat, der schlimmster Strafe würdig wäre!

COVIELLE Ein Betrug, der tausender Ohrfeigen würdig wäre!

CLÉONTE Daß du mir's ja nicht wagst – ich beschwöre dich –, je zu ihren Gunsten zu sprechen.

COVIELLE Ich, Herr? Der Himmel bewahre mich!

CLÉONTE Daß du mir nie kommst, die Untat der Trügerischen zu entschuldigen!

COVIELLE Seien Sie ganz unbesorgt.

CLÉONTE Nein, sage ich dir, nein, alle deine Reden zu ihrer Verteidigung werden dir nichts nützen.

COVIELLE Wer denkt denn auch an so etwas?

CLÉONTE Ich will an meiner Verachtung festhalten, will meinen Umgang mit ihr völlig abbrechen.

COVIELLE Einverstanden.

CLÉONTE Der Graf, der hier aus und ein geht, sticht ihr wohl ins Auge; sein Stand scheint sie zu blenden. Doch meine Ehre gebietet mir, den üblen Folgen ihrer Unbeständigkeit zuvorzukommen. Drum will ich zu der von ihr angestrebten Veränderung ebensoviel beitragen wie sie und ihr nicht das Vorrecht gönnen, mich verlassen zu haben.

COVIELLE Das sagen Sie sehr richtig; ich für meine Person schließe mich allen Ihren Ansichten an.

CLÉONTE Reiche meinem Unmut die Hand, Covielle, unterstütze mein Herz im Kampf gegen den letzten Rest von Liebe, der zu ihren Gunsten sprechen könnte. Sag mir, ich beschwöre dich, alles Böse über sie, das du zu sagen vermagst. Entwirf mir ein hassenswertes Bild ihres Wesens und zeige sie mir, um mich abzustoßen, mit allen Fehlern, die du wahrnehmen kannst.

COVIELLE Die, Herr? Wie kann man sich denn in ein halbwegs hübsches Gänschen, in eine eitle, aufgeblasene Puppe so verlieben, nur weil sie gut gewachsen ist?! Ich sehe an ihr gar nichts Besonderes, und Sie finden hundert andere, die Ihrer würdiger sind! Erstens hat sie kleine Augen ...

CLÉONTE Ja, ihre Augen sind klein, aber strahlend und glänzend und feurig wie kein anderes Augenpaar – so rührend wie keine Augen sonst auf der Welt.

COVIELLE Sie hat einen großen Mund.

CLÉONTE Aber er ist so göttlich wie kein anderer Mund; wenn man ihn sieht, wird man von Wünschen heimgesucht, denn er ist der lieblichste und zärtlichste Mund der Welt.

COVIELLE Sie ist sehr klein.

CLÉONTE Ja, aber zierlich und wohlgeformt.

COVIELLE Sie ist nachlässig in ihrem Reden und in allem, was sie tut.

CLÉONTE Das stimmt; doch mit welcher Grazie! Ihr Benehmen ist ansprechend und von einem geheimnisvollen Liebreiz, der zu Herzen geht.

COVIELLE Was den Geist betrifft . . .

CLÉONTE Er ist so edel, so bedeutend.

COVIELLE Im Gespräch ist sie . . .

CLÉONTE . . . anregend und angenehm.

COVIELLE . . . aber immer so ernsthaft.

CLÉONTE Ja, bist du denn für Lustigkeit um jeden Preis und oberflächliches Gewitzel? Kennst du etwas Quälenderes als eine Frau, die bei jeder Gelegenheit lacht?

COVIELLE Vor allem kenne ich niemandem, der launischer wäre als sie.

CLÉONTE Ja, sie ist launisch, das bestreite ich nicht, doch eine Schöne darf sich manches erlauben, einer Schönen verzeiht man alles.

COVIELLE Mit einem Wort: Sie sind entschlossen, sie ewig zu lieben.

CLÉONTE Nein, lieber sterben! Ich will sie so heftig hassen, wie ich sie geliebt habe.

COVIELLE Aber wie – wenn sie Ihnen immer noch so vollkommen erscheint?

CLÉONTE Das gibt ja meiner Rache erst ihr ganzes Gewicht. Darin wird sich die Kraft meines Herzens erproben, daß ich sie hasse und verlasse, so schön, wie sie ist, so begehrenswert, so liebenswert, wie ich sie finde! Da ist sie.

Zehnte Szene

Cléonte, Lucile, Covielle, Nicole

NICOLE *zu Lucile* Ich bin wirklich außer mir vor Empörung.

LUCILE Vielleicht war's nur ein Mißverständnis, Nicole. Da ist er ja.

CLÉONTE *zu Covielle* Ich will nicht einmal mit ihr reden.

COVIELLE Ganz mein Fall.

LUCILE Was gibt's, Cléonte, was haben Sie denn?

NICOLE Was hat er denn, Covielle?

LUCILE Was bekümmert Sie?

NICOLE Warum bist du so mürrisch?

LUCILE Sind Sie stumm, Cléonte?

NICOLE Hat's dir die Rede verschlagen, Covielle?

CLÉONTE Schändliche Verräterinnen!

COVIELLE Du Judas!

LUCILE Mir scheint, daß unsere heutige Begegnung Sie verwirrt hat.

CLÉONTE *zu Covielle* Ha, da kommt's an den Tag.

NICOLE Unser Benehmen von heute morgen liegt dir im Magen.

COVIELLE *zu Cléonte* Ja, da ist der Hund begraben.

LUCILE Nicht wahr, Cléonte, das ist der Anlaß deines Grolls?

CLÉONTE Ja, Treulose, wenn ich schon reden soll, ja, aber dann will ich Ihnen auch gleich sagen, daß es Ihnen nicht so einfach glücken wird, mich zu verraten, wie Sie denken, daß ich der erste sein will, der das Band zerreißt, und daß Sie nicht das Vorrecht haben werden, mich zu verabschieden. Sicherlich wird es mir schwerfallen, die Liebe zu Ihnen aus meinem Herzen zu reißen, ich werde mich kränken, ich werde eine Zeitlang leiden müssen, aber ich werde darüber hinwegkommen, und eher soll mir das Herz zerbrechen, als daß ich mich Ihnen aus Schwäche wieder zuwende.

COVIELLE *zu Nicole* Ebenfalls.

LUCILE Was für ein Aufwand um nichts und wieder nichts! Ich kann Ihnen erklären, Cléonte, warum ich heute der Begegnung mit Ihnen ausgewichen bin.

CLÉONTE *wendet sich zum Gehen* Nein, ich will nichts hören.

NICOLE *zu Covielle* Ich werde dir verraten, warum wir so schnell weitergegangen sind.

COVIELLE *wie Cléonte* Ich werde nicht zuhören.

LUCILE *geht Cléonte nach* Heute früh war nämlich ...

CLÉONTE *weitergehend, ohne sie zu beachten* Nein, sage ich.

NICOLE *gleiches Spiel* Laß dir doch erzählen, was ...

COVIELLE *gleiches Spiel* Nein, Treulose!

LUCILE Cléonte!

CLÉONTE Nein.

NICOLE Covielle!

COVIELLE Mitnichten!

LUCILE Bleiben Sie doch!

CLÉONTE Unsinn!

NICOLE Hör mich an!

COVIELLE Dummes Zeug!

LUCILE Einen Augenblick!

CLÉONTE Keinen einzigen!

NICOLE Hab doch Geduld!

COVIELLE Larifari!

LUCILE Zwei Worte nur!

CLÉONTE Nein!

NICOLE Ein Wort!

COVIELLE Keine Silbe!

LUCILE *stehenbleibend* Gut, wenn Sie mich nicht anhören wollen, soll's dabei bleiben.

NICOLE *gleichfalls stehenbleibend* Bitte, wenn's so ist, dann lassen wir's eben.

CLÉONTE *wendet sich zu Lucile* So lassen Sie mich denn die Ursache Ihres freundlichen Betragens wissen.

LUCILE *wendet sich zu Nicole* Jetzt mag ich nicht mehr.

COVIELLE *zu Nicole* Nun, erzähl doch, was los war.

NICOLE Jetzt wird nichts mehr verraten.

CLÉONTE *geht Lucile nach* Sagen Sie mir ...

LUCILE *entfernt sich von ihm, ohne ihn anzusehen* Nein, ich will nichts sagen.

COVIELLE *gleiches Spiel* Rede doch!

NICOLE *gleiches Spiel* Nein, ich bin stumm.

CLÉONTE Ich ersuche Sie ...

LUCILE Nein, sag' ich!

COVIELLE Bitte!

NICOLE Niemals!

CLÉONTE Ich flehe Sie an.

LUCILE Lassen Sie mich!

COVIELLE Ich beschwöre dich!

NICOLE Fort mit dir!

CLÉONTE Lucile!

LUCILE Nein!

COVIELLE Nicole!

NICOLE Nichts da!

CLÉONTE Lassen Sie sich erweichen!

LUCILE Ich will nicht.

COVIELLE Rede!

NICOLE Ich schweige.

CLÉONTE Zerstreuen Sie meine Bedenken!

LUCILE Ich denke nicht daran!

COVIELLE Erleuchte meinen Geist!

NICOLE Keine Lust!

CLÉONTE Nun gut, da Ihnen so wenig dran liegt, meine Qualen zu lindern und das unwürdige Verhalten, durch das Sie meine Liebe entweiht haben, zu rechtfertigen, sehen Sie mich heute zum letztenmal, Undankbare! Fern von Ihnen werde ich an meiner unglücklichen Liebe zugrunde gehen..

COVIELLE Ich gehe mit.

LUCILE Cléonte!

NICOLE Covielle!

CLÉONTE Ja?

COVIELLE Bitte?

LUCILE Wohin gehen Sie?

CLÉONTE Das habe ich eben gesagt.

COVIELLE Zugrunde.

LUCILE Sie wollen sterben, Cléonte?

CLÉONTE Ja, Grausame, da es Ihnen beliebt.

LUCILE Mir beliebt es, daß Sie sterben?

CLÉONTE Ja, Sie wollen es.

LUCILE Wer sagt Ihnen das?

CLÉONTE *nähert sich Lucile* Ihre Weigerung, meinen Verdacht zu entkräften.

LUCILE Ich kann doch nichts dafür. Hätten Sie mich angehört, wüßten Sie längst, daß der Vorfall, der Sie so bekümmert, heute morgen durch die Gegenwart einer alten Tante verursacht war, die meint, daß ein Mädchen schon ehrlos ist, wenn es sich einem Mann auch nur nähert, die uns mit Vorurteilen dieser Art unablässig in den Ohren liegt und alle Männer als wahre Teufel hinstellt, die man fliehen muß.

NICOLE *zu Covielle* Das ist das ganze Geheimnis.

CLÉONTE Sie täuschen mich nicht, Lucile?

COVIELLE Du legst mich nicht herein?

LUCILE Das ist die reine Wahrheit, Cléonte.

NICOLE So ist's und nicht anders.

COVIELLE *zu Cléonte* Sollen wir jetzt nachgeben?

CLÉONTE Ach, Lucile, wie kann ein Wort aus Ihrem Mund den heftigsten Sturm in meinem Herzen besänftigen – wie leicht läßt sich der Liebende von der Geliebten überzeugen!

COVIELLE Sie machen mit uns, was sie wollen, diese verflixten Geschöpfe!

Elfte Szene

Frau Jourdain, Cléonte, Lucile, Covielle, Nicole

FRAU JOURDAIN Mein lieber Cléonte, ich freue mich, Sie zu sehen, und Sie kommen im rechten Augenblick, denn mein Mann wird gleich da sein – benützen Sie die Gelegenheit und bitten Sie ihn um Luciles Hand.

CLÉONTE Oh, wie gern höre ich diese Worte, die alle meine Wünsche beflügeln! Kein Auftrag könnte mich so entzücken wie diese Aufforderung, die mir Ihre unschätzbare Gunst beweist.

Zwölfte Szene

Herr Jourdain, Frau Jourdain, Cléonte, Lucile, Covielle, Nicole

CLÉONTE Mein Herr, ich wollte keinen Dritten bemühen, Ihnen eine Bitte vorzutragen, die seit langem wohl erwogen ist, denn sie geht mir so nahe, daß nur ich selbst sie äußern kann. Ohne weitere Einleitungen möchte ich hiermit sagen, daß mir die Ehre, Ihr Schwiegersohn zu sein, ebenso schmeichelhaft wie willkommen wäre und daß ich Sie bitte, mir diese Gunst zu gewähren.

HERR JOURDAIN Bevor ich Ihnen antworte, mein Herr, sagen Sie mir, bitte, ob Sie ein Edelmann sind.

CLÉONTE Mein Herr, die meisten Leute würden ohne Zögern erwidern: ja. Das ist heutzutage leicht gesagt, da der Mißbrauch des Wortes »Edelmann« so vielen zur Gewohnheit geworden ist. Ich aber muß Ihnen gestehen, daß ich mir die Antwort auf Ihre Frage nicht so leicht mache. Jede Anmaßung scheint mir eines ehrlichen Menschen unwürdig, und es wäre Feigheit, den Stand zu verleugnen, den uns der Himmel durch unsere Geburt bestimmt hat, sich vor der Welt mit einem erborgten Titel zu brüsten und scheinen zu wollen, was man nicht ist. Ich stamme gewiß von Eltern ab, die aller Ehren wert sind. Ich habe mir selbst durch sechsjährigen Dienst mit der Waffe Ehre erworben. Und ich bin so gut gestellt, daß ich mich meines Standes vor niemandem in der Welt zu schämen brauche. Doch das alles kann mich nicht dazu bringen, mir einen Namen beizulegen, wie ihn andere an meiner Stelle sich anzumaßen für berechtigt hielten. Und so sage ich Ihnen offen: Ich bin kein Edelmann.

HERR JOURDAIN Schlagen Sie ein, mein Herr! – Meine Tochter wird nicht die Ihre.

CLÉONTE Wie?

HERR JOURDAIN Sie sind kein Edelmann – meine Tochter wird nicht die Ihre.

FRAU JOURDAIN Was willst du denn mit deinem ewigen Edelmann? Wir stammen doch auch nicht von Ludwig dem Heiligen ab.

HERR JOURDAIN Schweig, liebe Gattin, ich weiß schon, worauf du hinaus willst.

FRAU JOURDAIN Sind wir denn nicht alle miteinander ehrliche Bürgersleute?

HERR JOURDAIN Ja, das habe ich kommen gesehen.

FRAU JOURDAIN Waren nicht unsere beiden Väter Kaufleute?

HERR JOURDAIN Der Teufel hole diese Frau! Sie kann's nicht lassen! Wenn dein Vater Kaufmann war, ist's schlimm genug, aber bei meinem Vater wäre das eine Verleumdung. Ich kann Ihnen nur wiederholen: ich will einen Edelmann als Schwiegersohn.

FRAU JOURDAIN Deine Tochter braucht einen Mann, der zu ihr paßt. Besser ein wohlhabender hübscher Mensch als ein häßlicher adeliger Hungerleider.

NICOLE Ja, das ist wahr. Unser Edelmann im Dorf hat einen Sohn, und der ist der häßlichste Dummkopf, den ich kenne.

HERR JOURDAIN Ruhe, du vorlautes Ding! Misch dich nicht immer in unser Gespräch. – Die Mitgift meiner Tochter ist groß genug – ich brauche für sie nur noch Ehre – ich will mindestens eine Baronin aus ihr machen.

FRAU JOURDAIN Eine Baronin?

HERR JOURDAIN Jawohl, eine Baronin, mindestens.

FRAU JOURDAIN Gott bewahre uns davor!

HERR JOURDAIN So hab' ich's beschlossen.

FRAU JOURDAIN Und ich werde es nicht dulden. Verbindungen mit Hochgestellten gehen nie gut aus. Ich möchte nicht, daß mein Schwiegersohn meiner Tochter den Stand ihrer Eltern übelnimmt und daß ihre Kinder sich ihrer Großeltern schämen müssen. Wenn sie als große Dame vierspännig dahergefahren kommt und aus Unachtsamkeit einen Nachbarn nicht grüßt, würden die Leute gleich dumm daherreden: Da sieht man's, da hat man's, die eingebildete Baronin, sie ist Herrn Jourdains Tochter, und als kleines Mädchen war sie froh, wenn sie mit unseresgleichen spielen konnte, sie war nicht immer so nobel, ihre Großväter waren Tuchhändler und haben ihren Kindern einiges hinterlassen, und das müssen sie jetzt vielleicht in der anderen Welt drüben büßen, denn wer soviel Geld mitbekommt, wird verdorben. – – Nein, ich will dieses Geschnatter nicht hören! Kurz und gut: Ich möchte einen Mann finden, der mir für meine Tochter dankbar ist und dem ich sagen kann: »Komm, lieber Schwiegersohn, setz dich an unseren Tisch und iß mit uns!«

HERR JOURDAIN So denken die kleinen Geister; sie wollen sich nicht aus ihren Niederungen erheben. Aber du kannst dir weitere Reden sparen. – Und wenn die ganze Welt sich dagegen sträubt, meine Tochter wird eine Baronin! Du aber höre augenblicklich auf, mich zu ärgern, sonst wird sie eine Herzogin! *er geht.*

FRAU JOURDAIN Verlieren Sie den Mut nicht, Cléonte! *zu Lucile* Komm, mein Kind, und sage deinem Vater, daß du keinen anderen zum Mann willst als ihn.

Dreizehnte Szene

Cléonte, Covielle

COVIELLE Da haben Sie sich hübsch in die Nesseln gesetzt mit Ihrer schönen Seele!

CLÉONTE Was willst du?! Kein Gegenbeispiel kann mich in meiner Gewissenhaftigkeit beirren.

COVIELLE Es ist doch der reinste Stumpfsinn, einen solchen Kerl ernst zu nehmen. Sehen Sie nicht, daß er ein Narr ist? Was ist denn dabei, wenn man auf seine Hirngespinste eingeht?

CLÉONTE Du hast recht; doch ich wußte nicht, daß man sich als Edelmann ausweisen muß, um Herrn Jourdains Schwiegersohn zu werden.

COVIELLE *lacht*

CLÉONTE Worüber lachst du?

COVIELLE Über einen Einfall, wie wir unseren Freund hintergehen und Sie an das Ziel Ihrer Wünsche bringen können.

CLÉONTE Wie denn?

COVIELLE Das wäre ein ungeheurer Spaß.

CLÉONTE Was denn?

COVIELLE In letzter Zeit ist doch bei uns eine Art von Maskerade aufgekommen, die uns sehr gelegen sein wird und die ich zu einem Streich verwenden will, den wir diesem Hohlkopf spielen. Es riecht zwar stark nach Komödie, aber bei diesem Esel kann man alles wagen und muß keine großen Umstände machen – wie ich ihn kenne, wird er seine Rolle großartig spielen und auf allen Schabernack hereinfallen, den man ihm vorgaukelt. Die Mitwirkenden habe ich an der Hand, die Kostüme sind schon fertig – lassen Sie mich nur machen.

CLÉONTE Sag mir doch ...

COVIELLE Ich werde Sie in alles einweihen – aber gehen wir – denn er kommt schon wieder hierher.

Vierzehnte Szene

Herr Jourdain, Lakai

HERR JOURDAIN Was soll denn das?! Alle Welt macht mir die besseren Leute schlecht, und ich kenne nichts Schöneres als den Umgang mit solchen Herrschaften. Nur dort gibt es wahre Ehre und Feinheit, und ich würde zwei Finger meiner Hand hergeben, wenn ich als Baron oder Graf zur Welt gekommen wäre.

LAKAI Euer Gnaden, der Herr Graf ist da und führt eine Dame an der Hand.

HERR JOURDAIN Ach Gott – und ich muß noch viel erledigen. Sage ihnen, daß ich gleich zur Stelle sein werde.

Fünfzehnte Szene

Dorimène, Dorante, Lakai

LAKAI Der Herr hat gesagt, daß er gleich zur Stelle sein wird.

DORANTE Es ist gut.

DORIMÈNE Ich weiß nicht, Dorante – es ist doch recht sonderbar, daß ich mich von Ihnen in ein Haus führen lasse, wo ich niemanden kenne.

DORANTE An welchem Ort sonst könnte meine Liebe Sie gebührend feiern lassen, da weder Ihr Haus noch das meine Ihnen hierzu genehm ist?

DORIMÈNE Gestehen Sie doch, daß Sie mich Tag für Tag durch übergroße Beweise Ihrer Leidenschaft unmerklich an sich zu binden versuchen! Ich mag mich noch so heftig wehren, Sie ermüden meinen Widerstand durch Ihre manierliche Beharrlichkeit, die mich allmählich mit allem einverstanden sein läßt, was Sie vorhaben. Es begann mit häufigen Besuchen, es folgten die Beteuerungen, nach ihnen kamen die Serenaden und Aufmerksamkeiten und zuletzt die Geschenke. Ich habe mich gegen all das gesträubt, aber Sie waren unbeirrbar und haben alle meine Vorsätze zunichte gemacht. Nun kann ich für nichts mehr gutstehen und glaube, Sie werden mich schließlich zu einer Heirat veranlassen, die mir so fern liegt.

DORANTE Die Ehe sollte Ihnen längst ganz nahe liegen, beste Dorimène. Sie sind Witwe und ganz auf sich selbst gestellt. Ich bin mein eigener Herr und liebe Sie mehr als mein Leben. Was spricht dagegen, daß Sie mich schon heute zum Glücklichsten aller Sterblichen machen?

DORIMÈNE Mein Gott, Dorante, wenn zwei Menschen glücklich miteinander leben sollen, müssen beide dazu geschaffen sein. Die vernünftigsten Leute der Welt sind oft nicht imstande zu einer einigermaßen harmonischen Verbindung.

DORANTE Es kann nicht Ihr Ernst sein, daß Sie derlei Schwierigkeiten befürchten; eine Erfahrung in der Vergangenheit besagt nichts für das, was bevorsteht.

DORIMÈNE Ich kann nur immer wieder sagen: Die Ausgaben, in die Sie sich um meinetwillen stürzen, beunruhigen mich, und zwar aus zwei Gründen: weil sie mich mehr verpflichten, als mir lieb ist, und weil ich, wenn ich ehrlich sein soll, gewiß bin, daß Sie sich auf diese Weise Schwierigkeiten aussetzen – und das will ich nicht.

DORANTE Ach, Verehrteste, es ist nicht der Rede wert, und darauf kommt es nicht an . . .

DORIMÈNE Ich weiß, was ich sage. Dieser Diamant zum Beispiel, den Sie mich anzunehmen genötigt haben, hat einen Wert . . .

DORANTE Ich bitte Sie, überschätzen Sie doch nicht, was meiner Liebe zu gering scheint, und lassen Sie mich . . . Da kommt der Herr des Hauses.

Sechzehnte Szene

Herr Jourdain, Dorimène, Dorante, Lakai

HERR JOURDAIN *hat nach der Anordnung des Tanzmeisters mit der Begrüßung begonnen, befindet sich aber nach der zweiten Reverenz schon in Dorimènes nächster Nähe* Einen Schritt zurück, Frau Baronin!

DORIMÈNE Wie?

HERR JOURDAIN Frau Baronin, es ist mir eine sehr hohe Auszeichnung, daß ich den Vorzug genieße, so glücklich zu sein und das Vergnügen zu haben, daß Sie so gütig sind, mir die Gnade zu erweisen, mich zu beehren, indem Sie mir die Gunst gewähren, mich zu besuchen; und wenn ich das Verdienst hätte, dieses Verdienst zu verdienen und mich der Himmel . . . weil er mich beneidet, daß ich . . . des Vorrechtes, das Sie mir gestatten . . . würdig sein werden zu können zu hoffen.

DORANTE Das genügt, Herr Jourdain. Die Dame liebt die übertriebenen Komplimente nicht, und sie weiß bereits, daß Sie ein Mann von Geist sind. *leise zu Dorimène* Er ist ein braver

Bürgersmann und, wie Sie sehen, etwas lächerlich in seinem Gehaben.

DORIMÈNE *leise zu Dorante* Das ist nicht schwer zu erraten.

DORANTE *laut* Hier sehen Sie meinen besten Freund, Baronin.

HERR JOURDAIN Zuviel der Ehre!

DORANTE Einen wahrhaft edlen Mann.

DORIMÈNE Ich schätze ihn sehr.

HERR JOURDAIN Ich habe noch nichts getan, Frau Baronin, diesen Gunstbeweis zu verdienen.

DORANTE *leise zu Herrn Jourdain* Sprechen Sie zunächst ja nicht von dem Diamanten, den Sie ihr geschenkt haben.

HERR JOURDAIN *leise zu Dorante* Darf ich sie nicht einmal fragen, ob er ihr gefällt?

DORANTE *leise zu Herrn Jourdain* Um keinen Preis! Das wäre viel zu plump. Als nobler Mann müssen Sie tun, als hätten Sie ihn ihr nicht geschenkt. *laut* Herr Jourdain sagt mir, wie entzückt er ist, Sie in seinem Haus zu begrüßen.

DORIMÈNE Das freut mich aufrichtig.

HERR JOURDAIN *leise zu Dorante* Ich bin Ihnen so dankbar, daß Sie für mich sprechen.

DORANTE *leise zu Herrn Jourdain* Es war ungemein schwierig, sie zu diesem Besuch zu veranlassen.

HERR JOURDAIN *leise zu Dorante* Wie kann ich Ihnen das je vergelten?

DORANTE *laut* Er sagt, daß er auf der Welt keine schönere Frau kennt.

DORIMÈNE Das ist sehr liebenswürdig von ihm.

HERR JOURDAIN Sie, Baronin, Sie sind sehr liebenswürdig und . . .

DORANTE Können wir zu Tisch gehen?

HERR JOURDAIN Alles ist bereit.

DORANTE Gut, dann gehen wir – und lassen Sie die Sänger rufen.

Finale (Seite 32)

Sechs Köche bereiten tanzend das Mahl vor. Dann erscheint eine Sängerin mit einigen Sängern. Während die Tafel gedeckt, die Speisen gebracht werden, die drei sich zu Tisch setzen, wird das dritte Zwischenspiel gesungen und getanzt.

SÄNGERIN
Haltet die Treue,
Den liebenden Blick
Gebt stets aufs Neue
Liebend zurück,
Denn sonst flieht das Glück.
Daß es euch allzeit erfreue,
Getrübt von keiner Reue,
Haltet die Treue, dann bleibt ihr im Glück.

SÄNGER
Haltet die Treue,
Den liebenden Blick
Gebt stets aufs Neue
Liebend zurück,
Denn sonst flieht das Glück.

SÄNGERIN
Ob man die Liebe auch fürchte und scheue,
Ein jeder erliegt ihr, so will's das Geschick.

SÄNGER
Haltet die Treue,
Den liebenden Blick
Gebt stets aufs Neue
Liebend zurück,
Denn sonst flieht das Glück.

SÄNGERIN
Herzlich zu lieben,
Ist mehr als ein Spiel,
Zärtlichen Trieben,

Süßem Gefühl
Winkt das Glück als Ziel.
Jeden, der einsam geblieben,
Muß dieses Los betrüben,
Ein Herz, das nicht liebt, es verliert, ach, so viel.

SÄNGER

Herzlich zu lieben,
Ist mehr als ein Spiel,
Zärtlichen Trieben,
Süßem Gefühl
Winkt das Glück als Ziel.

SÄNGERIN

Nützet die Stunden, gar bald sind wir drüben,
Ein Herz kennt den Weg, und das Glück winkt euch als Ziel.

SÄNGER

Herzlich zu lieben,
Ist mehr als ein Spiel,
Zärtlichen Trieben,
Süßem Gefühl
Winkt das Glück als Ziel.*

* Der Text des Gesangsstückes »Haltet die Treue« (»Soyez fidèles...«) findet sich nicht in den Molière-Ausgaben, wohl aber steht dieses Stück im Klavierauszug. Es wurde auch in der als klassisch anzusprechenden Inszenierung des Théâtre Français gesungen – dort allerdings nicht am Ende des dritten Aktes, sondern in der ersten Szene des vierten Aktes vor den beiden Trinkliedern. Im Auszug ist hingegen diese Nummer 7 ausdrücklich als Finale des dritten Aktes bezeichnet, der Übersetzer empfiehlt demgemäß auch die hier vorgeschlagene Abfolge beizubehalten, um nicht den dritten Akt ganz ohne Musik zu belassen und nicht, andererseits, im vierten Akt eine allzu bedeutende Menge von musikalischen Einlagen aneinanderzureihen.

Vierter Akt

Erste Szene

Dorante, Dorimène, Herr Jourdain, Lakaien, Sänger

Die Mahlzeit hat begonnen.

DORIMÈNE Oh, Dorante, das ist ja eine ganz vortrefflich bestellte Tafel!

HERR JOURDAIN Sie scherzen, Frau Baronin; ich hoffe, das Essen ist Ihrer wenigstens nicht ganz unwürdig.

DORANTE Herr Jourdain hat recht. Ich bin von ihm gebeten, ihn als Gastgeber zu vertreten, und so stimme ich ihm bei und wiederhole, daß die Bewirtung Ihrer nicht würdig ist. Da ich alles angeordnet habe und da ich in diesem Bereich nicht so bewandert bin wie unsere Freunde, dürfen Sie kein Festmahl nach allen Regeln der Kunst erwarten, Sie werden vielmehr Verstöße gegen den Stil der Feinschmeckerei und Sünden wider den Geschmack zu beklagen haben. Hätte Damis bei der Vorbereitung mitgewirkt, dann wäre alles vollkommen, von untadeliger Eleganz und Kennerschaft, er könnte Ihnen sämtliche Gänge durch kundige Kommentare würzen und seine Meisterschaft in der Lehre vom Wohlgeschmack erweisen, er könnte Ihnen das geröstete Brot mit goldgelber Kruste rühmen, dessen Rinde entfernt ist und das so köstlich im Munde zergeht, er könnte von einem feurigen rubinroten Wein schwärmen und von seiner sachten Herbheit, die den Gaumen liebkost, von einer Hammelkeule, die durch Petersilie geadelt ist, von einer Kalbshaxe aus der Normandie, länglich, schneeweiß und erlesen, zart wie ein Mandelkuchen, von einer ausgefallenen Manier, Rebhühner zuzubereiten, und von seinem Meisterwerk, einer unvergeßlichen Suppe, gewonnen aus dem Fleisch eines jungen Truthahns, mit jungen Tauben garniert, veredelt durch weiße Zwiebelchen und Endivien. Ich aber muß mich zu meiner Unwissenheit bekennen, und ich wollte, wie Herr Jourdain so richtig gesagt hat, die Mahlzeit wäre Ihrer zumindest nicht ganz und gar unwürdig.

DORIMÈNE Ich beantworte dieses Kompliment, wie Sie sehen, indem ich esse.

HERR JOURDAIN Oh, haben Sie schöne Hände!

DORIMÈNE Die Hände sind nicht ungewöhnlich, Herr Jourdain; Sie meinen wohl den Stein – der ist wunderschön.

HERR JOURDAIN Ich – o nein! – Gott bewahre mich, Frau Baronin; das wäre nicht nobel – der Diamant ist gar nichts Besonderes.

DORIMÈNE Sie sind sehr verwöhnt.

HERR JOURDAIN Zu gütig, Frau Baronin!

DORANTE He, schenkt Herrn Jourdain Wein nach und gebt den Leuten zu trinken, die uns mit ihrer Tafelmusik unterhalten.

DORIMÈNE Die beste Zutat zu einem guten Mahl ist die Musik. Ich werde hier wirklich prächtig aufgenommen.

HERR JOURDAIN Frau Baronin, es ist wirklich nicht . . .

DORANTE Herr Jourdain, wir wollen jetzt schweigen; was diese Künstler uns bieten, wird schöner sein als sämtliche Worte, die wir zu sagen vermöchten.

Trinklied (Seite 39)

SÄNGER

Ein kleiner Tropfen nur soll erst getrunken sein,
Oh, wie schön ist das Glas in deinen schönen Händen,
Der Wein und du, ihr sollt mir Freude spenden,
All mein Glück, schönes Kind, kommt von dir und vom Wein.
  Dir allein und dem Wein – der Himmel soll es hören –
  Will ich Treue nun schwören!
Wie schimmert hold dein Mund in nie geseh'nem Glanz,
Ja, vom Wein leuchtet wundersam das Paar deiner Lippen,
Der Wein und sie verlocken mich, zu nippen,
Oh, dein Mund und der Wein, sie berauschen mich ganz.
  Dir allein und dem Wein – der Himmel soll es hören –

Will ich Treue nun schwören!
Schenkt ein, schenkt uns allen ein, nur kurze Zeit ist uns gegeben,
Nützen wir unser Leben,
Bald wird's zu Ende sein.
Wenn wir erst dahinscheiden müssen,
Vergeht, was das Dasein versüßt,
Drum laßt uns selig trinken, laßt uns küssen
In unsrer kurzen Frist.
Weh dem, der da spintisiert,
Das Glück des Lebens zu ergründen,
Wer es sucht, wird's nicht finden,
Wenn er philosophiert.
Geld und Gut und Ruhm und Vermögen
Vertreiben die Grillen uns nie,
Die Rebe bringt Vergessenheit und Segen,
Was wär'n wir ohne sie?
Schenkt ein, schenkt ein
Den goldnen Wein,
Und fragt nicht viel, heut' sagt euch keiner nein!

DORIMÈNE Ich muß sagen, daß ich kaum jemals etwas Hübscheres gehört habe. Es war wunderschön!

HERR JOURDAIN Ich kenne etwas viel Schöneres, Frau Baronin!

DORIMÈNE Oh, Herr Jourdain ist galanter, als ich dachte.

DORANTE Wie? Wofür halten Sie denn Herrn Jourdain?

HERR JOURDAIN Sie soll sich an das halten, was ich ihr jetzt sagen möchte.

DORIMÈNE Ja? Das wäre?

DORANTE Sie kennen ihn nicht.

HERR JOURDAIN Sie wird mich kennen lernen, wenn sie will.

DORIMÈNE Ich strecke die Waffen.

DORANTE Er ist nie um eine Antwort verlegen. Aber merken Sie nicht, Baronin, daß Herr Jourdain alle Stücke nimmt, die Sie berührt haben? *Dorimène hat sich bisher immer als erste bedient, und Herr Jourdain hat alles das genommen, was sie berührt, aber nicht für sich genommen hat.*

DORIMÈNE Herr Jourdain hat ein gewinnendes Wesen.

HERR JOURDAIN Wenn ich damit Ihr Herz gewinnen könnte, wäre ich ...

Zweite Szene

Frau Jourdain, Dorante, Dorimène, Herr Jourdain, Lakaien, Sänger

FRAU JOURDAIN Oh, da ist ja eine nette Gesellschaft beisammen! Und ich komme wohl sehr ungelegen. Drum hast du dich also so angestrengt, mich zu meiner Schwester zu schicken, mein lieber Gatte! Ich habe erwartet, hier eine Theateraufführung zu sehen, und was finde ich? Ein Festmahl! Dafür verschleuderst du also dein Geld – du gibst Feste für Damen, wenn ich außer Haus bin – mich läßt du spazieren gehen, und für sie läßt du aufspielen.

DORANTE Wie meinen Sie das, Frau Jourdain? Wie können Sie sich einreden, daß Ihr Gatte Geld ausgibt und für diese Dame ein Fest veranstaltet? Ich bin der Gastgeber, lassen Sie sich das gesagt sein, er hat nur sein Haus zur Verfügung gestellt – Sie sollten Ihre Worte etwas sorgfältiger wählen.

HERR JOURDAIN Ja, du böse Zunge, der Herr Graf gibt ein Fest für diese Dame, die aus den ersten Kreisen stammt. Er erweist mir die Ehre, mein Haus dafür zu wählen und mich auch einzuladen.

FRAU JOURDAIN Das ist doch Unsinn; ich weiß, was ich weiß.

DORANTE Sie brauchen eine stärkere Brille, Frau Jourdain.

FRAU JOURDAIN Ich sehe auch ohne Brille sehr gut, mein Herr. Ich mache schon lange meine Beobachtungen, ich bin ja nicht dumm. Und von Ihnen, einem noblen Herrn, ist es recht scheußlich, die dummen Streiche meines Mannes so zu begünstigen. Und Sie, meine Dame – wenn Sie eine vornehme Dame sind, ist es weder recht noch anständig von Ihnen, ein Ehepaar auseinanderzubringen und zu dulden, daß mein Mann in Sie verliebt ist.

DORIMÈNE Was soll denn das heißen? Dorante, es kann doch nicht Ihr Ernst sein, daß Sie mich solchen albernen Redereien einer Närrin aussetzen! *sie geht.*

DORANTE Dorimène, wohin gehen Sie – Dorimène! *er geht.*

HERR JOURDAIN Frau Baronin! *zum abgehenden Dorante* Bitte, versöhnen Sie sie und holen Sie sie zurück! *zu Frau Jourdain* Oh, du Ausbund von Unverschämtheit, was hast du angerichtet?! Vor aller Welt beschimpfst du mich und vertreibst die feinen Leute aus meinem Haus!

FRAU JOURDAIN Ich pfeife auf die feinen Leute!

HERR JOURDAIN Am liebsten möchte ich dir alles an den Kopf werfen, was hier auf dem Tisch ist, weil du das Fest gestört hast, du Verbrecherin!

FRAU JOURDAIN *im Abgehen* Meinetwegen. Ich verteidige nur mein Recht, und alle Frauen werden für mich sein!

HERR JOURDAIN Hüte dich vor meinem Zorn! – Ein schreckliches Unglück, daß sie im unrechten Augenblick gekommen ist! Ich war gerade mit meinen Komplimenten so schön im Zug – noch nie bin ich mir so geistreich vorgekommen, und ... Was ist das?

Dritte Szene

Covielle, Herr Jourdain, Lakaien

COVIELLE *verkleidet* Mein Herr, ich weiß nicht, ob ich die Ehre habe, von Ihnen gekannt zu sein.

HERR JOURDAIN Nein, mein Herr.

COVIELLE Ich aber kannte Sie schon, als Sie noch so klein waren, mein Herr.

HERR JOURDAIN Mich?

COVIELLE Ja, mein Herr. Sie waren das schönste Kind weit und breit, und alle Damen nahmen Sie in den Arm, um Sie zu küssen.

HERR JOURDAIN Um mich zu küssen?

COVIELLE Ja, mein Herr. Ich war ein guter Freund Ihres seligen Herrn Vaters.

HERR JOURDAIN Meines seligen Herrn Vaters?

COVIELLE Ja, mein Herr. Er war das Muster eines Edelmannes.

HERR JOURDAIN Was sagen Sie?

COVIELLE Ich sage: Er war das Muster eines Edelmannes.

HERR JOURDAIN Mein Herr Vater?

COVIELLE Ja, mein Herr!

HERR JOURDAIN Haben Sie ihn gut gekannt?

COVIELLE Gewiß, mein Herr.

HERR JOURDAIN Als Edelmann?

COVIELLE Sicherlich, mein Herr.

HERR JOURDAIN Dann versteh' ich diese Welt nicht.

COVIELLE Wie, mein Herr?

HERR JOURDAIN Da gibt es Dummköpfe, die einem einreden wollen: er war Kaufmann.

COVIELLE Er – Kaufmann – mein Herr? Verleumdung, schiere Verleumdung! Er war es nie. Er war nur sehr gefällig, sehr hilfsbereit, und da er viel von Stoffen verstand, wählte er da und dort die besten aus, ließ sie in sein Haus schaffen und gab sie an seine Freunde weiter, die ihm dafür Geld gaben.

HERR JOURDAIN Ich bin entzückt, Sie kennen zu lernen, denn Sie können bezeugen, daß mein Vater ein Edelmann war.

COVIELLE Vor aller Welt, mein Herr.

HERR JOURDAIN Ich bin Ihnen ungemein dankbar. Was führt Sie zu mir?

COVIELLE Nachdem ich Ihren Herrn Vater, dieses Muster eines Edelmannes, kennengelernt hatte, bin ich in der ganzen Welt viel herumgereist.

HERR JOURDAIN In der ganzen Welt?

COVIELLE Ja, mein Herr.

HERR JOURDAIN Das muß aber weit sein.

COVIELLE Zweifellos, mein Herr. Erst vor vier Tagen bin ich von meiner großen Fahrt zurückgekehrt. Und da mir alles, was Sie betrifft, so sehr am Herzen liegt, will ich Ihnen die allerschönste Neuigkeit erzählen.

HERR JOURDAIN Welche?

COVIELLE Sie wissen doch, daß der Sohn des Großtürken hier ist.

HERR JOURDAIN Ich? Nein.

COVIELLE Wie, mein Herr? Er hat einen überwältigenden Hofstaat, die ganze Stadt drängt sich, ihn zu sehen, er wurde bei uns als überaus bedeutender Würdenträger empfangen.

HERR JOURDAIN Meiner Seel, das hab' ich nicht gewußt.

COVIELLE Und das Schönste daran: Er ist in Ihre Tochter verliebt.

HERR JOURDAIN Der Sohn des Großtürken?

COVIELLE Ja; er wünscht, Ihr Schwiegersohn zu werden.

HERR JOURDAIN Mein Schwiegersohn – der Sohn des Großtürken?

COVIELLE Der Sohn des Großtürken Ihr Schwiegersohn, mein Herr. Als ich ihn aufsuchte – und weil ich seine Sprache fließend spreche –, unterhielt er sich mit mir; und nach einigen einleitenden Redensarten sagte er: »Acciam croc soler ouch alla moustaph gidelum amanahem varahim ouser carbulath.« Das heißt: Kennst du die wunderschöne Tochter des Pariser Edelmannes Herrn von Jourdain?

HERR JOURDAIN So redet der Großtürke von mir!

COVIELLE Ja, mein Herr. Und als ich antwortete, daß ich Sie recht gut kenne und daß ich Ihre Tochter vom Sehen kenne, da rief er aus: »Ah«, rief er aus, »marababa sahem«, das heißt: Ah, wie bin ich in sie verliebt!

HERR JOURDAIN »Ah, marababa sahem« heißt: »Ah, wie bin ich in sie verliebt?«

COVIELLE Ja, mein Herr.

HERR JOURDAIN Meiner Treu, das ist gut, daß Sie mir das sagen, denn ich hätte nie geglaubt, daß »Marababa sahem« heißt »Wie bin ich in sie verliebt.« Eine herrliche Sprache ist dieses Türkisch!

COVIELLE Noch viel herrlicher, als man sich's vorstellen kann. Wissen Sie, was das bedeutet: »Cacaracamouchen«?

HERR JOURDAIN Cacaracamouchen? Nein.

COVIELLE Cacaracamouchen, das bedeutet: Mein Liebling.

HERR JOURDAIN »Cacaracamouchen« bedeutet »Mein Liebling«?

COVIELLE Ja, mein Herr.

HERR JOURDAIN Das ist wunderschön! Cacaracamouchen – mein Liebling – ist das zu glauben? Ich bin ganz außer mir.

COVIELLE Und zu guter Letzt, um meine Mission zu beenden: Er bittet um die Hand Ihrer Tochter, und weil er sich einen Schwiegervater wünscht, der seiner würdig ist, will er Sie zum Mamamouchi ernennen, das ist in seiner Heimat eine sehr hohe Würde.

HERR JOURDAIN Mamamouchi?

COVIELLE Mamamouchi, mein Herr. Das bedeutet in unserer Sprache so etwas wie Paladin. Paladin ... das sind diese alten ... Paladine, mein Herr. Es gibt kaum etwas Erhabeneres in der Welt – Sie werden mit den höchsten Herrschaften aller Länder auf gleicher Stufe stehen.

HERR JOURDAIN Doch wer sind Sie, mein Herr?

COVIELLE Ich bin der Dolmetschi.

HERR JOURDAIN Oh, der Dolmetschi. Der Herr Sohn des Großtürken erweist mir eine hohe Ehre, und ich bitte Sie, Herr Dolmetschi, mich zu ihm zu führen, daß ich mich bei ihm bedanke.

COVIELLE Wie? Nein, mein Herr, er wird zu Ihnen kommen.

HERR JOURDAIN Er zu mir?

COVIELLE Ja, mein Herr. Und er bringt alles für die feierliche Zeremonie Ihrer Ernennung mit.

HERR JOURDAIN Das geht aber flott.

COVIELLE Seine Liebe duldet keinen Aufschub.

HERR JOURDAIN Mich beunruhigt nur der Starrsinn meiner Tochter, die sich einen gewissen Cléonte in den Kopf gesetzt hat. Sie schwört, daß sie keinen anderen heiratet.

COVIELLE Wenn sie den Sohn des Großtürken erst sieht, wird sie umgestimmt sein. Dazu kommt noch eine wunderbare Fügung: der Sohn des Großtürken hat eine auffallende Ähnlichkeit mit diesem Cléonte, den ich eben gesehen habe – man hat ihn mir gezeigt –, so wird es ihrer Liebe nicht schwerfallen, von dem einen zum anderen hinüberzuwechseln. – Kommt da nicht jemand? – Ja, er ist schon hier.

Vierte Szene

Cléonte, Herr Jourdain, Covielle, Pagen

CLÉONTE *als Türke kostümiert, von Pagen begleitet* Ambousahim oqui boraf, Jordina, salamalequi.

COVIELLE Das heißt: Herr Jourdain, Ihr Herz möge allezeit einem blühenden Rosengarten gleichen. Das sind die Höflichkeitsfloskeln in jenem Land.

HERR JOURDAIN Ich bin der ganz ergebene Diener Seiner Türkischen Hoheit.

COVIELLE Carigar camboto oustin moraf.

CLÉONTE Oustin yoc catamalequi basum base alla moran.

COVIELLE Er sagt: Der Himmel gebe Ihnen die Kraft des Löwen und die Klugheit der Schlange.

HERR JOURDAIN Seine Türkische Hoheit erweist mir zuviel Ehre, und ich wünsche ihm alles erdenkliche Wohlbefinden.

COVIELLE Ossa binamensadoc babally oracaf ouram.

CLÉONTE Bel-men.

COVIELLE Er sagt, Sie mögen gleich mit ihm gehen und sich für die Zeremonie vorbereiten, damit er dann Ihre Tochter sehen und die Ehe schließen kann.

HERR JOURDAIN Das alles in zwei Worten?

COVIELLE Ja, mein Herr; so ist die türkische Sprache: sie sagt viel mit wenig Worten. Gehen Sie gleich mit ihm.

Fünfte Szene

Dorante, Covielle

COVIELLE Ha, ha, ha! Ist das komisch! Ist der einfältig! Wenn er seine Rolle auswendig gelernt hätte, er hätte sie nicht besser spielen können! *zu dem auftretenden Dorante* Bitte, gnädiger Herr, helfen Sie uns bei dem, was sich gleich hier abspielen wird.

DORANTE Oh, Covielle, du bist ja nicht zu erkennen! Wie hast du dich denn hergerichtet?

COVIELLE Das sehen Sie ja.

DORANTE Worüber lachst du?

COVIELLE Weil das so lustig ist.

DORANTE Was?

COVIELLE Sie werden es nicht erraten, gnädiger Herr, was wir ausgedacht haben, um Herrn Jourdain soweit zu bekommen, daß er seine Tochter meinem Herrn gibt.

DORANTE Den Plan errate ich nicht, aber ich errate, daß er Erfolg haben wird, weil du die Hand im Spiel hast.

COVIELLE Bin ich schon so bekannt wie das schlechte Geld?

DORANTE Nun, was hast du vor?

COVIELLE Bitte, bemühen Sie sich ein wenig in den Hintergrund und räumen Sie dem, was da herauskommt, das Feld. Sie werden einen Teil der Komödie sehen, während ich Ihnen den andern erzähle.

Türkische Zeremonie (Seite 45)

Das vierte Zwischenspiel besteht in der gesungenen und getanzten Erhebung des Bürgers in den türkischen Adelsstand. Ein Mufti, vier Derwische, sechs singende und sechs tanzende Türken sowie türkische Musikanten sind die Ausführenden. Der Mufti ruft unter Assistenz der Derwische und anderen Türken Allah an, dann führt man ihm Herrn Jourdain vor, der in türkischer Manier kostümiert ist, doch ohne Turban und Säbel.

CHOR

Allah, Allah, Allah, Allah,
Allah, Allah, Allah, Allah,
Allah, Allah, Allah, eckbar.

DER MUFTI

Se ti sabir,
Ti respondir,
Se ti sabir,

Ti respondir,
Ti respondir,
Se non sabir,
Tazir, tazir;
Se non sabir,
Tazir, tazir, tazir, tazir!

gesprochen

Dice Turque, qui starquista?
Anabatista? Anabatista? Anabatista?

CHOR *gesungen*

Ioc. *Verneinende Geste*

MUFTI *gesprochen*

Zvinglista?

CHOR *wie oben*

Ioc.

MUFTI *immer wie oben*

Coffita?

CHOR *immer wie oben*

Ioc.

MUFTI

Hussita? Morista? Fronista?

CHOR

Ioc, ioc, ioc!

MUFTI *den Chor imitierend*

Ioc, ioc, ioc . . .
Star pagana?

CHOR

Ioc.

MUFTI

Luterana?

CHOR

Ioc.

MUFTI

Puritana?

CHOR

Ioc.

MUFTI

Bramina? Moffina? Zurina?

CHOR

Ioc, ioc, ioc.

MUFTI

Ioc, ioc, ioc . . .
Mahometana? Mahometana?

CHOR

Ei Vallah, ei Vallah,
Ei Vallah, Vallah, Vallah,
Ei Vallah, ei Vallah,
Ei Vallah, Vallah, Vallah.

MUFTI

Come Chamara? Come Chamara?

CHOR

Giourdina, 'Giourdina –

MUFTI *immer gesprochen*

Giourdina?

CHOR

Giourdina –

MUFTI

Giourdina, Giourdina, Giourdina!

CHOR

Giourdina, Giourdina, Giourdina.

MUFTI *gesungen*

Mahometa, per Giourdina
Mi pregar, sera e matina.
Voler far un Paladina
De Giourdina, de Giourdina,
Da turbanta e dar scarcina
Con galeta e brigantina
Per defendar Palestina
etc.
Star bon Turca Giourdina?

CHOR

Hi Valla, hi Valla.

MUFTI

Hallaba, balachu, ballabu, ballada,
Balaba, ballada etc.

CHOR

Halaba, balachou, balaba, ballada,
Balaba, balada etc.

Der Mufti ist während des Chors abgegangen, kommt nun zurück und trägt einen neuen, festlichen Turban. Auf dem Turban sind brennende Kerzen. Man läßt Herrn Jourdain niederknien, sein Rücken dient als Pult für den Koran, in dem der Mufti hastig blättert.

CHOR

Hou, hou, hou, hou,
Hou, hou, hou, hou,
Hou, Allah eckbar.

Im folgenden wird Herrn Jourdain der Turban aufgesetzt.

MUFTI

Ti non star furba?

CHOR

No, no, no.

MUFTI

Non star furfanta?

CHOR

No, no, no.

MUFTI

Donar turbantan, donar turbanta.

CHOR

Ti non star furba? No, no, no
etc.
Donat turbanta
etc.

MUFTI

Ti star nobile, e non star fabbola,
Pigliar schiabbola.
etc.

CHOR

Ti star nobile, e non star fabbola,
Pigliar schiabbola.
etc.

Die Tänzer versetzen Herrn Jourdain etliche Säbelhiebe, indem sie die Zeremonie des Zum-Ritter-Schlagens parodieren.

MUFTI

Dara, dara,
Bastonnara,
Dara, dara,
Bastonnara.

Er ermuntert die Tänzer, Herrn Jourdain Schläge zu versetzen.

CHOR

Dara, dara,
Bastonnara,
Dara, dara,
Bastonnara.

MUFTI

Non tener honta, non tener honta,
Questa star l'ultima affronta.

CHOR

Non tener honta, non tener honta,
Questa star l'ultima affronta.
etc.

Alle »Türken« ziehen sich nach der Zeremonie zurück und lassen Herrn Jourdain allein. Auf Grund der Originalpartitur geschieht dies mit dem Gesang von »Star bon Turca ...«, Seite 53 unten, anschließend wird der Marsch, Seite 45, gespielt, mit dem die Zeremonie begonnen hatte.

Fünfter Akt

Erste Szene

Frau Jourdain, Herr Jourdain

FRAU JOURDAIN Um Gottes willen, was für eine Gestalt! – Hilfe, ein Gespenst! – Sag einmal, willst du in diesem Aufzug zu einem Maskenball gehen? – Rede doch! Was bedeutet das? Wer hat dich so zugerichtet?

HERR JOURDAIN Welch eine Vermessenheit, einen Mamamouchi so anzureden!

FRAU JOURDAIN Wie?

HERR JOURDAIN Ja, ja, jetzt muß man mich ehren, denn ich bin zum Mamamouchi geschlagen worden.

FRAU JOURDAIN Was willst du mit diesem Mamamouchi?

HERR JOURDAIN Das bin ich: Mamamouchi.

FRAU JOURDAIN Was für ein Tier ist das?

HERR JOURDAIN Mamamouchi heißt soviel wie Paladin.

FRAU JOURDAIN Baladin – ist das einer, der zum Ball geht?

HERR JOURDAIN Wie unwissend du bist. Ich sage: Paladin, das ist eine Würde. Eben war die Zeremonie.

FRAU JOURDAIN Was für eine Zeremonie?

HERR JOURDAIN Mahameta per Jordina. *alle »türkischen« Zitate gesungen.*

FRAU JOURDAIN Was heißt das?

HERR JOURDAIN Jordina heißt Jourdain.

FRAU JOURDAIN Nun und?

HERR JOURDAIN Volar far un paladina de Jordina.

FRAU JOURDAIN Wie?

HERR JOURDAIN Dar turbanta con galera.

FRAU JOURDAIN Und das bedeutet?

HERR JOURDAIN Per defendar Palestina.

FRAU JOURDAIN Was für eine Sprache ist denn das?

HERR JOURDAIN Non tener honta, questa star l'ultima affronta.

FRAU JOURDAIN Oh, mein Gott, er ist wahnsinnig geworden.

HERR JOURDAIN *abgehend* Schweig, Unverschämte! Wo bleibt der Respekt vor einem Mamamouchi?!

FRAU JOURDAIN Jetzt hat er endgültig den Verstand verloren! Man muß verhindern, daß er aus dem Haus geht! *sie sieht Dorimène und Dorante.* Und diese beiden haben mir gerade noch gefehlt. Von allen Seiten kommt das Unheil über mich! *sie geht.*

Zweite Szene

Dorante, Dorimène

DORANTE Ja, Verehrteste, Sie werden ein allerliebstes Schauspiel sehen. Und einen Dummkopf vom Ausmaß des Hausherrn hier gibt es wohl kein zweitesmal. Außerdem müssen wir auch mithelfen, die Liebe des Cléonte zu fördern, indem wir seiner Verkleidung Geltung verschaffen. Er ist ein vortrefflicher junger Mann und wert, daß man sich seiner annimmt.

DORIMÈNE Ich schätze ihn gleichfalls sehr. Er verdient es, glücklich zu sein.

DORANTE Überdies schuldet man uns hier noch ein Ballett, das wir uns nicht entgehen lassen sollten. Ich möchte sehen, wie meine Angaben ausgeführt wurden.

DORIMÈNE All dieser große Aufwand, Dorante – nein, ich möchte wirklich nicht, daß das so weitergeht. Ja, ich will Ihnen weitere Opfer ersparen, und um alle derartigen Ausgaben für mich überflüssig zu machen, habe ich beschlossen, Sie möglichst bald zu heiraten. Das ist das beste Mittel – denn in der Ehe hören diese Dinge auf, wie Sie wissen.

DORANTE Dorimène, Sie haben wirklich diese Absicht, die mich so sehr beglückt?

DORIMÈNE Nur um Ihren Zusammenbruch zu verhindern; denn sonst hätten Sie gewiß in kürzester Zeit keinen Heller mehr.

DORANTE Dankbar preise ich Ihre Bemühungen, meinen Besitz

zu erhalten. Was ich habe, gehört Ihnen wie mein Herz. Sie werden damit anfangen, was Sie wollen.

DORIMÈNE Ja, mit dem Herzen wie mit dem Besitz. Doch da kommt Ihr Freund. Er sieht wirklich wunderlich aus.

Dritte Szene

Herr Jourdain, Dorante, Dorimène

DORANTE Mein Herr, die Baronin und ich erweisen Ihnen und Ihrer neuen Würde unsere Reverenz. Wir freuen uns mit Ihnen über die Verbindung Ihrer Tochter mit dem Sohn des Großtürken.

HERR JOURDAIN Ich wünsche Ihnen die Kraft der Schlange und die Klugheit des Löwen, mein Herr.

DORIMÈNE Ich bin glücklich, mein Herr, daß ich unter den ersten sein darf, die Ihnen zu dieser großen Ehre Glück wünschen.

HERR JOURDAIN Ich wünsche Ihnen jahrelange Rosenblüten, Frau Baronin. Ich bin Ihnen sehr verbunden, daß Sie an der Ehre, die mir zuteil wird, Anteil nehmen, und ich bin hocherfreut, Sie wieder hier zu sehen und Ihnen meine Entschuldigungen zu Füßen zu legen, daß meine Gattin so ungemein blöd ist.

DORIMÈNE Aber ich bitte Sie! Was Ihre Gattin getan hat, verzeih ich ihr gern, denn sie hängt gewiß an Ihnen, und es ist kein Wunder, daß der Besitz eines solchen Mannes sie mißtrauisch macht.

HERR JOURDAIN Der Besitz eines solchen Mannes und seines Herzens ist etwas für Sie, Frau Baronin.

DORANTE Sie sehen, Verehrteste, Herr Jourdain gehört nicht zu den Naturen, die der Ruhm verblendet; auch auf der stolzen Höhe seiner neuen Würde kennt er noch seine Freunde von ehedem.

DORIMÈNE Das zeugt von ungewöhnlicher Seelengröße.

DORANTE Doch wo ist Seine Türkische Hoheit? Als Ihre Freunde möchten wir ihm gern huldigen.

HERR JOURDAIN Da kommt er. Ich habe auch nach meiner Tochter geschickt, die sich mit ihm verbinden soll.

Vierte Szene

Cléonte, Covielle, Herr Jourdain, Dorante, Dorimène

DORANTE *zu Cléonte* Als Freunde Ihres Herrn Schwiegervaters begrüßen wir Eure Hoheit und bitten Eure Hoheit verehrungsvoll, unsere Huldigung freundlich aufnehmen zu wollen.

HERR JOURDAIN Wo ist der Dolmetschi, der ihm sagt, wer Sie sind und was Ihre Rede bedeutet? Passen Sie auf: er wird antworten. Er spricht großartig türkisch. He, wo ist er denn, zum Donnerwetter? *zu Cléonte* Strouf, strif, strof, straf. Der Herr ist ein grande grafe, edel, adel, nobel, und sie ist eine grande dama, barona – er Mamamouchi von hier, sie Mamamoucha von hier. Besser kann ich's noch nicht ... da ist er ja. Wo stecken Sie denn? Ohne Sie können wir nicht reden. Sagen Sie ihm, daß diese Dame und dieser Herr sehr feine Leute sind, Freunde von mir, die ihm ihre Reverenz machen und bitten, die ergebene Huldigung freundlich aufzunehmen. *zu Dorimène und Dorante* Sie werden sehen, wie er antwortet.

COVIELLE Alabala crociam acci boram alabamen.

CLÉONTE Catalequi tubal ourin soter amalouchan.

HERR JOURDAIN *zu Dorimène und Dorante* Sehen Sie?!

COVIELLE Er sagt: Der Regen des Wohlstands möge stets den Garten Ihrer Familien benetzen.

HERR JOURDAIN Was hab' ich gesagt? Er spricht Türkisch!

DORANTE Das ist großartig.

Fünfte Szene

Lucile, Cléonte, Covielle, Herr Jourdain, Dorante, Dorimène

HERR JOURDAIN Komm, mein Kind, komm hierher, und gib deine Hand diesem Herrn, der uns die Ehre erweist, dich zu heiraten.

LUCILE Wie? – Ach, Vater, wie bist du denn angezogen? Spielt man hier Komödie?

HERR JOURDAIN Nein, nein, das ist keine Komödie, das ist ungemein ernst, und die allerhöchste Ehre, die du dir wünschen kannst. – Das ist der Mann, den ich für dich bestimmt habe.

LUCILE Für mich, Vater?!

HERR JOURDAIN Für dich. Geh hin, reich ihm die Hand und danke dem Himmel für soviel Glück.

LUCILE Ich will aber nicht heiraten!

HERR JOURDAIN Ich will es, ich, dein Vater – gib ihm die Hand.

LUCILE Nein, das tu' ich nicht!

HERR JOURDAIN Keine Umstände! Geh, sag' ich, vorwärts – gib ihm die Hand!

LUCILE Nein, Vater – ich hab's dir gesagt: mich kann nichts auf der Welt zwingen, einen anderen Mann zu nehmen als Cléonte – und ich will lieber das Schlimmste erdulden als . . . *sie erkennt Cléonte.* Aber du bist mein Vater, und ich schulde dir blinden Gehorsam, und es ist an dir, mit mir alles zu tun, was dir gut scheint.

HERR JOURDAIN Da bin ich aber sehr froh, mein Kind, daß du dich so schnell entschlossen hast, deine Pflicht zu erfüllen. Es freut mich, daß ich eine brave Tochter habe.

Sechste Szene

Frau Jourdain, Lucile, Cléonte, Covielle, Herr Jourdain, Dorante, Dorimène

FRAU JOURDAIN Was ist denn das schon wieder?! Ich höre, daß du deine Tochter mit einem Harlekin verheiraten willst.

HERR JOURDAIN Schweig, Unverschämte! Immer störst du alles durch deine Narretei; und es gibt leider kein Mittel, dich zur Vernunft zu bringen.

FRAU JOURDAIN Dir kann man unmöglich Verstand beibringen, du begehst einen Narrenstreich nach dem andern. Was hast du denn jetzt wieder vor, was soll dieser Zirkus bedeuten?

HERR JOURDAIN Ich verbinde unsere Tochter mit dem Sohn des Großtürken.

FRAU JOURDAIN Mit dem Sohn des Großtürken?

HERR JOURDAIN Ja. *zeigt auf Covielle.* Schick ihm einen lieben Gruß durch den Dolmetschi.

FRAU JOURDAIN Dazu brauche ich den nicht! Ich sag' ihm gleich ins Gesicht, daß er meine Tochter nicht bekommt.

HERR JOURDAIN Wirst du endlich schweigen?!

DORANTE Wie können Sie sich einem solchen Glück widersetzen, liebe Frau Jourdain?! Sie wollen Seine Türkische Hoheit nicht als Schwiegersohn?

FRAU JOURDAIN Was geht denn das Sie an?

DORIMÈNE Diese Ehre darf man nicht ausschlagen!

FRAU JOURDAIN *zu Dorimène* Bitte, mischen Sie sich nicht in fremde Angelegenheiten.

DORANTE Nur aus Freundschaft für Sie möchten wir dahinwirken, daß Sie Ihren Vorteil wahrnehmen.

FRAU JOURDAIN Auf Ihre Freundschaft kann ich verzichten.

DORANTE Sehen Sie doch, daß Ihre Tochter sich dem Willen des Vaters fügt!

FRAU JOURDAIN Mein Kind will einen Türken heiraten?

DORANTE Ohne Zweifel.

FRAU JOURDAIN Sie kann Cléonte vergessen?

DORANTE Was tut man nicht, um eine vornehme Dame zu werden!

FRAU JOURDAIN Mit meinen Händen erwürge ich sie, wenn sie mir so etwas antut!

HERR JOURDAIN Wozu das lange Gerede? Ich sage dir, daß diese Ehe geschlossen wird.

FRAU JOURDAIN Und ich sage dir, daß sie nicht geschlossen wird.

HERR JOURDAIN Was für ein Spektakel!

LUCILE Mutter!

FRAU JOURDAIN Du mißratenes Geschöpf!

HERR JOURDAIN Weil sie mir gehorcht?!

FRAU JOURDAIN Sie ist mein Kind genau so wie deines!

COVIELLE Gnädige Frau!

FRAU JOURDAIN Was wollen Sie mir denn erzählen?

COVIELLE Nur ein Wort.

FRAU JOURDAIN Ich will nicht ein Wort mehr hören.

COVIELLE *zu Herrn Jourdain* Wenn sie nur ein Wort von mir unter vier Augen anhört, mein Herr, verspreche ich Ihnen, daß auch sie einverstanden sein wird.

FRAU JOURDAIN Nein, ich werde nicht einverstanden sein.

COVIELLE Hören Sie mich erst an.

FRAU JOURDAIN Nein.

HERR JOURDAIN Hör ihn an!

FRAU JOURDAIN Nein, ich will nicht.

HERR JOURDAIN Er wird dir sagen ...

FRAU JOURDAIN Ich will nichts wissen.

HERR JOURDAIN Dieser ewige weibliche Starrsinn! Was kann's dir schaden, zuzuhören?

COVIELLE Sie müssen nur horchen – dann tun Sie das, was Sie wollen.

FRAU JOURDAIN Also, meinetwegen.

COVIELLE *nimmt Frau Jourdain beiseite* Seit einer Stunde machen wir Ihnen Zeichen, gnädige Frau. Sehen Sie denn nicht, daß diese ganze Maskerade nur wegen der Absonderlichkeit Ihres Gatten veranstaltet ist, daß wir ihn durch unsere Verkleidung hintergehen? Cléonte ist der Sohn des Großtürken.

FRAU JOURDAIN *leise zu Covielle* Oh!

COVIELLE Und ich, der Dolmetschi, bin Covielle.

FRAU JOURDAIN *leise* Ja, jetzt strecke ich die Waffen.

FRAU JOURDAIN *laut* Ich hab' mir's überlegt und stimme der Heirat zu.

HERR JOURDAIN Endlich ist die ganze Welt vernünftig! Warum wolltest du nichts hören? Ich hab's ja gewußt: er wird dir beibringen, wer der Sohn des Großtürken ist.

FRAU JOURDAIN Er hat mir's bestens beigebracht, und ich bin einverstanden. Lassen wir einen Notar holen.

DORANTE Recht so! Und um Sie völlig zu erleichtern, Frau Jourdain, und Sie gleich von allem Verdacht zu befreien, den Sie gegen Ihren Gatten empfinden mögen, werden auch wir beide vor dem Notar den Bund fürs Leben schließen.

FRAU JOURDAIN Damit bin ich auch einverstanden.

HERR JOURDAIN *leise zu Dorante* Um sie in Sicherheit zu wiegen.

DORANTE *leise zu Herrn Jourdain* Man muß die Gute durch diese Finte beruhigen.

HERR JOURDAIN *laut* Gut, gut! Schnell her mit dem Notar!

DORANTE Während man ihn holt und er die Kontrakte aufsetzt, sehen wir das Ballett, um Seine Türkische Hoheit zu zerstreuen.

HERR JOURDAIN Ja, das ist ein guter Gedanke. Kommt, setzen wir uns!

FRAU JOURDAIN Und Nicole?

HERR JOURDAIN Die gebe ich dem Dolmetschi. Und meine Frau jedem, der sie nimmt.

COVIELLE Ich danke Ihnen, mein Herr. *beiseite* Und wenn ich je einen größeren Narren sehe, fahre ich nach Rom, um es von dort aus der Welt zu verkünden.

Die Komödie endet mit einem Ballett.

Postscriptum

1. Es empfiehlt sich, die fünf Akte ohne Unterbrechung und ohne Vorhangfallen durchzuspielen.

2. Das »Divertissement« der höfischen Veranstaltung, für die LE BOURGEOIS GENTILHOMME als Auftragsarbeit angefertigt wurde, sah vor, daß im Anschluß an die Komödie ein ausgedehntes Ballett mit Gesang stattfand (Auszug Seiten 69 bis 90). Keine Bühne wird aber mit Gewinn an dieser Stelle mehr als einen kurzen Tanz ohne Gesang folgen lassen. Es empfiehlt sich, hierbei den Eindruck entstehen zu lassen, daß im Hause Jourdain das Ballett weiterdauert.

Die Musik für dieses kurze getanzte Finale kann aus dem Andantino, Seite 69, oder aus der Chaconne, Seite 77, oder aus dem Menuett, Seite 82, oder aus dem Menuett, Seite 84, gewonnen werden.

Der Herr aus der Provinz

(Monsieur de Pourceaugnac)
Komödie mit Gesang und Tanz
in drei Akten

P. Brissart d.
I. Sauvé f.
M. DE POURCEAUGNAC

Personen

HERR VON POURCEAUGNAC
ORONTE
JULIE, seine Tochter
NÉRINE, eine Intrigantin
LUCETTE, als Italienerin verkleidet
ÉRASTE, in Julie verliebt
SBRIGANI, ein neapolitanischer Intrigant
Ein Arzt
Ein alter Arzt
Der Apotheker
Ein Bauer
Eine Bäuerin
Erster Soldat
Zweiter Soldat
Polizeisergeant
Drei Kinder
Zwei Bewaffnete, Lakaien

Sänger, Musikanten und Tänzer
als Mitwirkende der Zwischenspiele

Die Handlung begibt sich in Paris

Vorspiel

Éraste ordnet eine Serenade an, die von drei Sängern und etlichen Musikanten ausgeführt wird.

ERSTER SÄNGER *oder Sängerin*

Nun töne, holder Sang,
Durchdringe zart die Nacht
Und schläfere alles ein,
Was roh und rauh und bang,
Daß nur die Zaubermacht
Der süßen Liebe wacht
Und schöner als am schönsten Tag
Im Schmachten sich erfüllen mag.

ZWEITER SÄNGER *oder Sängerin*

Im Seufzen und im Schmachten,
Da Herz und Herz sich band,
Wie schön, wenn Sehnen, Hoffen, Trachten,
Einander Glück und Segen brachten,
Einander zweifach selig machten
Ganz ohne Widerstand . . .
Wenn Herz und Herz sich fand
Ganz ohne Widerstand.

DRITTER SÄNGER *oder Sängerin*

Wer wahre Liebe hindern will,
Ist stets zu schwach geblieben,
Ein Weg nur führt ans Ziel:
Man muß von Herzen lieben.

ALLE DREI

Drum laßt uns lieben allezeit,
Dem Zwang zum Trotz, der Grausamkeit,
Wenn uns die Sitte auch entzweit,
Die Treue meistert jedes Leid,
So lieben wir in Ewigkeit,
Mein Herz ist dein, dein Herz ist mein,
So soll es immer sein.

Es folgt ein Tanz zweier Pagen, der Schaulustige anlockt, die zu streiten beginnen und die Degen ziehen. Nach einem kleinen Gefecht werden sie von zwei Livrierten getrennt und versöhnt und tanzen schließlich mit.

Erster Akt

Erste Szene

Julie, Éraste, Nérine

JULIE Mein Gott, Éraste, wenn man uns nur nicht überrascht! Dann wäre alles verloren. Ich zittere davor, daß uns jemand miteinander sieht, denn es ist mir streng verboten worden, mit Ihnen zusammenzukommen.

ÉRASTE Ich spähe nach allen Seiten und bemerke nichts.

JULIE *zu Nérine* Sei auch du wachsam, Nérine, und gib acht, daß niemand kommt.

NÉRINE *zieht sich in den Hintergrund zurück* Sie können sich auf mich verlassen und getrost sagen, was Sie einander zu sagen haben.

JULIE Ist Ihnen etwas eingefallen, was für unsere Zwecke günstig sein kann, Éraste, und meinen Sie, daß es Ihnen gelingen wird, jene unselige Verbindung zu vereiteln, welche mein Vater sich in den Kopf setzt?

ÉRASTE Wir werden mit allen Kräften danach streben. Und wir haben bereits etliche Gegenzüge erdacht, das üble Spiel zu durchkreuzen.

NÉRINE *läuft zu Julie* Himmel, da ist Ihr Vater!

JULIE Oh! Schnell fort!

NÉRINE Nein, bleiben Sie – ich habe mich getäuscht.

JULIE Ach, mein Gott, Nérine, es ist wirklich zu dumm, uns solch einen Schrecken einzujagen!

ÉRASTE Ja, schöne Julie, eine Menge von Maßnahmen soll den guten Zweck fördern, und wir werden sie unverzüglich ins Werk setzen, da Sie mich hierzu ermächtigten. Fragen Sie mich nicht nach all den Hilfsmitteln, deren uns zu bedienen wir entschlossen sind; um so vortrefflicher werden Sie sich unterhalten. Wie das hochzuschätzende Publikum einer Komödie sollen Sie das Vergnügen auskosten, überrascht zu werden, und nicht das geringste von dem, was Sie zu sehen bekommen, im voraus erfahren. Es mag Ihnen genügen, zu hören, daß uns verschiedene Pläne vorliegen, welche sich der jeweiligen Lage anpassen, und daß sich die einfallsreiche Nérine und der erfinderische Sbrigani der Sache annehmen.

NÉRINE Was fällt Ihrem Vater denn auch ein, Sie mit diesem Anwalt aus Limoges, diesem Herrn von Pourceaugnac zu behelligen, den er sein Lebtag nicht gesehen hat und der nun mit der Postkutsche dahergefahren kommt, sich Ihrer vor unserer Nase gegen Ihren Willen zu bemächtigen? Sollen ein paar hundert Taler mehr, über die der Herr nach der Meinung Ihres Onkels verfügt, genügen, einen Bewerber zu verwerfen, der nach Ihrem Herzen ist? Ist ein Wesen wie Sie für einen Mann aus Limoges geschaffen? Warum nimmt er, wenn er heiraten möchte, nicht eine Frau aus Limoges und läßt die übrige Christenheit zufrieden? Schon dieser Name Pourceaugnac hat mich namenlos erbittert. Ich verabscheue ihn, diesen Pourceaugnac! Wenn sonst nichts gegen ihn zu sagen wäre als dieses Pourceaugnac, würde ich lieber mit wehenden Fahnen untergehen als die Verbindung zulassen und dulden, daß Sie Frau von Pourceaugnac werden, Pourceaugnac! Kann man das ertragen?! Nein, Pourceaugnac ist unmöglich. Wir werden ihm alle erdenklichen Streiche spielen, Schabernack und Possen in großen Mengen, bis wir ihn nach Limoges zurücktreiben, den Herrn von Pourceaugnac.

ÉRASTE Da kommt unser schlauer neapolitanischer Freund, der uns gewiß allerlei Neuigkeiten zu verkünden hat.

Zweite Szene

Sbrigani, Julie, Éraste, Nérine

SBRIGANI Gnädiger Herr, unser Mann wird gleich hier sein. Ich habe ihn drei Meilen von diesem Platz entfernt gesehen, wo die Kutsche Station machte; er ging in die Küche, um zu frühstücken, da konnte ich ihn eine gute halbe Stunde trefflich beobachten – jetzt kenne ich ihn schon auswendig. Über sein Gesicht möchte ich mich lieber gar nicht äußern. Sie werden ja sehen, was für einen Scherz sich die Natur ausgedacht hat und wie es ihr gelungen ist, ihn in die Tat umzusetzen. Was jedoch seinen Geist anbetrifft, kann ich ankündigen, daß mir selten etwas Zäheres, Dumpferes, Schwerfälligeres untergekommen ist, daß er uns ein überaus geeignetes Material für unsere Pläne bieten dürfte, mit einem Wort: dieser Mann wird in jede Falle, die man ihm stellt, blind hineinlaufen.

ÉRASTE Ist das alles wirklich wahr?

SBRIGANI Wenn ich mich auf Menschen verstehe: ja.

NÉRINE *mit Bezug auf Sbrigani* Er ist ein Tausendsassa, gnädiges Fräulein, und Ihre Sache wäre bei keinem andern in so guten Händen, denn für derartige Unternehmungen kennt unsere Zeit keinen Meister, der ihm gliche; um seinen Freunden zu helfen, hat er sich an die zwanzig Male Dinge geleistet, für die ein anderer den Rest seines Lebens als Ruderknecht einer Galeere unter der Peitsche des Aufsehers hätte verbringen müssen, er aber wußte die gewagtesten Abenteuer elegant zum guten Ende zu bringen. Wie Sie ihn da sehen, ist er wegen einer Unzahl höchst ehrenwerter und uneigennütziger Aktionen aus seiner Heimat verbannt worden.

SBRIGANI Schmeichelhafte Ergüsse solcher Art bringen mich in Verlegenheit, um so mehr, als ich mit weit größerer Berechtigung eine Lobeshymne auf Ihre wundervollen Taten anstimmen könnte, insonderheit auf die rechtschaffene Art, mit der Sie den jungen Ausländer, welchen man Ihnen zuführte, im Spiel um zwölftausend Taler prellten, wodurch Sie weithin berühmt wurden, auch auf die heldenhafte Tollkühnheit, einen Vertrag zu fälschen und damit eine ganze Familie unglücklich zu machen, auf die Seelengröße ferner, mit der Sie einen hohen Betrag, den man Ihnen anvertraute, niemals erhalten zu haben erklärten, und schließlich auf Ihre hochherzige Zeugenaussage, die zwei Menschen unverdient an den Galgen brachte.

NÉRINE Ach, das sind Kleinigkeiten und durchaus nicht der Rede wert; Ihre Komplimente beschämen mich.

SBRIGANI So wollen wir Ihre Bescheidenheit auf keine allzu harte Probe stellen, lassen alles Vergangene ruhen und wenden uns schnell unserem Provinzler zu, nebst dem, was wir mit ihm vorhaben. Sie sorgen indessen dafür, daß sich die weiteren Mitwirkenden der Komödie bereit halten.

ÉRASTE *zu Julie* Sie wissen, mein Fräulein, welche Rolle Ihnen zugedacht ist: im Sinne unseres Spiels müssen Sie die allergrößte Freude über den Entschluß Ihres Vaters heucheln.

JULIE Wenn es nur darauf ankommt, wird alles nach Wunsch ablaufen.

ÉRASTE Sollte aber all unseren Listen und Ränken kein Gelingen beschieden sein, schöne Julie ...

JULIE ... offenbare ich meinem Vater, wie es in Wahrheit um mein Herz bestellt ist.

ÉRASTE Und wenn er, diesem Herzen zum Hohn, auf seinem Vorsatz besteht ...

JULIE ... drohe ich ihm, in ein Kloster zu gehen.

ÉRASTE Und sollte er Sie, all dessen ungeachtet, zu der geplanten Heirat zwingen wollen?

JULIE Was wünschen Sie von mir als Antwort auf diese Frage zu hören?

ÉRASTE Was ich von Ihnen als Antwort auf diese Frage zu hören wünsche?

JULIE Ja.

ÉRASTE Was man sagt, wenn man aufrichtig liebt.

JULIE Was sagt man da?

ÉRASTE Daß niemand und nichts auf der Welt Sie zu zwingen vermag und daß Sie mir ungeachtet aller Schritte des Vaters versprechen, die Meine zu sein.

JULIE Mein Gott, Éraste, begnügen Sie sich mit dem, was ich jetzt tue, und lassen Sie meine künftigen Entscheidungen aus dem Spiel – zürnen Sie nicht im voraus einer Untentschlossenheit in jenem schmerzlichen äußersten Fall, der hoffentlich nie eintreten wird. Sollte es aber doch dazu kommen, dann lassen Sie mich durch den Gang der Ereignisse dorthin gelangen, wo mein Platz ist.

ÉRASTE Nun ja, ich ...

SBRIGANI Aufgepaßt! Da kommt unser Freund wahrhaftig schon auf uns zu.

NÉRINE Oh, der ist aber aufgetakelt!

Der auftretende Herr von Pourceaugnac ist überaus geschmacklos und überladen gekleidet.

Dritte Szene

Herr von Pourceaugnac, Sbrigani

HERR VON POURCEAUGNAC *redet zu unsichtbaren Personen, die ihm hierher gefolgt sind* Wie? Was? Wieso? Zum Henker mit dieser dummen Stadt und ihren dummen Leuten! Man kann nicht zwei Schritte gehen – schon kommen ein paar Tröpfe und sehen einen an und lachen. Meine Herren Laffen, kümmert euch um eure Angelegenheiten und laßt eure Mitmenschen ungeschoren und lacht nicht über sie! In die Hölle mit mir, wenn ich den nächsten, den ich lachen sehe, nicht gehörig dresche!

SBRIGANI *zu denselben unsichtbaren Leuten gewendet* Ja, was gibt's denn, meine Lieben? Was soll das? Wie kommt ihr dazu? Darf man sich über ehrenwerte Gäste, die unsere Stadt besuchen, lustig machen?!

HERR VON POURCEAUGNAC Endlich ein verständiger Mensch!

SBRIGANI *wie oben* Was fällt euch ein? Was gibt es denn zu lachen?

HERR VON POURCEAUGNAC Sehr gut.

SBRIGANI Hat dieser Herr etwas Lächerliches an sich?

HERR VON POURCEAUGNAC Ja.

SBRIGANI Ist er anders als andere Herren?

HERR VON POURCEAUGNAC Bin ich krumm oder bucklig?

SBRIGANI Lernt doch erst einmal die Menschen richtig ansehen.

HERR VON POURCEAUGNAC Sehr richtig.

SBRIGANI Dieser Herr wirkt höchst respektabel.

HERR VON POURCEAUGNAC Das stimmt.

SBRIGANI Eine Standesperson.

HERR VON POURCEAUGNAC Sehr wahr, ein Edelmann aus Limoges.

SBRIGANI Ein nobler Geist.

HERR VON POURCEAUGNAC Der die Rechtswissenschaften studiert hat.

SBRIGANI Daß er eure Stadt aufsucht, ist fast zuviel der Ehre.

HERR VON POURCEAUGNAC Zweifellos.

SBRIGANI Über diesen Herrn gibt es nichts zu lachen.

HERR VON POURCEAUGNAC Keineswegs.

SBRIGANI Und wer dennoch lacht, der bekommt es mit mir zu tun.

HERR VON POURCEAUGNAC *zu Sbrigani* Mein Herr, ich bin Ihnen außerordentlich verbunden.

SBRIGANI Ich ärgere mich, mein Herr, wenn ich sehen muß, daß man eine solche Persönlichkeit derart behandelt, und ich möchte mich im Namen dieser Stadt bei Ihnen entschuldigen.

HERR VON POURCEAUGNAC Ihr Diener.

SBRIGANI Ich habe Sie schon heute morgen beim Frühstück gesehen, mein Herr, als Ihre Kutsche die Pferde wechselte. Und die Grazie, mit der Sie das Brot verzehrten, ließ in mir alsbald freundschaftliche Gefühle für Sie aufkeimen. Da ich merke, daß Sie noch nie in diesem Landstrich waren, da Ihnen also hier vieles ganz neu sein dürfte, bin ich glücklich, Ihren Weg neuerlich zu kreuzen, um Ihnen gleich bei der Ankunft meine Dienste anzubieten, um Ihnen bei Ihren Begegnungen mit diesem Volk hilfreich an die Hand zu gehen, weil man es hier leider an der erforderlichen Hochachtung für die besseren Leute gelegentlich fehlen läßt.

HERR VON POURCEAUGNAC Zuviel der Ehre, mein Herr.

SBRIGANI Ich sagte schon: gleich, als ich Sie erblickte, fühlte ich Zuneigung für Sie.

HERR VON POURCEAUGNAC Ich bin Ihnen verbunden.

SBRIGANI Ihr Antlitz gefiel mir.

HERR VON POURCEAUGNAC Das ehrt mich.

SBRIGANI Ich habe in ihm so viel Redlichkeit entdeckt.

HERR VON POURCEAUGNAC Ich bin Ihr Diener.

SBRIGANI Einen Zug von Liebenswürdigkeit.

HERR VON POURCEAUGNAC Oh, oh!

SBRIGANI Von Anmut.

HERR VON POURCEAUGNAC Oh, oh!

SBRIGANI So hold . . .

HERR VON POURCEAUGNAC Oh, oh!

SBRIGANI . . . und so majestätisch zugleich.

HERR VON POURCEAUGNAC Oh, oh!

SBRIGANI So viel Freimut . . .

HERR VON POURCEAUGNAC Oh, oh!

SBRIGANI . . . und Herzlichkeit.

HERR VON POURCEAUGNAC Oh, oh!

SBRIGANI Glauben Sie mir: ich bin der Ihre.

HERR VON POURCEAUGNAC Ich bin Ihnen ungemein verbunden.

SBRIGANI Was ich sage, kommt aus dem tiefsten Herzensgrund.

HERR VON POURCEAUGNAC Das glaube ich gern.

SBRIGANI Hätte ich die Ehre, mit Ihnen bekannt zu sein, wüßten Sie, daß ich vollkommen aufrichtig bin.

HERR VON POURCEAUGNAC Daran zweifle ich nicht.

SBRIGANI Ein Feind aller Streiche und Possen.

HERR VON POURCEAUGNAC Davon bin ich überzeugt.

SBRIGANI Unfähig, die wahren Gefühle zu verbergen.

HERR VON POURCEAUGNAC Das denke ich mir.

SBRIGANI Sie bemerken, daß ich anders gekleidet bin als die Leute hier. Ich stamme mit Ihrer gütigen Erlaubnis aus Neapel, und ich wollte gern auch die äußeren Gewohnheiten meiner Landsleute ebenso wie ihre Aufrichtigkeit bewahren.

HERR VON POURCEAUGNAC Daran tun Sie gut. Ich wiederum wollte mich für meine Fahrt in höfischer Tracht ausstaffieren.

SBRIGANI Und, meiner Treu, diese Tracht putzt Sie besser als unsere Höflinge.

HERR VON POURCEAUGNAC Das hat mir mein Schneider auch

gesagt. Die Kleidung ist passend, hat er gesagt, und stattlich – sie wird Aufsehen machen.

SBRIGANI Ohne Zweifel. Werden Sie sich nicht in den Louvre begeben?

HERR VON POURCEAUGNAC Ich kann wohl kaum umhin, dort meine Aufwartung zu machen.

SBRIGANI Der König wird entzückt sein, Sie zu sehen.

HERR VON POURCEAUGNAC Ich glaube auch.

SBRIGANI Haben Sie sich schon ein Quartier besorgt?

HERR VON POURCEAUGNAC Nein – das wollte ich jetzt gerade.

SBRIGANI Ich hätte gern das Vergnügen, Ihnen dabei behilflich zu sein. Ich kenne mich hier gut aus.

Vierte Szene

Éraste, Herr von Pourceaugnac, Sbrigani

ÉRASTE Oh, was sehe ich? Welch ein glückliches Zusammentreffen! Herr von Pourceaugnac! Ich bin entzückt, Sie zu treffen! Doch wie? Irre ich mich, oder fällt es Ihnen wirklich schwer, mich zu erkennen?

HERR VON POURCEAUGNAC Ich bin Ihr Diener, mein Herr.

ÉRASTE Ist es möglich, daß fünf oder sechs Jahre mich in Ihrem Gedächtnis auszulöschen vermochten? Daß Sie den allerbesten Freund des Hauses, sämtlicher Pourceaugnacs, nicht erkennen?

HERR VON POURCEAUGNAC Verzeihen Sie. *zu Sbrigani* Meiner Treu, ich weiß nicht, wer das ist.

ÉRASTE In Limoges gibt es keinen einzigen Pourceaugnac, der mir fremd wäre, vom größten bis zum allerkleinsten. Als ich dort war, pflegte ich nur mit dieser einen Familie umzugehen und hatte die Ehre, Sie fast täglich zu sehen.

HERR VON POURCEAUGNAC Die Ehre ist auf meiner Seite, mein Herr.

ÉRASTE Und Sie besinnen sich nicht auf mein Gesicht?

HERR VON POURCEAUGNAC Doch. *zu Sbrigani* Ich kenne ihn nicht.

ÉRASTE Konnte es Ihnen entfallen, daß ich das Glück hatte, wer weiß wie oft mit Ihnen zu trinken?

HERR VON POURCEAUGNAC Entschuldigen Sie. *zu Sbrigani* Ich habe keine Ahnung, wer er ist.

ÉRASTE Wie heißt doch gleich der Mann in Limoges, der so vortreffliche Gerichte auftischt?

HERR VON POURCEAUGNAC Petit-Jean?

ÉRASTE Sie sagen es! Wir sind unzählige Male miteinander zu unserem beiderseitigen Vergnügen bei ihm gewesen. Und wie heißt doch gleich die Gegend in Limoges, wo man zu spazieren pflegt?

HERR VON POURCEAUGNAC Die Friedhofs-Kolonnaden.

ÉRASTE Jawohl; dort habe ich unvergeßliche Stunden im trauten Zwiegespräch mit Ihnen verbracht. Und das alles ist Ihnen nicht mehr gegenwärtig?

HERR VON POURCEAUGNAC Entschuldigen Sie! – Doch, es ist mir gegenwärtig. *zu Sbrigani* Der Teufel soll mich holen, wenn ich mich an ihn erinnere.

SBRIGANI *zu Herrn von Pourceaugnac* Es gibt ja hunderterlei Dinge, die man nicht im Kopf behält.

ÉRASTE Dann umarmen Sie mich, bitte, und knüpfen wir die Bande unserer damaligen Freundschaft neu.

SBRIGANI *zu Herrn von Pourceaugnac* Das ist ein Mensch, der Sie sehr gern hat.

ÉRASTE Erzählen Sie mir doch, was es in der Verwandtschaft Neues gibt. Wie geht es denn Ihrem – jetzt weiß ich nicht mehr, wie dieser gute, ehrliche Mann heißt.

HERR VON POURCEAUGNAC Mein Bruder, der Ratsherr?

ÉRASTE Der Ratsherr!

HERR VON POURCEAUGNAC Es geht ihm sehr, sehr gut.

ÉRASTE Ach, das freut mich aufrichtig! Und der andere – der, der immer so gut gelaunt ist, Ihr ... Ihr ...

HERR VON POURCEAUGNAC Mein Vetter, der Adjunkt?

ÉRASTE Der Adjunkt!

HERR VON POURCEAUGNAC Immer lustig und vergnügt.

ÉRASTE Oh, das höre ich sehr gern. Und Ihr Herr Onkel, der ...

HERR VON POURCEAUGNAC Ich habe keinen Onkel.

ÉRASTE Aber damals hatten Sie doch ...

HERR VON POURCEAUGNAC Nein, nur eine Tante.

ÉRASTE Das wollte ich ja sagen: Ihre Frau Tante – wie befindet sie sich?

HERR VON POURCEAUGNAC Sie ist vor einem halben Jahr gestorben.

ÉRASTE Ach, die arme Dame! Eine so grundgütige Person!

HERR VON POURCEAUGNAC Mein Neffe, der Kanonikus, wäre auch fast an den Pocken gestorben.

ÉRASTE Der Kanonikus – das wäre aber jammerschade gewesen!

HERR VON POURCEAUGNAC Den kennen Sie auch?

ÉRASTE Ob ich den kenne? Ich bitte Sie! Ein Hübscher, Großer.

HERR VON POURCEAUGNAC Gar nicht so groß.

ÉRASTE Nein, gerade so hübsch groß.

HERR VON POURCEAUGNAC Ja, das schon.

ÉRASTE Und der ist Ihr Neffe!

HERR VON POURCEAUGNAC Ja.

ÉRASTE Der Sohn Ihrer Schwester oder Ihres Bruders.

HERR VON POURCEAUGNAC Sehr richtig.

ÉRASTE Kanonikus in der Kirche ...

HERR VON POURCEAUGNAC ... des heiligen Stephanus.

ÉRASTE Ja, ja, dann ist er der, den ich kenne.

HERR VON POURCEAUGNAC *zu Sbrigani* Er zählt meine ganze Verwandtschaft auf.

SBRIGANI Der kennt Sie besser, als Sie ahnen.

HERR VON POURCEAUGNAC Mir scheint, Sie haben sich sehr lange bei uns aufgehalten.

ÉRASTE Volle zwei Jahre.

HERR VON POURCEAUGNAC Sie waren wohl auch dabei, wie unser Herr Gouverneur das Kind meines Vetters, des Amtmannes, aus der Taufe gehoben hat?

ÉRASTE Das will ich meinen. Ich war einer der ersten, die man eingeladen hat.

HERR VON POURCEAUGNAC Das war prächtig.

ÉRASTE Überaus prächtig.

HERR VON POURCEAUGNAC Ein wunderbares Essen.

ÉRASTE Das walte Gott.

HERR VON POURCEAUGNAC Sie haben also wohl auch meinen Zusammenstoß mit dem Edelmann aus Bergerac erlebt?

ÉRASTE Ja.

HERR VON POURCEAUGNAC Der ist aber bei mir an den Rechten gekommen! Donnerwetter nocheinmal!

ÉRASTE Donnerwetter nocheinmal!

HERR VON POURCEAUGNAC Er hat mir eine Ohrfeige versetzt, aber ich habe ihm gründlich meine Meinung gesagt.

ÉRASTE Gründlich. Im übrigen werde ich es nicht zulassen, daß Sie anderswo absteigen als bei mir.

HERR VON POURCEAUGNAC Ich möchte aber nicht, daß ...

ÉRASTE Verhöhnen Sie mich? Ich dulde es ganz einfach nicht, daß mein bester Freund außerhalb meines Hauses Quartier nimmt.

HERR VON POURCEAUGNAC Ich will Sie aber ...

ÉRASTE Nein, nein, der Teufel soll mich holen – Sie wohnen bei mir.

SBRIGANI *zu Herrn von Pourceaugnac* Wenn er so nachdrücklich darauf besteht, rate ich Ihnen, auf seinen Vorschlag einzugehen.

ÉRASTE Wo ist Ihr Gepäck?

HERR VON POURCEAUGNAC Ich habe es mit meinem Diener dort zurückgelassen, wo ich ausgestiegen bin.

ÉRASTE Lassen Sie alles von dort holen.

HERR VON POURCEAUGNAC Nein, ich habe ihm aufgetragen, sich nicht wegzurühren, bis ich wiederkomme – aus Angst vor irgendwelchen Kniffen und Winkelzügen.

SBRIGANI Das war eine vortreffliche Anordnung.

ÉRASTE Einen geistreichen Menschen erkennt man an der geringfügigsten Einzelheit.

SBRIGANI Ich gehe mit dem Herrn und geleite ihn, wohin Sie wünschen.

ÉRASTE Ja, ich würde gern noch einige Vorbereitungen treffen – und Sie kommen dann einfach in dieses Haus. *er bezeichnet das Haus des Arztes.*

SBRIGANI Wir stehen ganz zu Ihrer Verfügung.

ÉRASTE *zu Herrn von Pourceaugnac* Ich erwarte Sie voll Ungeduld.

HERR VON POURCEAUGNAC *zu Sbrigani* Wirklich ein überraschendes Zusammentreffen!

SBRIGANI Ich habe den Eindruck, daß er ein wackerer Mann ist.

ÉRASTE *allein* Meiner Seel, Herr von Pourceaugnac, wir werden Ihnen in allen Tonarten aufspielen; nun sind die Vorbereitungen beendet, und es kann losgehen.

Fünfte Szene

Éraste, der Apotheker

ÉRASTE Wenn ich nicht irre, mein Herr, sind Sie der Arzt, welchem ich eine Botschaft übermitteln ließ.

DER APOTHEKER Nein, mein Herr, Sie überschätzen mich in schmeichelhafter Weise, ich bin nicht der Arzt, ich bin nur Apotheker, nur Apotheker, ein unansehnlicher Apotheker, zu Ihren Diensten.

ÉRASTE Und ist der Arzt in seinem Haus?

DER APOTHEKER Gewiß; er entledigt sich eben einiger Kranker, die er behandelt. Ich will ihm sagen, daß Sie hier sind.

ÉRASTE Nein, bleiben Sie – ich warte auf ihn; ich muß ihm einen Patienten übergeben, der ihm angekündigt worden ist. Dieser wurde von einem Wahn befallen, und wir wären dankbar, wenn er vor seiner Hochzeit geheilt werden könnte.

DER APOTHEKER Ja, ich weiß, ich kenne den Fall, denn ich war dabei, als man dem Arzt davon berichtete. Meiner Seel, meiner Treu, Sie könnten keinen tüchtigeren Medikus beiziehen als diesen. Denn er beherrscht die Heilmethode von Grund auf, von Grund auf, so geläufig wie unsereiner das Alphabet aufsagt, und auch wenn ihm einer unter den Händen draufgeht, hält er die Regeln des Hippokrates und Galenus bis aufs letzte Tüpfelchen ein. Ja, ja, er weicht keinen Schritt vom Weg ab, keinen Schritt, nie läßt er fünfe gerade sein, und um alles Gold der Welt wäre er nicht bereit, einen Menschen durch andere Mittel zu heilen als durch jene, welche die Fakultät zuläßt.

ÉRASTE Daran tut er sehr recht. Kein Kranker darf gesund werden, wenn es die Fakultät nicht zuläßt.

DER APOTHEKER Und das sage ich nicht, weil wir innig befreundet sind, aber es ist ein Vergnügen, es ist ein Vergnügen, sein Patient zu sein. Ich würde lieber an seiner Behandlung sterben als an der eines andern genesen; denn wie es auch immer enden mag, bei ihm hat man die Gewißheit, daß es nach den Regeln der Kunst zugeht, nach den Regeln der Kunst, und wer unter seinen Händen stirbt, dem haben die Erben nichts vorzuwerfen.

ÉRASTE Welch tröstlicher Gedanke für einen Verewigten!

DER APOTHEKER Ja, gewiß. Man hat wenigstens das erhebende Gefühl, daß man mit Methode gestorben ist. Überdies ist er keiner von jenen Ärzten, welche den Krankheiten gegenüber Nachsicht walten lassen; er rückt ihnen flott zuleibe, sehr flott, er liebt es, die Patienten schnell fertig zu machen, und wenn man sterben soll, dann stirbt es sich bei keinem anderen so geschwind.

ÉRASTE Recht so; man soll alles möglichst schnell hinter sich bringen.

DER APOTHEKER Eben; warum auch sich zieren und um den Brei herumgehen? Man muß den Anfang und das Ende einer Krankheit auf den ersten Blick erfassen, auf den ersten Blick.

ÉRASTE Gewiß doch!

DER APOTHEKER Er hat mir bereits die Ehre erwiesen, sich dreier von meinen Kindern und ihrer Krankheiten anzunehmen; keines von ihnen hat daraufhin länger als vier Tage gelebt. Unter den Händen eines andern wäre ihnen ein Siechtum von mehr als vier Monaten nicht erspart geblieben.

ÉRASTE Wie schön, wenn man solche Freunde hat!

DER APOTHEKER Ja, sicherlich. Mir sind nur noch zwei Kinder geblieben, zwei Kinder, deren er sich annimmt, als wären es seine eigenen. Er behandelt sie und betreut sie ganz so, wie es ihm paßt, wie es ihm paßt, ohne daß ich mich dreinmenge; und fast immer, wenn ich heimkomme, hat man sie auf sein Geheiß zur Ader gelassen oder klistiert.

ÉRASTE Welch eine dankenswerte Obsorge!

DER APOTHEKER Da ist er, da ist er, da ist er, er kommt.

Sechste Szene

Der Arzt, ein Bauer, eine Bäuerin, Éraste, der Apotheker

DER BAUER *zum Arzt* Euer Gnaden, der Arme hält's nimmer aus. Er sagt, er kommt fast um vor lauter Schmerzen im Kopf.

DER ARZT Dann ist er dumm. Denn nach Galenus darf er bei dieser Krankheit nicht im Kopf Schmerzen haben, sondern in der Milz.

DER BAUER Das kann schon sein ... weil ... er hat ja auch jetzt schon ein halbes Jahr diesen Durchfall.

DER ARZT Recht so: das zeigt, daß seine Eingeweide sich entlasten. Ich komme morgen oder übermorgen – aber wenn er vorher stirbt, vergeßt nicht, mich zu benachrichtigen. Denn es gehört sich nicht, daß ein Arzt einen Toten besucht.

DIE BÄUERIN *zum Arzt* Mein Vater, Euer Gnaden – es wird immer ärger mit ihm.

DER ARZT Das ist nicht meine Schuld – ich habe ihm ja eine Medizin verschrieben – warum wird er nicht gesund? Wie oft hat man ihm Blut abgezapft?

DIE BÄUERIN Fünfzehnmal in den letzten drei Wochen.

DER ARZT Fünfzehnmal zur Ader gelassen?

DIE BÄUERIN Ja.

DER ARZT Und er wird nicht gesund?

DIE BÄUERIN Nein, Euer Gnaden.

DER ARZT Das bedeutet, daß seine Krankheit nicht vom Blut kommt. Jetzt werden wir ihn ebensooft klistieren, damit wir sehen, ob sie in den Säften sitzt. Und wenn auch das nichts nützt, schicken wir ihn in ein Heilbad.

DER APOTHEKER Oh, das ist die höchste, das ist die höchste ärztliche Kunst.

ÉRASTE *zum Arzt* Ich ließ Sie kürzlich verständigen, mein verehrter Herr. Es handelt sich um einen Verwandten, der leicht verwirrt im Geist ist und den ich bei Ihnen unterbringen möchte, damit er in aller Gemütlichkeit geheilt wird, ohne daß irgendein Außenstehender ihn zu Gesicht bekommt.

DER ARZT Gewiß, mein Herr, alles ist bestens vorbereitet. Ich versichere Ihnen, daß ich es an der nötigen Sorgfalt nicht fehlen lassen werde.

ÉRASTE Da kommt er.

DER ARZT Das trifft sich vortrefflich; denn ich erwarte gerade einen lieben alten Freund, den ich zum Zweck der rechten Behandlung als Konsiliarius gern beiziehe.

Siebente Szene

Herr von Pourceaugnac, Éraste, der Arzt, der Apotheker

ÉRASTE *zu Herrn von Pourceaugnac* Eine kleine unvorhergesehene Abhaltung zwingt mich leider, Sie für kurze Zeit zu verlassen. Doch hier ist jemand, dessen Obhut ich Sie anvertraue, der sich an meiner Stelle Ihrer annehmen und Sie so gut behandeln wird, als es ihm nur irgend möglich ist.

DER ARZT Die Pflicht meines Standes verhält mich dazu, da Sie mich mit dieser Aufgabe betrauen.

HERR VON POURCEAUGNAC *für sich* Das ist sein Haushofmeister. Er muß von hohem Rang sein.

DER ARZT *zu Éraste* Ich werde diesen Herrn nach allen Regeln der Kunst behandeln, ganz so, wie es uns unser Beruf zur Pflicht macht.

HERR VON POURCEAUGNAC Mein Gott, wozu so viele Förmlichkeiten – ich möchte hier doch niemandem zur Last fallen.

DER ARZT Was ich mit Ihnen vorhabe, gereicht mir zur Freude.

ÉRASTE *zum Arzt* Hier sind zunächst sechzig Pfund als Abschlagszahlung auf das Versprochene.

HERR VON POURCEAUGNAC Nein, bitte, ich will nicht, daß Sie sich in Unkosten stürzen und daß Sie eigens für mich etwas anschaffen lassen.

ÉRASTE Keine Einwände, bitte! Das Geld dient einem anderen Zweck, als Sie vermuten.

HERR VON POURCEAUGNAC Bitte, behandeln Sie mich als Freund.

ÉRASTE Eben das habe ich im Sinn. *leise zum Arzt* Lassen Sie ihn vor allem nicht einen Augenblick unbeaufsichtigt; er versucht immer wieder auszureißen.

DER ARZT Seien Sie ganz unbesorgt.

ÉRASTE *zu Herrn von Pourceaugnac* Und nun muß ich Sie bitten, mein ungebührliches Betragen zu entschuldigen.

HERR VON POURCEAUGNAC Sie beschämen mich, ich bin der großen Gunst, die Sie mir erweisen, gewiß nicht wert.

Achte Szene

Der Arzt, der alte Arzt, Herr von Pourceaugnac, der Apotheker

DER ARZT Mein Herr, ich bin mir der Ehre bewußt, mit Ihrer Pflege betraut worden zu sein.

HERR VON POURCEAUGNAC Ihr Diener.

DER ARZT Hier ist einer meiner vorzüglichsten Mitarbeiter, mit dem gemeinsam ich die rechte Methode, Sie zu behandeln, herausbekommen werde.

HERR VON POURCEAUGNAC Aber wozu so viele Umstände – ich sage Ihnen: ich bin mit dem Einfachsten zufrieden.

DER ARZT He, bringt Stühle herbei!

Lakaien bringen Stühle. Sie sind schwarz gekleidet wie die Ärzte.

HERR VON POURCEAUGNAC *für sich* Was für eine trübselige Dienerschaft dieser junge Mensch hat!

DER ARZT Bitte, nehmen Sie Platz.

Wenn alle drei sitzen, nimmt jeder Arzt eine Hand des Herrn von Pourceaugnac und fühlt ihm den Puls.

HERR VON POURCEAUGNAC *meint zuerst, daß sie ihm die Hand drücken wollen* Ich bin Ihr ganz ergebener Diener. *da merkt er, daß sie den Puls fühlen* Was heißt das?

DER ARZT Pflegen Sie viel zu essen?

HERR VON POURCEAUGNAC Ja, und noch mehr zu trinken.

DER ARZT Das ist schlimm. Gesteigertes Verlangen nach Kaltem und Feuchtem läßt auf eine innere Hitze und Trockenheit schließen. Schlafen Sie fest?

HERR VON POURCEAUGNAC Ja, wenn ich gut zur Nacht gegessen habe.

DER ARZT Träumen Sie?

HERR VON POURCEAUGNAC Manchmal.

DER ARZT Welche Art von Träumen?

HERR VON POURCEAUGNAC Wie die Träume eben sind. – Zum Teufel, was ist denn das für ein Gespräch?

DER ARZT Wie steht es um Ihre Entleerungen?

HERR VON POURCEAUGNAC Meiner Seel, ich verstehe diese Fragerei nicht – ich möchte jetzt lieber einen guten Schluck trinken.

DER ARZT Geduld – wir wollen den Fall in Ihrem Beisein besprechen und dabei lateinische Ausdrücke vermeiden, damit wir verständlich bleiben.

HERR VON POURCEAUGNAC Was ist denn da viel zu besprechen, wenn ich etwas essen und trinken möchte?

DER ARZT Sintemalen man eine Krankheit nicht heilen kann, es wäre denn, man kennt sie durch und durch – und man eine Krankheit durch und durch nur kennen kann, sofern man ihre besonderen Eigenheiten und ihre wahre Gattung aus diagnostischen und prognostischen Anzeichen feststellt, gestatten Sie mir, *sich an den alten Arzt wendend* verehrter Kollege und Senior, in die Betrachtung der hier vorliegenden Krankheit einzutreten, ehe ich das Therapeutische berühre und die Mittel, welche wir zum Zweck der vollständigen Wiederherstellung anzuwenden haben, erörtere. Mit Ihrer gütigen Erlaubnis, Herr Kollege, stelle ich somit fest: unser Patient ist unglücklicherweise befallen, versehrt, angegriffen und heimgesucht von jener Art des Wahns, welche man so richtig als hypochondrische Melancholie bezeichnet, eine sehr böse Sorte von Melancholie, die eines Äskulap, wie Sie einer sind, bedarf, der in der unermüdlichen Ausübung unserer Kunst ergraut ist, von der Pike auf, wie man sagt, und durch dessen Hände so vielerlei von jeglicher Art gegangen ist. Ich spreche von einer hypochondrischen Melancholie, um sie gegen zwei andere Melancholien abzugrenzen; denn der große Galenus hat längst lichtvoll drei Arten des krankhaften Zustands namens Melancholie herausgestellt, der nicht nur von den Lateinern, sondern auch von den alten Griechen so bezeichnet wird, was für unseren Fall sehr bedeutsam ist: die erste kommt von einem besonderen Schaden im Gehirn, die zweite vom Eintritt der Galle in das Blut, die dritte, die sogenannte hypochondrische Melancholie, welche wir hier vor uns haben, kommt von einem Schaden im Unterleib und den benachbarten Partien des Körpers, vor allem aber der Milz, durch deren entzündliche Erhitzung in das Gehirn unseres Kranken eine Menge von dichtem Ruß eingetreten ist, dessen schwärzlicher und schädlicher Dampf eine Entartung der geistigen Fähigkeiten hervorruft und jene Krankheit verursacht, von welcher er sichtlich auf Grund unserer Überlegungen befallen ist. Daß dem also sei, müssen Sie, verehrter Herr Senior und Kollege, um meine Diagnose zu bestätigen, schon aus dem Anblick des bittern und trüben Gehabens bei unserem Kranken ersehen; die Traurigkeit, Hand in Hand mit Angst und Mißtrauen, das sind besondere pathognomonische Symptome, die schon der göttliche alte Hippokrates hervorgehoben hat: dieser Gesichtsausdruck, die starren, geröteten Augen, der lange Bart, diese Körperhaltung, seine *hier wird der Darsteller des Herrn von Pourceaugnac beschrieben: Größe, Kleinheit, Magerkeit, Fettleibigkeit, sein starker, spärlicher Haarwuchs* all das erweist, daß er sich in einem fortgeschrittenen Stadium der besagten, auf Hypochondrie zurückzuführenden Abart der Melancholie befindet; sie ist im Lauf der Zeit zu seiner zweiten Natur geworden, zur tiefeingewurzelten Gewohnheit, sie hat ihr Bürgerrecht in seinem Organismus gewonnen, derart, daß sie imstande wäre, sich entweder zum Wahn zu entwickeln oder zur Apoplexie oder aber auch zur völligen Tobsucht. In Anbetracht all dieser Umstände – da die rechte Erkenntnis eines Leidens schon die halbe Heilung bedeutet – denn ignoti nulla est curatio morbi –, wird es Ihnen nicht schwerfallen, sich mit mir über die Heilmittel, welche unserem Patienten gebühren, zu einigen. Erstens: zur Bekämpfung des übermäßigen Andrangs innerer Säfte und ihrer schädigenden Wirkungen im ganzen Körper schlage ich reichliche Aderlässe vor; wir müssen ihm möglichst viel Blut abzapfen: an der Basilica, ferner an der Cephalica und notfalls, wenn das Leiden sich als hartnäckig erweist, auch die Vene in der Stirn öffnen, möglichst weit, so daß auch das dicke Blut austreten kann. Desgleichen ist er zu klistieren und zu entwässern und ist sein Magen auszuheben, und zwar durch melanogogische und cholagogische Methoden. Und da der wahre Anlaß seines Zustandes entweder dickflüssige unreine Flüssigkeiten sind oder ein schwärzlicher, fettiger Dampf, der gewisse Teile des Hirns verdunkelt, beschmutzt und zersetzt, wäre anschließend ein Bad in klarem Wasser unter Zusatz von Molke ratsam, um mit dem Wasser der Dickflüssigkeit und mit der Molke der Schwärzlichkeit entgegenzuwirken. Vor allem anderen aber halte ich dafür, daß er durch freundliche Gespräche, Musik und Gesang zu zerstreuen ist, wobei man auch noch Tänzer zuziehen könnte, damit ihre Leichtigkeit und Beweglichkeit die Trägheit seines schlummernden Geistes lockern möge, aus welcher die Dickflüssigkeit des Blutes resultiert, welche wiederum die Krankheit begünstigt. Diese Mittel schweben mir vor, viele andere und bessere mag der verehrte Senior und Kollege hinzufügen, im Sinne der Erfahrung, Urteilskraft und lichtvollen Einsicht, so er sich in Ausübung unserer Kunst erworben. Dixi.

DER ALTE ARZT Gott bewahre mich davor, Herr Kollege, daß es mir beifalle, dem, was Sie eben dargelegt, auch nur das Geringste hinzuzufügen. Haben Sie sich doch derart vortrefflich über alle Anzeichen, Symptome und Ursachen des Leidens bei diesem Herrn geäußert. Ihre Darlegungen waren so gelehrt wie formvollendet, daß es mir schier unmöglich scheint, ihn nicht für toll und hypochondrisch-melancholisch zu halten. Wäre er es nicht – er müßte es sogleich werden, um der Schönheit Ihrer Rede, um der Richtigkeit Ihrer Ausführungen willen! Ja, Herr Kollege, Sie haben da gleichsam schwarz auf weiß alles festgehalten, was dieser Krankheit eigentümlich ist, graphice depinxisti. Es gibt nichts, was weiser, gelehrter, treffender entworfen, ausgedacht und ersonnen wäre als das, was Sie hinsichtlich dieses Leidens vorgebracht, sei es diagnostisch, prognostisch oder therapeutisch. Mir bleibt weiter nichts, als diesen Herrn zu beglückwünschen, daß er in Ihre Hände gekommen ist, und ihm zu sagen: wohl ihm, daß er wahnsinnig wurde, um die Wirksamkeit und Annehmlichkeit der von Ihnen so sachkundig vorgeschlagenen Heilmittel zu erleben! Ich billige sie samt und sonders, manibus et pedibus descendo in tuam sentenciam. Ich befürworte lediglich eine ungerade Anzahl von Aderlässen und Purgationen. Numero deus impari gaudet. Ich meine ferner, daß der Patient die Molke vor dem Bad einnehmen, ferner, daß man dem Patienten einen mit Salzwasser getränkten Umschlag auflegen sollte, Salz ist das Sinnbild der Weisheit, ferner, daß man die Wände des Zimmers weiß tünchen sollte, um seinen Geist zu erhellen. Album est disgregativum visus. Schließlich, daß man ihn jetzt gleich einer kleinen Waschung unterziehen sollte, als Einleitung und Vorspiel der sorgsamen Behandlung, welche, falls es ihm bestimmt ist, zu genesen, seinen Zustand lindern wird. Wollte Gott, Herr Kollege, daß die von Ihnen angewandte Kur bei unserem Patienten die gewünschte Wirkung ausübe!

HERR VON POURCEAUGNAC Jetzt höre ich Ihnen fast eine Stunde lang zu, meine Herren – spielen wir Komödie?

DER ARZT Nein, mein Herr, wir spielen durchaus nicht.

HERR VON POURCEAUGNAC Was soll denn das? Was meinen Sie mit diesem dummen Gerede?

DER ARZT Jawohl, Beschimpfungen – dieses Symptom hat noch gefehlt, um meine Diagnose Ihres Leidens zu bestätigen, das so leicht zum Wahn ausarten kann.

HERR VON POURCEAUGNAC Mit wem hat man mich da zusammengebracht? *er spuckt einigemale aus.*

DER ARZT Noch ein Symptom, die gesteigerte Speichelabsonderung.

HERR VON POURCEAUGNAC Lassen wir das und gehen wir.

DER ARZT Weiteres Symptom: Unruhe und Sehnsucht nach Ortsveränderung.

HERR VON POURCEAUGNAC Was soll denn diese ganze Angelegenheit? Was wünschen Sie von mir?

DER ARZT Wir heilen Sie – so wie's uns aufgetragen wurde.

HERR VON POURCEAUGNAC Sie heilen mich?

DER ARZT Ja.

HERR VON POURCEAUGNAC Zum Donnerwetter, ich bin ja gar nicht krank.

DER ARZT Ein böses Zeichen, wenn ein Kranker sich seines Leidens nicht bewußt ist.

HERR VON POURCEAUGNAC Ich sage Ihnen: ich fühle mich wohl.

DER ARZT Wir wissen besser als Sie, wie Sie sich fühlen, wir sind Ärzte und haben genauen Einblick in Ihr Befinden.

HERR VON POURCEAUGNAC Wenn Sie Ärzte sind, will ich nichts mit Ihnen zu tun haben; ich finde die ganze Medizin dumm.

DER ARZT Hm, hm – dieser Mensch ist noch viel wahnsinniger, als wir dachten.

HERR VON POURCEAUGNAC Mein Vater und meine Mutter wollten sich nie behandeln lassen; sie sind alle beide ohne ärztliche Hilfe gestorben.

DER ARZT *zum alten Arzt* Mich wundert es nicht, daß sie einen irren Sohn in die Welt gesetzt haben. Vorwärts, schreiten wir zur Heilbehandlung, mildern wir, besänftigen wir, beruhigen wir durch erheiternde wohltätige Harmonie die Bitterkeit seines Gemütes, das von einer schweren Entzündung bedroht ist.

Neunte Szene

Herr von Pourceaugnac

HERR VON POURCEAUGNAC Was ist denn das – Teufel noch einmal – sind die Leute hier verrückt? So etwas habe ich noch nie gesehen – ich verstehe rein gar nichts.

Zehnte Szene

Sänger, Harlekine, Herr von Pourceaugnac

Zwei italienische Sänger in grotesken Arztkostümen und acht Harlekine erscheinen.

DIE BEIDEN SÄNGER

Bon di, bon di, bon di:
Non vi lasciate uccidere
Dal dolor malinconico,
Noi vi faremo ridere
Col nostro canto harmonico.
Sol' per guarirvi
Siamo venuti qui.
Bon di, bon di, bon di.

ERSTER SÄNGER

Altro non è la pazzia
Che malinconia.
Il malato
Non è disperato,
Se vol pigliar un poco d'allegria;
Altro non è la pazzia
Che malinconia.

ZWEITER SÄNGER

Sù, cantate, ballate, ridete;
E se far meglio volete,
Quando sentite il deliro vicino,
Pigliate del vino,
E qualche volta un poco di tabac.
Alegramente, Monsu Pourceaugnac!

Elfte Szene

Der Apotheker, die Sänger, die Harlekine, Herr von Pourceaugnac

DER APOTHEKER *mit einer Klistierspritze* Hier ist ein Mittelchen, mein Herr, ein Mittelchen, das Sie anwenden müssen, das Sie, bitte, anwenden müssen.

HERR VON POURCEAUGNAC Was? Ich will das nicht!

DER APOTHEKER Es ist verordnet, mein Herr, es ist verordnet.

HERR VON POURCEAUGNAC Ach, was für ein Getue!

DER APOTHEKER Nehmen Sie's, mein Herr, nehmen Sie's; es wird Ihnen kein Übel tun, es wird Ihnen kein Übel tun.

HERR VON POURCEAUGNAC Oh!

DER APOTHEKER Eine kleine Klistier, eine kleine Klistier, milde, milde, ganz milde. Nehmen Sie das, mein Herr, wenden Sie's an, wenden Sie's an! Das putzt aus, das putzt aus, putzt aus . . .

Die Sänger und die Harlekine tanzen rund um Herrn von Pourceaugnac.

ALLE

Piglia-lo sù,
Signor Monsu,
Piglia-lo, piglia-lo, piglia-lo sù.
Che non ti farà male,

Piglia-lo sù, questo servitiale;
Piglia-lo sù,
Signor Monsu,
Piglia-lo, piglia-lo, piglia-lo sù.

HERR VON POURCEAUGNAC Ach, geht alle zum Teufel!

Der Apotheker und alle anderen bedrängen ihn, Klistierspritzen schwingend.

Zweiter Akt

Erste Szene

Sbrigani, der Arzt

DER ARZT Er hat alle meine Absperrungen durchbrochen und sich der Kur entzogen, die ich eben begann.

SBRIGANI Das nenne ich: sein eigener Feind sein, wenn man derart heilsame Mittel wie die Ihren flieht.

DER ARZT Es ist das Zeichen seines verwirrten Gehirns und seines entarteten Verstands, daß einer nicht gesund werden will.

SBRIGANI Sie hätten ihn spielend leicht geheilt.

DER ARZT Ganz gewiß, auch wenn er noch zwölf Krankheiten dazu gehabt hätte.

SBRIGANI Ja, nun heißt es für Sie eben auf wohlverdiente fünfhundert Pfund verzichten.

DER ARZT Ich will auf sie nicht verzichten, und ich heile ihn, ob es ihm paßt oder nicht. Er hat sich meiner Kur nun einmal verschrieben, ich lasse ihn ergreifen, wo ich ihn finde – als Fahnenflüchtigen der Medizin und Verräter an meinen Anordnungen.

SBRIGANI Da haben Sie ganz recht; Ihre Behandlung war unfehlbar – also stiehlt er Ihnen Ihr Geld.

DER ARZT Wo kann ich ihn wohl aufspüren?

SBRIGANI Ganz gewiß beim alten Oronte, dessen Tochter er heiraten soll und der keine Ahnung vom Leiden seines zukünftigen Schwiegersohns hat; vermutlich bemüht er sich sogar noch, die Eheschließung zu beschleunigen.

DER ARZT Ich werde gleich mit Oronte sprechen.

SBRIGANI Das kann auf keinen Fall schaden.

DER ARZT Er hat mir seine Krankheit verpfändet. Ein Patient darf einen Arzt nicht so behandeln.

SBRIGANI Höchst richtig bemerkt. Und wenn Sie mir folgen, dann lassen Sie nicht zu, daß er heiratet, ehe Sie ihm nach allen Regeln der Kunst zu Leibe gerückt sind.

DER ARZT Überlassen Sie das nur mir.

SBRIGANI *für sich* Nun will ich eine andere Batterie in Stellung bringen; der Schwiegervater ist ebenso leichtgläubig wie der Schwiegersohn.

Zweite Szene

Der Arzt, Oronte

DER ARZT Herr Oronte, beabsichtigen Sie, Ihre Tochter mit einem gewissen Herrn von Pourceaugnac zu verheiraten?

ORONTE Ja, ich erwarte ihn, er sollte bereits aus Limoges hier angekommen sein.

DER ARZT Ja, er ist schon hier, und er ist mir davongelaufen, nachdem man ihn zu mir gebracht hatte. Im Namen der Medizin untersage ich Ihnen, die geplante Heirat zu vollziehen, ehe ich ihn gehörig darauf vorbereitet und in die Lage versetzt habe, geistig und körperlich wohlgeratene Kinder in die Welt zu setzen.

ORONTE Wie das?

DER ARZT Man hat mir Ihren zukünftigen Schwiegersohn als Patienten überantwortet; sein Leiden, das mir zum Zweck der Heilung anvertraut wurde, ist ein Bestandteil meines Inventars, ein Wechsel, den ich einlösen will; ich erkläre Ihnen, daß ich die Eheschließung untersage, wenn er nicht zuvor seinen medizinischen Verpflichtungen nachkommt und die von mir verordneten Mittel anwendet.

ORONTE Fehlt ihm etwas?

DER ARZT Ja.

ORONTE Und was fehlt ihm, bitte?

DER ARZT Bemühen Sie sich nicht.

ORONTE Ist es ein Leiden, das ...

DER ARZT Die Ärzte sind an das Berufsgeheimnis gebunden. Es muß genügen, daß ich Ihnen und Ihrer Tochter verbiete, die Heirat ohne meine Einwilligung zu vollziehen, widrigenfalls

Sie sich die Ungnade der Fakultät zuziehen und von allen Krankheiten, die uns belieben, heimgesucht werden.

ORONTE In diesem Fall will ich mich hüten, die Hochzeit abzuhalten.

DER ARZT Man hat ihn mir übergeben, er hat also die Pflicht, mein Kranker zu sein.

ORONTE Versteht sich.

DER ARZT Und wenn er mir entwischen will, lasse ich ihn gerichtlich dazu verurteilen, sich von mir gesund machen zu lassen.

ORONTE Einverstanden.

DER ARZT Ja, er soll draufgehen oder sich von mir gesund machen lassen.

ORONTE Sehr gut.

DER ARZT Und wenn ich ihn nicht erwische, halte ich mich an Sie und mache Sie an seiner Stelle gesund.

ORONTE Es geht mir ausgezeichnet.

DER ARZT Das spielt keine Rolle. Ich brauche einen Patienten – mir ist jeder recht.

ORONTE Nehmen Sie, wen Sie wollen, nur nicht mich. *allein* Wie komme ich denn dazu?!

Dritte Szene

Sbrigani, Oronte

SBRIGANI *als Schweizer verkleidet, mit einem Bart* Äxgüsi – ich bin nämlich en Fremdling i dere Gägend, chöntet Ihr mir e chlini Uskunft gä?

ORONTE Was denn, mein Herr?

SBRIGANI Setzed zerscht de Huet uf, bitte.

ORONTE Sagen Sie mir doch, was Sie wünschen, mein Herr.

SBRIGANI Nei, nei, zerscht setzed de Huet uf.

ORONTE Schön. – Was gibt es, mein Herr?

SBRIGANI Känned Ihr da umenand en Herr Oronte? *er betont den Namen auf der ersten Silbe.*

ORONTE Ja, den kenne ich.

SBRIGANI Aha. – Und was isch das für en Herr, der Herr Oronte?

ORONTE Ein Mann wie alle anderen, mein Herr.

SBRIGANI Nei, nei, ich meine, bitte, isch er . . . hät er e gwüsses Vermöge?

ORONTE Oh, doch, mein Herr.

SBRIGANI Aha. – Hät er es bedütends Vermöge?

ORONTE Oh, doch, mein Herr.

SBRIGANI Aha. – Das isch mir rächt.

ORONTE Warum denn, mein Herr?

SBRIGANI Will's mir ebe ganz rächt isch.

ORONTE Ja, aber warum?

SBRIGANI Aha. – Will . . . de Herr Oronte verhüratet sis Fräulein Tochter doch mit emene gwüsse Herr vo Pourceaugnac. *er betont den Namen auf der ersten Silbe.*

ORONTE Ja, und?

SBRIGANI Ja, und de Herr Pourceaugnac isch en Herr, wo by mir und mine Landslüt bedütendi Schulde het . . . und jetzt wäre mir alli da ane cho, und er . . .

ORONTE Herr von Pourceaugnac hat Schulden bei etlichen Leuten?

SBRIGANI Ja, bedütendi Schulde by etliche Kauflüt. Und chürzlich häm mir bym Gricht en Betriebigsbeschluß duregsetzt, aber er hät erklärt, er werdi alles mit de Mitgift zahle, die'n er vom Herr Oronte überchunt.

ORONTE Hm, hm; er hat seine Gläubiger damit vertröstet?

SBRIGANI Ja, drum wartet mir so liideschaftlich uf die Hürat.

ORONTE *für sich* Das ist nicht schlecht. *zu Sbrigani* Ich empfehle mich, mein Herr.

SBRIGANI Ich bedanke mich vielmal für die Fründlichkeit.

ORONTE Ihr ergebener Diener.

SBRIGANI Gliichfalls. Danke vielmal für die höchscht ufmunterndi Uskunft. *allein, nimmt den Bart ab und entledigt sich der Schweizer Zutaten zu seinem ursprünglichen Kostüm.* Alles geht wie am Schnürchen. Streifen wir den Schweizer ab, wenden wir uns neuen Projekten zu und trachten wir, so viel Argwohn und Mißhelligkeiten zwischen Schwiegervater und Schwiegersohn zu säen, daß die geplante Verbindung scheitert. Sie sind ja beide äußerst willig, nach dem Köder zu schnappen, den man ihnen hinhält, und für einen erfahrenen, vielfach erprobten Spitzbuben wie mich ist es das reinste Kinderspiel, ein derart gefügiges Wild zu erlegen.

Vierte Szene

Herr von Pourceaugnac, Sbrigani

HERR VON POURCEAUGNAC *sich allein glaubend* Piglia-lo sù, piglia-lo sù, Signor Monsu – was das wohl bedeutet? *er sieht Sbrigani* Ah!

SBRIGANI Was haben Sie denn, mein lieber Freund?

HERR VON POURCEAUGNAC Klistierspritzen – wohin ich schaue, überall Klistierspritzen!

SBRIGANI Wie?

HERR VON POURCEAUGNAC Sie wissen ja nicht, was mir in dem Quartier geschehen ist, nachdem Sie mich vor dem Tor verlassen haben.

SBRIGANI Nein – wirklich – was denn?

HERR VON POURCEAUGNAC Ich habe geglaubt, daß man mich dort trefflich bewirten wird.

SBRIGANI Ja – und?

HERR VON POURCEAUGNAC »Hier ist jemand, dessen Obhut ich Sie anvertraue« – zwei Ärzte, ganz in Schwarz – Puls fühlen – »sintemalen« – »Er ist noch viel wahnsinniger« – zwei Kerle mit großen Hüten – »Bon di, bon di« – sechs hopsende Narren – Ta ra ta ta – Ta ra ta ta – »Allegramente Monsu Pourceaugnac« – Apotheker – Einlauf – »Nehmen Sie, nehmen Sie« – »milde, sehr milde, ganz milde« – »das putzt aus, das putzt aus, das putzt aus« – »Piglia-lo sù, Signor Monsu, piglia-lo, piglia-lo, piglia-lo sù« – Ich war noch nie im Leben so wirr im Kopf von so viel dummem Zeug.

SBRIGANI Was soll denn das alles heißen?

HERR VON POURCEAUGNAC Das soll heißen, daß dieser junge Mensch mit seiner ganzen Höflichkeit ein Schelm ist und mich in dieses Haus geführt hat, um mich zu foppen und mir einen Streich zu spielen.

SBRIGANI Wär's möglich!

HERR VON POURCEAUGNAC Ja, ganz gewiß. Ein Dutzend von Besessenen ist über mich gekommen. Ich hatte die größte Mühe, mich aus ihren Klauen zu befreien.

SBRIGANI Da sieht man, wie der Schein oft trügt; ich hätte den Menschen für Ihren allerbesten Freund gehalten. Ich kann mich nicht genug wundern, daß es tatsächlich derartige Spitzbuben gibt!

HERR VON POURCEAUGNAC Rieche ich nicht nach Medizin? Bitte, überzeugen Sie sich.

SBRIGANI Ja, ein kleiner Anflug ist zu spüren.

HERR VON POURCEAUGNAC Meine Nase und mein ganzer Kopf sind voll davon, ich sehe vor mir ein Dutzend Spritzen, die auf mich zielen.

SBRIGANI Nein, das ist doch wirklich zu arg! Die Menschen sind falsch und gemein!

HERR VON POURCEAUGNAC Ich bitte Sie: wo wohnt Herr Oronte? Ich möchte gleich dorthin.

SBRIGANI Aha! *bewußt zweideutig* Sie sind kein Kostverächter, und Sie haben erfahren, daß dieser Herr Oronte eine Tochter hat.

HERR VON POURCEAUGNAC Ja, die werde ich zur Frau nehmen.

SBRIGANI Zur . . . zur Frau nehmen?

HERR VON POURCEAUGNAC Ja.

SBRIGANI Meinen Sie damit am Ende: heiraten?

HERR VON POURCEAUGNAC Was denn sonst?

SBRIGANI Ach so! Das ist etwas anderes. Verzeihen Sie, bitte.

HERR VON POURCEAUGNAC Was heißt das?

SBRIGANI Nichts.

HERR VON POURCEAUGNAC O doch!

SBRIGANI Nein, nichts, sage ich. Ich habe mich verplappert.

HERR VON POURCEAUGNAC Ich bitte Sie, sagen Sie mir doch alles, was darüber zu sagen ist.

SBRIGANI Nein, das ist nicht nötig.

HERR VON POURCEAUGNAC Bitte vielmals!

SBRIGANI Ausgeschlossen. Ich ersuche Sie, mir das zu erlassen.

HERR VON POURCEAUGNAC Sind Sie denn nicht mein Freund?

SBRIGANI Gewiß; man könnte kaum einen besseren finden.

HERR VON POURCEAUGNAC Dann dürfen Sie mir nichts verbergen.

SBRIGANI Hier geht es aber um die Interessen dritter Personen.

HERR VON POURCEAUGNAC Ich möchte Sie dazu bringen, mir Ihr Herz zu eröffnen, und gebe Ihnen darum diesen kleinen Ring. Behalten Sie ihn, bitte, als Andenken.

SBRIGANI Lassen Sie mich überlegen, ob ich es mit meinem Gewissen vereinbaren kann. *entfernt sich von Herrn von Pourceaugnac, quasi monologisierend, doch derart, daß Herr von Pourceaugnac es hören muß.* Da ist ein Mann, der seinen Vorteil sucht und die Tochter möglichst gut versorgen möchte. Man darf doch niemandem Schaden zufügen. Gewisse Dinge sind zwar allgemein bekannt und ganz offenkundig, aber wenn ich sie jemandem, der nichts davon weiß, offenbare ... Man soll doch seine Nebenmenschen nicht ins Gerede bringen! Einerseits. – – Andererseits hingegen: da ist ein Ortsfremder, den man drankriegen will, er kommt im guten Glauben, um ein Mädchen zu heiraten, das er nicht kennt, das er noch nie gesehen hat. Ein edler Kavalier, ein redlicher Ehrenmann, für den ich Zuneigung empfinde, der mir die Ehre seiner Freundschaft zuteil werden läßt, mir vertraut und mir einen Ring als Andenken schenkt ... *zu Herrn von Pourceaugnac* Ja, ich meine, ich kann offen zu Ihnen reden, ohne mein Gewissen zu belasten; aber versuchen wir, möglichst schonend zu verfahren und niemanden anzuschwärzen, soweit es sich vermeiden läßt. Daß dieses Mädchen ein unsittliches Leben führt, wäre etwas zu viel gesagt, wir wollen versuchen, es sanfter auszudrücken. Galant – das wäre andererseits aber wieder zu milde – kokett, durch und durch kokett, das kommt dem, was auszudrücken ist, am nächsten, das kann ich Ihnen ehrlich sagen, um die Betreffende richtig zu bezeichnen.

HERR VON POURCEAUGNAC Man will mich also übers Ohr hauen?

SBRIGANI Vielleicht ist alles nur halb so arg, als die Leute meinen. Man kann sich ja auch über derlei Dinge hinwegsetzen, man muß doch nicht unbedingt meinen, daß die Ehre um jeden Preis und ausschließlich von ...

HERR VON POURCEAUGNAC Nein, mein Herr, darauf lasse ich mich nicht ein, mit Ihrer gütigen Erlaubnis, man hat seinen Stolz in der Familie derer von Pourceaugnac.

SBRIGANI Da ist ihr Vater.

HERR VON POURCEAUGNAC Dieser Alte?

SBRIGANI Ja – entschuldigen Sie mich.

Fünfte Szene

Oronte, Herr von Pourceaugnac

HERR VON POURCEAUGNAC Schönen guten Tag, mein Herr, schönen guten Tag.

ORONTE Ihr Diener, mein Herr, Ihr Diener.

HERR VON POURCEAUGNAC Sie sind Herr Oronte, nicht wahr?

ORONTE Jawohl.

HERR VON POURCEAUGNAC Und ich bin Herr von Pourceaugnac.

ORONTE Freut mich.

HERR VON POURCEAUGNAC Herr Oronte, glauben Sie, daß in Limoges nur Dummköpfe zuhause sind?

ORONTE Glauben Sie, Herr von Pourceaugnac, daß die Pariser alle schwachsinnig sind?

HERR VON POURCEAUGNAC Meinen Sie, Herr Oronte, daß ein Mann wie ich jede dahergelaufene Frau nimmt?

ORONTE Herr von Pourceaugnac, meinen Sie, daß ein Mädchen wie meine Tochter jeden dahergelaufenen Mann nimmt?

Sechste Szene

Julie, Oronte, Herr von Pourceaugnac

JULIE Mein Vater, ich höre eben, daß Herr von Pourceaugnac angekommen ist. Ah, da steht er ja – mein Herz sagt mir, daß er das sein muß. Wie schön er aussieht, wie gut er mir gefällt! Wie froh bin ich doch, einen solchen Gatten zu bekommen! Erlaube mir, mein Vater, ihn zu küssen, denn ich möchte ihm zeigen, wie sehr ...

ORONTE Halt, halt, mein Kind, nicht so schnell!

HERR VON POURCEAUGNAC *beiseite* Mein Gott, wie die loslegt! Sie brennt ja schon lichterloh!

ORONTE Herr von Pourceaugnac, ich möchte gern wissen, wie Sie dazu kommen ...

JULIE Oh, wie froh bin ich, Sie endlich zu sehen, ich glühe förmlich vor Ungeduld ...

ORONTE Halt, halt, sage ich – laß uns, bitte, allein, mein liebes Kind.

JULIE *nähert sich Herrn von Pourceaugnac, sieht ihn schmachtend an und will seine Hand fassen.*

HERR VON POURCEAUGNAC *beiseite* Ein Teufelsmädel!

ORONTE Ich möchte gern wissen, wie Sie dazu kommen, sich mit einer solchen Keckheit hier ...

JULIE *gleiches Spiel.*

HERR VON POURCEAUGNAC *beiseite* Donnerwetter nocheinmal!

ORONTE *zu Julie* Was fällt dir ein?

JULIE Darf ich denn meinen zukünftigen Gatten nicht liebkosen?

ORONTE Nein – geh ins Haus!

JULIE Laß mich ihn wenigstens ansehen!

ORONTE Ins Haus, sage ich.

JULIE Ich will hierbleiben – bitte!

ORONTE Aber ich will's nicht; wenn du nicht augenblicklich ...

JULIE Gut, ich gehe ja schon.

ORONTE Mein Tochter ist kindisch und unerfahren.

HERR VON POURCEAUGNAC *beiseite* Wie ich ihr gefalle!

ORONTE *zu Julie, die einige Schritte gemacht hat, aber nun stehenbleibt* Gehst du oder gehst du nicht?

JULIE Wann willst du mich denn mit ihm verheiraten?

ORONTE Nie; du bekommst ihn nicht zum Mann.

JULIE Ich will ihn aber, du hast es zugesagt.

ORONTE Und jetzt sage ich es ab.

HERR VON POURCEAUGNAC *beiseite* Sie will mich nicht hergeben.

JULIE Das wird dir nichts nützen, mein Vater! Wir beide heiraten, der ganzen Welt zum Trotz! *sie geht.*

ORONTE Und ich lasse das nicht zu, verlaß dich drauf! – Sie ist ja ganz außer Rand und Band.

HERR VON POURCEAUGNAC Verehrter zukünftiger Schwiegervater, ereifern Sie sich doch nicht. Niemand will Ihnen die Tochter wegnehmen, also hat die ganze Aufregung keinen Sinn.

ORONTE Ebensowenig wie Ihr Betragen, mein Herr!

HERR VON POURCEAUGNAC Bilden Sie sich ein, daß Léonard von Pourceaugnac ein Mann ist, der die Katze im Sack kauft – daß er nicht klar genug im Kopf ist, um sich umzutun, sich erzählen zu lassen, was in der Welt vorgeht, und darauf zu schauen, ob er wirklich sein Glück macht, wenn er heiratet?

ORONTE Ich weiß nicht, was Sie meinen; aber bilden Sie sich ein, daß ein Mann über Sechzig nicht genug Hirn hat und seine Tochter gering genug achtet, um sie mit einem Menschen zu verbinden, der das hat – Sie wissen schon, was – und der in ärztliche Pflege gegeben worden ist?

HERR VON POURCEAUGNAC Man hat mir einen Streich gespielt – ich habe keine Krankheit in mir.

ORONTE Wenn es mir aber der Arzt selbst gesagt hat ...

HERR VON POURCEAUGNAC ... dann hat er gelogen. Ich bin ein Kavalier, ich werde ihn mit dem Degen zur Rechenschaft ziehen.

ORONTE Was ich von all dem halte, ist meine Sache. Sie könne mir nichts vormachen. Auch nicht, was die Schulden betrifft, die Sie mit der Mitgift bezahlen wollen.

HERR VON POURCEAUGNAC Welche Schulden?

ORONTE Verstellen Sie sich nicht – es hat keinen Zweck. Ich habe mit dem Schweizer Kaufmann gesprochen, der gemeinsam mit den anderen Gläubigern den Betreibungsbeschluß gegen Sie erwirkt hat.

HERR VON POURCEAUGNAC Was für ein Schweizer Kaufmann? Welche anderen Gläubiger? Welchen Betreibungsbeschluß?

ORONTE Sie wissen ganz genau, was ich meine.

Siebente Szene

Lucette, Oronte, Herr von Pourceaugnac

LUCETTE *in Kleidung und Sprechweise eine Italienerin vorstellend* Oh, oh, oh, ecco, da bist du, finalmente io dir funden – so, so, so lunga io dich sucht – kann du, du Sufte, kann du trag mein Anblicken?

HERR VON POURCEAUGNAC Was will denn diese Person?

LUCETTE Was will? Was will, du 'aderlumpo? Du dich stell mir nix kenn? Du nix Boden sink, du freche Dachse, mir trovarmi? *zu Oronte* Signor, io nix gewußte, ob Sie Signor man mir mitegeteilte padre von ragazza er 'ochzeite vor. Aber io schwur, 'eilige Schwur, io bin la sua Gattine. Und sieben Jahr er ist fahren nach Sassodelamarina und mit la sua gentilezza gewonn me 'erumegekriegte zu amore di cuore, Spitzebube, und getraute in matrimonio als Gattine.

ORONTE Oh, oh!

HERR VON POURCEAUGNAC Was ist denn das wieder?

LUCETTE Er mir nach tre anni verlaß, unegetreue, mit Vorewande, er mußt in Vaterelande visitar per importante cosa die Geschäfte. Und dann io nix mehr eine Worte von ihm gehorchte. Ma, wie io schon nimmere geglaubte, io plötzlich sono informata: er kommen in diese Stadt zu 'ochzeite ein andere ragazza promessa sposa von Papa als Bräutigama, weil nix wußt von matrimonio con me, io verlaß in Augeneblicke Sassodelamarina und kommen 'ier 'er prestissimo per oppositione contra questo matrimonio criminalissimo, und um zu zereschmettere vor ganze Welt die allereallereschlimmste Verbrechere.

HERR VON POURCEAUGNAC Das ist ja eine ungewöhnliche Schwindlerin!

LUCETTE Du Ausbunde von Kecke, du nix scham, mir so beleidigt, statt zu bereu tiefe in Bruste, was deine Gewissen dir flusterte zu.

HERR VON POURCEAUGNAC Ich soll Ihr Gatte sein?!

LUCETTE Feiglinge, Sufte, wag du behaupt Gegeneteile? Ah, du gewußt zu meine Ungluck, daß tutto è troppo vero; wollete der 'immel, es ware nix gewesen wahre und du mir lassen Uneschulde und Beruhige, wo io gelebe, vor du mir stoßen aus mit deine Betruge und Verfuhrwerk. Weil dann io nix tristissimo personnaggio was io bin worden, weil Gatte mio muß gesehn voll Verachtlich gegen la mia Leidensaft ohne Mitleide mir gelassene über mit sein Bruche di Treu das dolore del amore di cuore.

ORONTE Mir kommen die Tränen. *zu Herrn von Pourceaugnac* Sie sind wirklich ein Bösewicht!

HERR VON POURCEAUGNAC Ich verstehe überhaupt nicht ein Wort von alledem.

Achte Szene

Nérine, Lucette, Oronte, Herr von Pourceaugnac, später drei Kinder

NÉRINE *in Kleidung und Sprechweise eine Elsässerin vorstellend* Ah, ich kann nümme laufe, ich kann nümme schnaufe! Aber jetzt hab' ich dich g'fange, du Spitzbüble! Jetzt wirst mir nümme auskomme! Zu Hilf, zu Hilf, ich muß gegen diese Ehe proteschtiere! Der do isch mein Männle, er soll hänge, der Galgenstrick!

HERR VON POURCEAUGNAC Das auch noch!

ORONTE *beiseite* Dieser Mensch ist der reinste Teufel!

LUCETTE Was wolle Sie proteste, was wolle Sie 'änge? Welche Mann è il vostro Gatte?

NÉRINE Jawohl, und ich bin sein Weible.

LUCETTE No, no, no, das ist unewahre, io la sua Gattine. Und wann er soll 'ängen, dann bringe io ihn auf Safotte.

NÉRINE Das Geplappere kann ich gar nicht verstehe.

LUCETTE Nix Geplappere, nix, nix, nix, io la sua Gattine.

NÉRINE Seine Gattin – Sie?

LUCETTE Si, si, si, io, io sono seine Weible.

NÉRINE Und ich sage Ihne, er ischt mein Männle. Vor vier Jahre haben wir die Ehe geschlosse.

LUCETTE Mir er nomme zu Weible vor sieben Jahre.

NÉRINE Alles, was ich sage, könne rechte Leute bezeuge.

LUCETTE Alles, was io sage, weiß tutto la provincia di Sassodelamarina.

NÉRINE Der Herr Schultheiß und der Herr Ammtmann können's bezeuge.

LUCETTE Ganze Kirch volle bei Zeremonia di Ehe.

NÉRINE Sogar aus Straßburg und Kolmar und Mühlhuse waren Gäscht bei der Hochzeit.

LUCETTE Was io da gerede ist wahre. Più che wahre – ist überwahre.

NÉRINE Das ist so sicher wie's Amen im Gebet.

LUCETTE *zu Herrn von Pourceaugnac* Du trau rede Gegeneteile!

NÉRINE *zu Herrn von Pourceaugnac* Du mußt zugebe, 's isch wahr.

HERR VON POURCEAUGNAC Eines genau so wahr wie das andere.

LUCETTE Oh, du Schamlos, du Keck! Und du erinnere gar nix armes Francesca und armes Giovanni, gli frutti de la nostra Ehelebe?

NÉRINE Du liebes Herrgöttle! Du hast doch nicht unser kleins Lenele vergesse, du Rabevater, die du mir hasch hinterlasse als Unterpfand?

HERR VON POURCEAUGNAC Das sind mir zwei unverschämte Weibspersonen!

LUCETTE Komme, Francesca, komme, Giovanni, komme, komme, komme, komme, Schatze Liebe Kleine Süße Feine komme, komme, frage Papa böse schlechte harte grausame nixenutze, wie er kann sein so qualvoll gegen arme Nachkommensaft.

NÉRINE Komm, Kindle, Lenele, komm, 's Pappele, 's wüschte Pappele beschäme!

DREI KINDER Papa! Papa! Papa!*

HERR VON POURCEAUGNAC Zum Teufel mit diesen Bankerten.

LUCETTE Oh, du Bube, du Betruge, du bist nix außer dich, zu sein im Angesichte von Sprößlinge, du versperr Gehöre der vaterlich Zärtlichkeite? Aber du wirst nix entwisch, du Rabenpapa! Io geh mit dir überalle immer und reibe dir deine Ruchelose unter dein Nas bis ich bin gerochen und du im Galgen.

NÉRINE Was, du sinkst nicht in Bode, du Schelm, du Gauner, du Ketzer – du hast kein Herz für das arme Unschuldsengele, dein Kindle? Aber ich laß dich nümme davonlaufe – du magst anstelle, was du willst, ich werd' der ganze Welt zeige, daß ich dein Weible bin, und werd' dich hänge lasse.

DIE KINDER Papa! Papa! Papa!

HERR VON POURCEAUGNAC Zu Hilfe! Zu Hilfe! Was soll ich denn tun? Ich kann nicht mehr!

ORONTE *zu Lucette und Nérine* Kommen Sie – diesem Menschen gebührt ein Denkzettel; er ist wirklich wert zu hängen.

* Hier hat Molière den dritten Akt des »Rosenkavalier« plagiiert.
H. W.

Neunte Szene

Sbrigani

SBRIGANI Wenn ich das alles so betrachte, läuft es recht günstig ab. Meiner Treu, wir bedrängen unseren Herrn aus der Provinz derart, daß er sich wohl sehr bald davonmachen muß.

Zehnte Szene

Herr von Pourceaugnac, Sbrigani

HERR VON POURCEAUGNAC Oh, ich bin ganz erschlagen. Was für eine Tortur! Und was für eine gottverdammte Stadt! An jeder Ecke lauern die Schurken!

SBRIGANI Wie, mein Herr? Es ist Ihnen doch nicht schon wieder etwas zugestoßen?

HERR VON POURCEAUGNAC Ja, es ist. In diesem Viertel wimmelt es von Weibern und Klistierspritzen.

SBRIGANI Wie soll ich das verstehen?

HERR VON POURCEAUGNAC Zwei schändliche schnatternde Frauenzimmer waren hier und haben behauptet, daß ich mit ihnen verheiratet bin, mit beiden, und haben mir die ärgsten Strafen angedroht.

SBRIGANI Das ist recht peinlich; denn unsere Behörden sind gegen die Verbrecher dieser Art verteufelt hart.

HERR VON POURCEAUGNAC Ja, ja, aber nach einer gründlichen Untersuchung, Vertagung, Haftbefehl und Urteilsspruch in contumaciam kann ich Einspruch wegen Unzuständigkeit des Gerichts einlegen, um Zeit zu gewinnen, und alle Nichtigkeitsgründe geltend machen.

SBRIGANI Das nenne ich kundig gesprochen; man merkt, daß Sie Ihr Handwerk beherrschen, mein Herr.

HERR VON POURCEAUGNAC Ich beherrsche durchaus kein Handwerk. Ich bin Edelmann.

SBRIGANI Doch um sich derart zu äußern, müssen Sie mit der Gerichtspraxis gewiß nähere Bekanntschaft geschlossen haben.

HERR VON POURCEAUGNAC Nein, gar nicht, nur mein gesunder Menschenverstand sagt mir, daß man meine Gegenbeweise als Entlastung anerkennen muß, weil man mich nicht verurteilen darf, nur auf eine Anklage hin, ohne Einvernahme und Konfrontation.

SBRIGANI Sie sind ja noch viel gelehrter, als ich dachte.

HERR VON POURCEAUGNAC Nein, diese Wörter kommen mir nur so in den Sinn – ohne daß ich sie wirklich kenne.

SBRIGANI Ich will zugeben, daß der gesunde Menschenverstand einen Edelmann befähigt, Sinn für das Recht und die Rechtspflege zu haben, nicht aber die der Prozedur gemäßen Spezialausdrücke zu beherrschen.

HERR VON POURCEAUGNAC Nur ein paar Wörter, die mir beim Romanlesen hängengeblieben sind.

SBRIGANI Mein Kompliment!

HERR VON POURCEAUGNAC Ich will Ihnen gleich zeigen, daß ich keine Ahnung von der Prozedur habe: Bitte, führen Sie mich zu einem Anwalt, ich will ihm meinen Fall vorlegen.

SBRIGANI Mit Vergnügen bringe ich Sie zu zwei überaus geschickten Herren; ich muß Sie nur bitten, sich über ihre Sprechweise nicht zu wundern: beim Plädieren haben sie sich eine bestimmte Manier, sich zu äußern, zurechtgelegt, daß man meinen könnte, sie singen. Alles, was sie sagen, wird Ihnen wie Musik vorkommen.

HERR VON POURCEAUGNAC Es spielt doch keine Rolle, wie sie reden, wenn sie mir nur sagen, was ich wissen will.

Elfte Szene

Sbrigani, Herr von Pourceaugnac, zwei Advokaten, zwei Staatsanwälte, zwei Gerichtsdiener

Die beiden Advokaten sind Sänger, der erste dehnt seine Worte, der andere ist höchst zungenfertig.

ERSTER ADVOKAT

Stets wird die

Bigamie
Mit dem Tod bestraft.

ZWEITER ADVOKAT

Ihr Verbrechen kam ans Licht,
Und nun spricht
Klar und schlicht
Das Gericht.

Lesen Sie die alten Schwarten
Der berühmten Rechtsgelahrten,
Justinian, Papinian,
Ulpian, Tribonian,
Fernand Rebuffe, Jean Imole,
Paul Castre, Julian, Barthole,
Jason, Alcial, Cujas,
Alle sagen deutlich ja,
Harmonie
Gibt's sonst nie
In der Strafrechtswissenschaft,
Doch wird die
Bigamie
Mit dem Tod bestraft.

Alle Länder fern und nah
Sagen dazu ja;
Frankreich, England, die Türkei,
Schweden, Schweiz, die Pollakei
Florentiner, Langobarden,
Sizilianer, Korsen, Sarden,
Alle, alle fordern sie
Mit der gleichen Leidenschaft,
Daß man die
Bigamie
Mit dem Tod bestraft.

Herr von Pourceaugnac geht auf sie los und schlägt sie. Ein Tanz der Staatsanwälte und Gerichtsdiener beschließt den Akt.

Dritter Akt

Erste Szene

Éraste, Sbrigani

SBRIGANI Ja, alles geht ganz so, wie wir es wünschen: da er mit Geist überaus bescheiden bedacht und zudem der schwerfälligste Mensch auf der Welt ist, habe ich ihm solche Furcht vor der Strenge unserer Justiz eingejagt, die bereits Anstalten für seine Hinrichtung trifft, daß er zu fliehen beabsichtigt. Um den Leuten, die angeblich an den Stadttoren darauf warten, ihn zu verhaften, leichter zu entgehen, will er sich unkenntlich machen, indem er Frauenkleider anlegt.

ÉRASTE In diesem Aufzug möchte ich ihn gern sehen.

SBRIGANI Denken Sie daran, welche Rolle Sie spielen müssen, um unsere Komödie zu beenden; während ich hier meinen Auftritt mit ihm habe, werden Sie ... *er flüstert ihm etwas ins Ohr.* Haben Sie verstanden?

ÉRASTE Ja.

SBRIGANI Und wenn ich ihn dort habe, wo ich ihn haben will ... *wie oben*

ÉRASTE Sehr gut.

SBRIGANI Und wenn der Vater dann von mir erfährt, daß ... *wie oben*

ÉRASTE Das ist ganz ausgezeichnet.

SBRIGANI Da kommt schon das gnädige Fräulein – schnell fort, er darf uns nicht zusammen sehen!

Zweite Szene

Herr von Pourceaugnac, Sbrigani

HERR VON POURCEAUGNAC *in Frauenkleidern*

SBRIGANI Wenn Sie meine Meinung hören wollen: ich glaube nicht, daß man Sie in dieser Tracht zu erkennen vermöchte – Sie haben ganz das Aussehen und Auftreten einer hochgestellten Dame.

HERR VON POURCEAUGNAC Mich wundert nur, daß die Justiz sich hier nicht an die gewohnten Regeln hält.

SBRIGANI Das ist es ja gerade; wie ich Ihnen bereits erklärte, kommt bei uns zuerst die Hinrichtung und dann der Prozeß.

HERR VON POURCEAUGNAC Das ist aber eine sehr ungerechte Rechtspflege.

SBRIGANI Und vor allem verteufelt streng gegen die bewußte Gattung von Verbrechern.

HERR VON POURCEAUGNAC Und wenn man unschuldig ist?

SBRIGANI Das macht nichts – darum kümmern sie sich nicht im geringsten. Und außerdem ist man hier ganz besonders böse auf die Leute aus Ihrer Gegend. Die ganze Stadt ist wie toll vor Freude, wenn sie einen aus Limoges baumeln sehen kann.

HERR VON POURCEAUGNAC Was haben wir ihnen denn getan?

SBRIGANI Man ist hier sehr grausam und ganz schrecklich feindselig gegen alle besseren und angesehenen und verdienten Leute aus anderen Städten. Ich kann es Ihnen ehrlicherweise nicht verhehlen: ich habe entsetzliche Angst um Sie. Und ich wäre für den Rest meines Lebens untröstlich, wenn ich Sie wirklich hängen sehen müßte.

HERR VON POURCEAUGNAC Ich fliehe nicht aus Angst vor dem Tod, nicht wahr? – nein, nur weil es für einen Edelmann schimpflich ist, durch den Strang zu sterben, und weil diese Tatsache allen Vorrechten des adeligen Standes Hohn sprechen würde.

SBRIGANI Sehr richtig; man würde Ihnen daraufhin Ihren Titel aberkennen. Drum trachten Sie jetzt, wenn ich Sie an der

Hand führe, so zu gehen wie eine Frau und in Ihrer Redeweise wie in Ihrem ganzen Benehmen eine Standesperson vorzustellen.

HERR VON POURCEAUGNAC Lassen Sie mich nur machen, ich habe schon viele Frauenzimmer von nobelstem Geblüt gesehen; das einzige ist nur mein Bartwuchs.

SBRIGANI Der Bart ist nicht wichtig – viele Frauen haben davon ebensoviel wie Sie. Also, sehen wir einmal, wie Sie sich anstellen.

HERR VON POURCEAUGNAC *mimt eine vornehme Dame*

SBRIGANI Gut.

HERR VON POURCEAUGNAC Mein Wagen! Wo bleibt denn meine Kutsche?! Mein Gott, ist das ein Verdruß mit diesen Leuten! Wird man mich denn hier den ganzen Tag auf der Straße warten lassen, bis endlich meine Kutsche kommt?

SBRIGANI Sehr gut.

HERR VON POURCEAUGNAC He, Kutscher – he, Page! Du kleiner Taugenichts von einem Pagen, warte nur, ich werde gleich mit der Peitsche über dich kommen! Page, Page – wo bist du denn, mein Kleiner? Ist er denn verschwunden? Warum kommt er nicht, mein kleiner Page? Habe ich denn meinen kleinen Pagen nicht mehr?

SBRIGANI Ganz vortrefflich! Nur eines fällt mir auf: Ihr Kopfputz ist zu spärlich. Ich habe etwas anderes, etwas Solideres, um Ihr Gesicht besser zu verbergen, falls jemand unseren Weg kreuzen sollte. *wendet sich zum Gehen.*

HERR VON POURCEAUGNAC Und was wird inzwischen aus mir?

SBRIGANI Erwarten Sie mich hier. Ich komme im Augenblick zurück. Sie müssen nur einige Male auf und ab gehen. *Herr von Pourceaugnac geht ›als Dame‹ auf und ab – zwei Soldaten treten auf – aus ihrem stummen Spiel mit dem abgehenden Sbrigani wird klar, daß das Folgende im Einverständnis mit ihm geschieht – vielleicht sind sie gar keine Soldaten, sondern spielen diese Rollen nur.*

Dritte Szene

Zwei Soldaten, Herr von Pourceaugnac

DER ERSTE SOLDAT *stellt sich, als sähe er Herrn von Pourceaugnac nicht* Nur schnell, Kamerad, geschwind, geschwind, wir müssen zum Richtplatz, beeilen wir uns, daß wir noch sehen, wie dieser Pourceaugnac, den sie zum Tod verurteilt haben, in die Höhe gezogen wird.

DER ZWEITE SOLDAT Wir werden uns ein Fenster suchen, von dem man die Exekution genau beobachten kann.

DER ERSTE SOLDAT Ich habe gehört, daß sie für diesen Pourceaugnac einen großen neuen Galgen aufgestellt haben.

DER ZWEITE SOLDAT Ja, ja, das wird ein Spaß sein, wenn wieder einer aus Limoges am Strick baumelt.

DER ERSTE SOLDAT Ja, ja, mit den Füßen nach oben wird er hängen.

DER ZWEITE SOLDAT Der muß ein rechter Teufelsbraten sein. Sie sagen, daß er dreimal geheiratet hat.

DER ERSTE SOLDAT Wozu will er auch drei, dieser Kerl – eine genügt ihm wohl nicht?

DER ZWEITE SOLDAT *tut, als sähe er ›die Dame‹ jetzt erst* Ah, guten Tag, Fräulein.

DER ERSTE SOLDAT Was tun Sie denn da, so ganz allein?

HERR VON POURCEAUGNAC Ich erwarte jemanden, meine Herren.

DER ZWEITE SOLDAT Donnerwetter, ist die aber schön!

HERR VON POURCEAUGNAC Ich bitte Sie, meine Herren!

DER ERSTE SOLDAT Wollen Sie sich nicht unterhalten, Fräulein, und mit uns zum Richtplatz gehen? Wir zeigen Ihnen eine wunderhübsche kleine Hinrichtung.

HERR VON POURCEAUGNAC Ich danke Ihnen vielmals.

DER ZWEITE SOLDAT Ein Edelmann aus Limoges, der auf einem nagelneuen großen Galgen baumeln wird.

HERR VON POURCEAUGNAC Ich bin nicht neugierig.

DER ERSTE SOLDAT Was für einen netten kleinen Busen sie hat.

HERR VON POURCEAUGNAC Ich bitte Sie!

DER ERSTE SOLDAT Meiner Seel, ich möchte gern mit Ihnen im Bett liegen.

HERR VON POURCEAUGNAC Nein, das geht zu weit; solche Dreistigkeiten erlaubt man sich nicht mit einer Dame meines Standes.

DER ZWEITE SOLDAT Laß sie doch in Ruhe! Ich will mit ihr ins Bett.

DER ERSTE SOLDAT Nein, ich mag sie nicht in Ruhe lassen.

DER ZWEITE SOLDAT Ich will sie, ich! *beide zerren ›die Dame‹ sehr heftig.*

HERR VON POURCEAUGNAC *schreit auf*

DER ERSTE SOLDAT Ich hab' ihr nichts getan.

DER ZWEITE SOLDAT Du lügst.

DER ERSTE SOLDAT Nein, du lügst, du!

HERR VON POURCEAUGNAC Zu Hilfe, zu Hilfe!

Vierte Szene

Ein Polizei-Sergeant, zwei Bewaffnete, die Soldaten, Herr von Pourceaugnac

SERGEANT Was geht hier vor? Ist hier Gewalt angewendet worden? Was habt ihr dieser Frau getan? Verschwindet auf der Stelle, sonst stecke ich euch ins Gefängnis!

DER ERSTE SOLDAT Fort von hier, Kamerad, du hast hier nichts verloren.

DER ZWEITE SOLDAT Ja, komm, du hast hier auch nichts verloren. *beide gehen.*

HERR VON POURCEAUGNAC Ich danke Ihnen recht herzlich, lieber Herr Sergeant, daß Sie mich vor diesen Unverschämten beschützt haben.

SERGEANT Donnerwetter – dieses Gesicht erinnert mich an eines, das man mir eben beschrieben hat.

HERR VON POURCEAUGNAC Nein, glauben Sie mir, ich bin's nicht.

SERGEANT Wie? Was bedeutet das?

HERR VON POURCEAUGNAC Ich weiß nicht.

SERGEANT Aus welchem Grund sagen Sie das?

HERR VON POURCEAUGNAC Aus keinem.

SERGEANT Das hat irgend etwas zu bedeuten. Sie sind verhaftet.

HERR VON POURCEAUGNAC Gnade, Herr Sergeant, Gnade!

SERGEANT Nein, nein; nach Ihrem Aussehen und Ihren Reden sind Sie gewiß dieser Herr von Pourceaugnac, den wir suchen und der sich verkleidet hat. Sie kommen sofort ins Gefängnis.

HERR VON POURCEAUGNAC O weh!

Fünfte Szene

Sbrigani, der Sergeant, die Bewaffneten, Herr von Pourceaugnac

SBRIGANI *zu Herrn von Pourceaugnac* Himmel, was bedeutet das?

HERR VON POURCEAUGNAC Man hat mich erkannt.

SERGEANT Ja, ja, das kommt mir gut zupaß.

SBRIGANI *zum Sergeanten* Oh, Sergeant, mir zuliebe – da wir ja schon lange miteinander befreundet sind – ich flehe Sie an: stecken Sie ihn nicht ins Gefängnis.

SERGEANT Das ist ausgeschlossen!

SBRIGANI Sie sind doch das Entgegenkommen selbst – gibt es kein Mittel, die Sache mit Hilfe einiger Goldstücke in Ordnung zu bringen?

SERGEANT *zu den Bewaffneten* Tretet zur Seite.

SBRIGANI *zu Herrn von Pourceaugnac* Sie müssen ihm Geld geben, damit er Sie freiläßt. Beeilen Sie sich!

HERR VON POURCEAUGNAC Oh, diese verdammte Stadt!

SBRIGANI *reicht dem Sergeanten das Geld, das Herr von Pourceaugnac ihm gegeben hat* Hier, Herr Sergeant.

SERGEANT Wieviel?

SBRIGANI Zehn, zwanzig, dreißig, vierzig, fünfzig, sechzig, siebzig, achtzig, neunzig, hundert Pfund.

SERGEANT Nein, ich habe strikte Befehle erhalten.

SBRIGANI *da der Sergeant sich zum Gehen wendet* Um Gottes willen, warten Sie doch! *zu Herrn von Pourceaugnac* Schnell, geben Sie ihm das Doppelte.

HERR VON POURCEAUGNAC Aber ...

SBRIGANI Schnell, sage ich, verlieren Sie keine Zeit. Es wird ein großes Vergnügen für Sie sein, an dem Galgen zu hängen.

HERR VON POURCEAUGNAC Ah! *gibt Sbrigani wieder Geld*

SBRIGANI *zum Sergeanten* Hier, Herr Sergeant.

SERGEANT *zu Sbrigani* So muß ich denn gemeinsam mit ihm fliehen. Denn hier bin ich meines Lebens nicht mehr sicher. Lassen Sie mich mit ihm gehen und bleiben Sie hier.

SBRIGANI Aber ich bitte Sie, nehmen Sie sich seiner an, wie sich's gehört.

SERGEANT Unbesorgt! Ich weiche nicht von seiner Seite, ehe ich ihn an einen sicheren Ort gebracht habe.

HERR VON POURCEAUGNAC Leben Sie wohl. Sie sind der einzige Ehrenmann, dem ich in dieser Stadt begegnet bin.

SBRIGANI Verlieren Sie keine Zeit. Ich liebe Sie so sehr, daß ich wünschte, Sie wären schon weit fort von hier. *allein* Der Himmel sei mit dir auf allen deinen Wegen! Meiner Treu, so ein Schwachkopf ist mir mein Lebtag nicht untergekommen. Aber da ...

Sechste Szene

Oronte, Sbrigani

SBRIGANI *als sähe er Oronte nicht* Was für eine ungewöhnliche Begebenheit – welch bittere Nachricht für einen Vater! Armer Oronte – wie sehr bedauere ich dich! Was wirst du sagen? Wie wirst du mit diesem tödlichen Schmerz fertig werden?

ORONTE Was denn? Welchen Schmerz prophezeist du mir?

SBRIGANI O Herr, dieser Schurke aus Limoges, dieser abgefeimte Herr von Pourceaugnac entführt Ihre Tochter.

ORONTE Er entführt meine Tochter?

SBRIGANI Sie ist so toll nach ihm, daß sie ihr Vaterhaus verläßt, um ihm zu folgen; man sagt, daß er über geheime Kräfte verfügt, um alle Frauen in sich verliebt zu machen.

ORONTE Schnell, schnell zum Gericht! Wir lassen sie durch Bewaffnete verfolgen.

Siebente Szene

Éraste, Julie, Oronte, Sbrigani

ÉRASTE *zu Julie* Nein, ob Sie sich auch noch so sträuben, Sie kommen mit mir und ich übergebe Sie Ihrem Herrn Vater. *zu Oronte* Hier, mein Herr, hier haben Sie Ihre Tochter, die ich mit Gewalt einem Menschen entreißen konnte, mit welchem sie sich auf der Flucht befand – und dies habe ich nicht ihr zuliebe getan, sondern einzig und allein aus Ehrerbietung Ihnen gegenüber, mein Herr. Denn nach dem, was sie da begangen hat, muß ich sie verachten und mir die Liebe, welche ich für sie empfunden, aus dem Herzen reißen.

ORONTE Oh, du Verworfene!

ÉRASTE *zu Julie* Wie, mir solcherart begegnen, nach all den Proben der Zuneigung, so ich Ihnen gegeben?! Ich tadle es nicht, daß Sie sich dem Willen Ihres Herrn Vaters gefügt – was immer er tut, ist weise und wohlerzogen, und ich werfe ihm nicht vor, daß er mich zugunsten eines anderen abwies. Wenn er sein mir gegebenes Wort nicht einhielt, hatte er dafür seine Gründe. Man machte ihm weis, dieser andere wäre wohlhabender als ich und besäße vier- oder fünftausend Taler mehr; vier- oder fünftausend Taler, das ist ein stattlicher Batzen Geldes und wohl wert, daß ein Mann darum sein Wort breche. – Doch in einem Augenblick all meine Ihnen von mir erwiesene Leidenschaft vergessen, sich stracks von der Liebe zu einem anderen entflammen lassen, der eben erst hier aufgetaucht, ihm ohne die Einwilligung Ihres Herrn Vaters schimpflich folgen, nachdem man ihn etlicher Schandtaten geziehen, nein, das muß alle Welt verurteilen, und nie wird mein blutendes Herz müde werden, Ihnen das übelzunehmen.

JULIE Nun ja, ich wurde von Liebe zu ihm befallen, ich wollte ihm folgen, da mein Vater ihn mir als Gatten bestimmte. Sie mögen sagen, was Sie wollen, er ist ein sehr rechtschaffener Mensch, und was man ihm an Schandtaten in die Schuhe schiebt, ist der ärgste Schwindel.

ORONTE Schweig! Du bist ein Ausbund an Unverschämtheit! Und ich weiß besser als du, wie die Dinge sich verhalten.

JULIE Ja, ja, man hat den Armen gefoppt, und vielleicht *auf Éraste zeigend* war er es sogar, der all das ins Werk gesetzt hat, um Zwietracht zwischen ihm und dir zu stiften.

ÉRASTE Ich sollte dazu imstande sein?!

JULIE Ja, Sie.

ORONTE Schweig, sage ich, du albernes Geschöpf!

ÉRASTE Nein, nein, man soll nicht meinen, daß ich diese Heirat abzuwenden im Sinn gehabt und daß meine Gefühle mich Ihnen nachgesandt hätten! Wie gesagt: nur meine Ehrerbietung Ihrem Vater gegenüber war es; ich konnte es einfach nicht geschehen lassen, daß ein wackerer Mann wie er sich der Schande und all dem Gerede ausgesetzt sieht, die eine Tat wie die Ihre nach sich zu ziehen pflegt.

ORONTE Ich bin Ihnen unendlich dankbar, edler Herr Éraste.

ÉRASTE Leben Sie wohl, mein Herr. Ich habe mit glühender Begeisterung darauf gehofft, Ihrem Hause verbunden zu sein, ich habe mein Möglichstes getan, dieser Ehre teilhaft zu werden, doch ich war unglücklich genug, von Ihnen dieser Gnade nicht für würdig erachtet worden zu sein. Das wird mich nicht hindern, Sie weiterhin so hoch zu schätzen und zu verehren, wie es Ihre Person mir zur Pflicht macht; und konnte ich schon nicht Ihr Schwiegersohn sein, will ich doch für alle Zeiten Ihr ergebener Diener bleiben.

ORONTE Halt, halt, edler Herr Éraste. Ihre Haltung rührt mir ans Herz. Ich gebe Ihnen meine Tochter zur Frau.

JULIE Ich will keinen anderen Mann als den Herrn von Pourceaugnac.

ORONTE Und ich will, daß du auf der Stelle Herrn Éraste nimmst. Her mit der Hand!

JULIE Nein, nein, das tu' ich nicht!

ORONTE Ich werde dir gleich eine kräftige ...

ÉRASTE Bitte, mein Herr, tun Sie ihr nichts, ich bitte Sie!

ORONTE Sie muß mir gehorchen, ich werde ihr schon den Herrn zeigen!

ÉRASTE Sehen Sie denn nicht, wie sie diesen Mann liebt! Wollen Sie, daß ich einen Leib mein eigen nenne, in dem das Herz für einen anderen schlägt?

ORONTE Er hat sie durch geheime Zaubermittel behext. Sie werden sehen, daß sie sich sehr bald verwandeln wird. Gib mir deine Hand. Nun?!

JULIE Nein, ich ...

ORONTE Ruhe! Die Hand her, oder ... nun?!

ÉRASTE Glauben Sie nicht, daß ich Ihnen meine Hand aus Liebe reiche. Ich liebe nur Ihren Herrn Vater, ich heirate ihn, nicht Sie.

ORONTE Ich bin Ihnen ungemein dankbar und erhöhe die Mitgift um zehntausend Taler. Man hole einen Notar, der den Kontrakt aufsetzt.

ÉRASTE Während wir ihn erwarten, können wir uns unterhalten und die Masken hierherbitten, die das Gerücht von der Hochzeit des Herrn von Pourceaugnac aus allen Teilen der Stadt angelockt hat.

Achte Szene

Masken aller Art erscheinen auf dem Platz und auf den Balkonen und sorgen durch Gesang und Tanz für Unterhaltung.

EINE ZIGEUNERIN

Nun soll aller Kummer enden,
Die Not zu Ende sein,
Nun wird mit vollen Händen

Das Glück seine Gaben streu'n,
Freude, Freude immerfort
Sei das große Losungswort.

CHOR

Freude, Freude immerfort
Sei das große Losungswort.

DIE ZIGEUNERIN

Alle kommt ihr zu mir her,
Voll von Eifer, mich zu finden,
Denn die Neugier reizt euch sehr,
Eure Zukunft zu ergründen:
Wollt ihr glücklich sein, dann liebt,
Weil es Schöneres nicht gibt.

EIN ZIGEUNER

Treue Liebe bis zum Tod
Wird euch höchste Wonne geben,
Sie allein sei das Gebot,
Denn was wär' sonst euer Leben?
Besser ist's, daß man nicht lebt,
Wo sie nicht das Herz erhebt.

ER Vermögen –
SIE – Berühmtheit –
ER – was immer dein Ziel ist –
SIE Die Macht und der Rang und das Geld –
ER Das alles ist nichts, wenn das Herz nicht im Spiel ist –
SIE Nur die Liebe bringt Freuden, sonst nichts auf der Welt.

BEIDE

Wollt ihr glücklich sein, dann liebt,
Weil es Schöneres nicht gibt.

CHOR

Laßt uns spielen, tanzen, springen
Und das Lob der Liebe singen.

EIN SÄNGER

Wenn im heiteren Verein
Wir uns ganz der Freude weih'n,
Wird der Narr der Klügste sein.

ALLE

Freude, Freude immerfort
Sei das große Losungswort.

Postscriptum

Im Original erscheint Sbrigani (dritte Szene des zweiten Akts) als flämischer Kaufmann, Lucette stellt eine Provençalin vor (siebente Szene des zweiten Akts) und Nérine eine Picardin (achte Szene des zweiten Akts). Die beiden Soldaten (dritte Szene des dritten Akts) sind Schweizer.
Die drei für die deutsche Version gewählten Dialekte wollen eine auf der Bühne deutscher Sprache mögliche und zugleich im Pariser Milieu denkbare Farbe vereinigen. Bei den Soldaten des dritten Akts kann wohl auf die Nuance des Akzents verzichtet werden.

*

Es empfiehlt sich, die drei Akte ohne Pause durchzuspielen.

*

Wie bei anderen musikalischen Komödien Molières (den »Bürger als Edelmann« ausgenommen) empfiehlt es sich auch bei diesem Stück, Gesang und Tanz auf ein Minimum zu reduzieren oder durch behutsame Bearbeitung ganz zu eliminieren.

H. W.

Dramen und Drehbücher im Diogenes Verlag

● Aristophanes

Lysistrate. Komödie. In der revidierten Übersetzung von Ludwig Seeger. Mit den Illustrationen von Aubrey Beardsley.
kunst-detebe 26028

● William Shakespeare

Dramatische Werke in 10 Bänden
In der Übersetzung von Schlegel/Tieck. Als Vorlage diente die Edition von Hans Matter. Jeder Band mit einer editorischen Notiz des Herausgebers und Illustrationen von Heinrich Füßli aus der Ausgabe von 1805.
Romeo und Julia / Hamlet / Othello
detebe 20631
König Lear / Macbeth / Timon von Athen
detebe 10632
Julius Cäsar / Antonius und Cleopatra Coriolanus. detebe 20633
Verlorne Liebesmüh / Die Komödie der Irrungen / Die beiden Veroneser / Der Widerspenstigen Zähmung. detebe 20634
Ein Sommernachtstraum / Der Kaufmann von Venedig / Viel Lärm um nichts / Wie es euch gefällt / Die lustigen Weiber von Windsor. detebe 20635
Ende gut, alles gut / Was ihr wollt / Troilus und Cressida / Maß für Maß. detebe 20636
Cymbeline / Das Wintermärchen
Der Sturm. detebe 20637
Heinrich der Sechste / Richard der Dritte
detebe 20638
Richard der Zweite / König Johann
Heinrich der Vierte. detebe 20639
Heinrich der Fünfte / Heinrich der Achte
Titus Andronicus. detebe 20640

● Molière

Komödien in 7 Bänden
in der Neuübersetzung von Hans Weigel.
Komödien I
Der Wirrkopf / Die lächerlichen Schwärmerinnen / Sganarell. detebe 20199
Komödien II
Die Schule der Frauen / Kritik der ›Schule der Frauen‹ / Die Schule der Ehemänner
detebe 20200
Komödien III
Tartuffe oder Der Betrüger / Der Betrogene oder George Dandin / Vorspiel in Versailles
detebe 20201
Komödien IV
Don Juan / Die Lästigen / Der Arzt wider Willen. detebe 20202
Komödien V
Der Menschenfeind / Die erzwungene Heirat
Die gelehrten Frauen detebe 20203
Komödien VI
Der Geizige / Der Bürger als Edelmann
Der Herr aus der Provinz. detebe 20204
Komödien VII
Der Hypochonder / Die Gaunereien des Scappino. Mit einer Chronologie und einem Nachwort des Herausgebers
detebe 20205

Als Ergänzungsband:
Über Molière
Zeugnisse von Voltaire bis Bert Brecht. Über Molière auf der Bühne und Molière in deutscher Übersetzung. Chronik und Bibliographie. Herausgegeben von Christian Strich, Rémy Charbon und Gerd Haffmans.
detebe 20067

● Anton Čechov

Dramatische Werke in 8 Bänden
in der Neuübersetzung und -edition von Peter Urban: jeder Band bringt den unzensierten, integralen, neu transkribierten Text und einen Anhang mit allen Lesarten und Textvarianten, mit Auszügen aus Čechovs Notizbüchern, Anmerkungen und einem editorischen Bericht.
Die Möwe. Komödie in vier Akten.
detebe 20091
Der Waldschrat. Komödie in vier Akten.
detebe 20084
Der Kirschgarten. Komödie in vier Akten.
detebe 20083
Onkel Vanja. Szenen aus dem Landleben in vier Akten. detebe 20093
Ivanov. Drama in vier Akten. detebe 20102
Drei Schwestern. Komödie in vier Akten.
detebe 20103
Platonov. Das ›Stück ohne Titel‹ in vier Akten und fünf Bildern. Erstmals vollständig deutsch. detebe 20104
Sämtliche Einakter. detebe 20801

● Sean O'Casey

Purpurstaub. Eine abwegige Komödie. Aus dem Englischen von Helmut Baierl und Georg Simmgen. detebe 20002

Dubliner Trilogie. Der Schatten eines Rebellen / Juno und der Pfau / Der Pflug und die Sterne. Aus dem Englischen von Maik Hamburger, Adolf Dresen, Volker Canaris und Dieter Hildebrandt. detebe 20034

In Vorbereitung:
Das Sean O'Casey Lesebuch
Eine Auswahl aus den Stücken, der Autobiographie und den Essays von Sean O'Casey. Herausgegeben von Urs Widmer. Mit einem Vorwort von Heinrich Böll und einem Nachwort von Klaus Völker

● Jean Renoir

Die Spielregel. Drehbuch mit Fotos. Deutsch von Angela von Hagen. detebe 20434
Die große Illusion. Drehbuch mit Fotos. Deutsch von Angela von Hagen.
detebe 20435

● Federico Fellini

Werkausgabe der Drehbücher und Schriften. Herausgegeben von Christian Strich. Die Drehbuchbände enthalten zusätzlich das Treatment, Äußerungen Fellinis zum Film und zahlreiche Szenenfotos.
Roma. Aus dem Italienischen von Toni Kienlechner. Mit 50 Fotos. detebe 20062
La dolce vita. Deutsch von Bettina und Toni Kienlechner und Eva Rechel-Mertens. Mit 57 Fotos. detebe 20121
8½. Deutsch von Toni Kienlechner und Eva Rechel-Mertens. Mit 52 Fotos. detebe 20122
Julia und die Geister. Deutsch von Toni und Bettina Kienlechner und Margaret Carroux. Mit 66 Fotos. detebe 20123
Amarcord. Deutsch von Georg-Ferdinand von Hirschau, Eva Rechel-Mertens und Thomas Bodmer. Mit 62 Fotos. detebe 20124
Casanova. Deutsch von Inez De Florio-Hansen und Dieter Schwarz. Mit 54 Fotos.
detebe 20287
La Strada. Mit einem eigens für diese deutsche Erstausgabe geschriebenen Vorwort von Fellini. Deutsch von Georg-Ferdinand von Hirschau, Thomas Bodmer und Dieter Schwarz. Mit 55 Fotos. detebe 20316
Die Nächte der Cabiria. Mit einem eigens für diese deutsche Erstausgabe geschriebenen Vorwort von Fellini. Deutsch von Olga Gloor und Dieter Schwarz. Mit 53 Fotos.
detebe 20317
I Vitelloni. Deutsch von Georg-Ferdinand von Hirschau, Thomas Bodmer und Dieter Schwarz. Mit 56 Fotos. detebe 20318
Orchesterprobe. Deutsch von Trude Fein. Mit 50 Fotos. detebe 20319
Satyricon. Deutsch von Dieter Schwarz u.a. detebe 20767
Die Stadt der Frauen. Deutsch von Beatrice Schlag. detebe 20768

In Vorbereitung:
Lichter des Varietés – Der Weiße Scheich – Eine Agentur für Heiratsvermittlung – Il Bidone – Die Versuchung des Dottor Antonio – Toby Dammit – Die Clowns – Interviews

● Friedrich Dürrenmatt

Dramatische Werke in 17 Bänden
Es steht geschrieben / Der Blinde. Frühe Stücke. detebe 20831
Romulus der Große. Ungeschichtliche historische Komödie. Fassung 1980. detebe 20832
Die Ehe des Herrn Mississippi. Komödie und Drehbuch. Fassung 1980. detebe 20833
Ein Engel kommt nach Babylon. Fragmentarische Komödie. Fassung 1980. detebe 20834
Der Besuch der alten Dame. Tragische Komödie. Fassung 1980. detebe 20835
Frank der Fünfte. Komödie einer Privatbank. Fassung 1980. detebe 20836
Die Physiker. Komödie. Fassung 1980.
detebe 20837
Herkules und der Stall des Augias / Der Prozeß um des Esels Schatten. Griechische Stükke. Fassung 1980. detebe 20838
Der Meteor / Dichterdämmerung. Nobelpreisträgerstücke. Fassung 1980.
detebe 20839
Die Wiedertäufer. Komödie. Fassung 1980.
detebe 20840
König Johann / Titus Andronicus. Shakespeare-Umarbeitungen. detebe 20841
Play Strindberg / Porträt eines Planeten.
Übungsstücke für Schauspieler.
detebe 20842
Urfaust / Woyzeck. Bearbeitungen.
detebe 20843
Der Mitmacher. Ein Komplex. detebe 20844
Die Frist. Komödie. Fassung 1980.
detebe 20845
Die Panne. Hörspiel und Komödie. detebe 20846
Nächtliches Gespräch mit einem verachteten Menschen / Stranitzky und der Nationalheld / Das Unternehmen der Wega. Hörspiele und Kabarett. detebe 20847

● Loriot

Dramatische Werke. Texte und Bilder aus sämtlichen Fernsehsendungen. Ein Diogenes Sonderband

● Woody Allen

Manhattan. Vollständiges Drehbuch mit 20 Szenenfotos. Deutsch von Hellmuth Karasek und Armgard Seegers. detebe 20821
Der Stadtneurotiker. Vollständiges Drehbuch mit 19 Szenenfotos. Deutsch von Eckhard Henscheid und Sieglinde Rahm. detebe 20822
Interiors. Vollständiges Drehbuch mit 16 Szenenfotos. Deutsch von Hellmuth Karasek und Armgard Seegers. detebe 20823
Stardust Memories. Vollständiges Drehbuch mit 32 Szenenfotos. Deutsch von Hellmuth Karasek und Armgard Seegers. detebe 20824

● Urs Widmer

Die lange Nacht der Detektive. Kriminalstück in drei Akten. Mit einem Vorwort des Autors. detebe 20117
Nepal. Stück in der Basler Umgangssprache. Mit der Frankfurter Fassung von Karlheinz Braun im Anhang. detebe 20432
Züst oder die Aufschneider. Ein Traumspiel. Hochdeutsche und schweizerdeutsche Fassung. detebe 20797

● Rolf Lyssy

Kassettenliebe. Drehbuch mit Fotos. detebe 20519

● Otto Jägersberg

Land. Ein Lehrstück für Bauern und Leute, die nichts über die Lage auf dem Land wissen. detebe 20551
Seniorenschweiz. Reportage unserer Zukunft. detebe 20553
Der industrialisierte Romantiker. Reportage einer Reportage über Planung, Bau und Einweihung eines Chemiewerks. detebe 20554

Werk- und Studienausgaben in Diogenes Taschenbüchern

● **Alfred Andersch**
Studienausgabe in 14 Einzelbänden
detebe

Einige Zeichnungen
Essay. detebe 20399

Das Alfred Andersch Lesebuch
Herausgegeben von Gerd Haffmans. detebe 20695

Über Alfred Andersch
Herausgegeben von Gerd Haffmans. detebe 20819

● **Sherwood Anderson**
Ich möchte wissen warum
Erzählungen. detebe 20514

● **Angelus Silesius**
Der cherubinische Wandersmann
detebe 20644

● **Honoré de Balzac**
Die großen Romane
in 10 Bänden. detebe 20901–20910

Über Balzac
Herausgegeben von Claudia Schmölders. detebe 20309

● **Charles Baudelaire**
Die Tänzerin Fanfarlo
Prosadichtungen. detebe 20387

● **Gottfried Benn**
Ausgewählte Gedichte
Herausgegeben und mit einem Nachwort von Gerd Haffmans. detebe 20099

● **Ambrose Bierce**
Die Spottdrossel
Erzählungen. detebe 20234

● **James Boswell**
Dr. Samuel Johnson
Biographie. detebe 20786

● **Ulrich Bräker**
Werke in 2 Bänden
Herausgegeben von Samuel Voellmy und Heinz Weder. detebe 20581 und 20582

● **Wilhelm Busch**
Schöne Studienausgabe in 7 Einzelbänden
Herausgegeben von Friedrich Bohne in Zusammenarbeit mit dem Wilhelm-Busch-Museum in Hannover. detebe 20107–20113

● **Anton Čechov**
Das dramatische Werk in 8 Bänden
in der Neuübersetzung und Neutranskription von Peter Urban.
detebe

Das erzählende Werk in 10 Bänden
Herausgegeben von Peter Urban. detebe 20261–20270

● **Joseph Conrad**
Lord Jim
Roman. detebe 20128

Der Geheimagent
Roman. detebe 20212

Herz der Finsternis
Erzählung. detebe 20369

● **Das Diogenes Lesebuch amerikanischer Erzähler**
Geschichten von Poe bis Brodkey. detebe 20271

Das Diogenes Lesebuch englischer Erzähler
Geschichten von Stevenson bis Sillitoe. detebe 20272

Das Diogenes Lesebuch irischer Erzähler
Geschichten von Wilde bis O'Brien. detebe 20273
Alle herausgegeben von Gerd Haffmans

Das Diogenes Lesebuch klassischer deutscher Erzähler
in 3 Bänden.
Band I: von Wieland bis Kleist.
Band II: von Grimm bis Hauff.
Band III: von Mörike bis Busch.
detebe 20727, 20728, 20669

Das Diogenes Lesebuch moderner deutscher Erzähler
in 2 Bänden.
Band I: von Schnitzler bis Kästner.
Band II: von Andersch bis Widmer.
detebe 20782 und 20776
Alle herausgegeben von Christian Strich und Fritz Eicken

Das Diogenes Lesebuch französischer Erzähler
Geschichten von Stendhal bis Simenon. Herausgegeben von Anne Schmucke und Gerda Lheureux. detebe 20304

Friedrich Dürrenmatt
Das dramatische Werk in 17 Bänden
detebe 20831–20847

Das erzählende Werk in 12 Bänden
detebe 20848–20860
Herausgegeben in Zusammenarbeit mit dem Autor. Alle Bände wurden revidiert und mit neuen Texten ergänzt.

Über Friedrich Dürrenmatt
Herausgegeben von Daniel Keel. detebe 20861

Meister Eckehart
Deutsche Predigten und Traktate
detebe 20642

Joseph von Eichendorff
Aus dem Leben eines Taugenichts
Novelle. detebe 20516

William Faulkner
Werkausgabe in 19 Einzelbänden
detebe

Über William Faulkner
Herausgegeben von Gerd Haffmans. detebe 20098

Federico Fellini
Werkausgabe der Drehbücher und Schriften
Herausgegeben von Christian Strich. detebe

F. Scott Fitzgerald
Studienausgabe in bisher 8 Einzelbänden
detebe

Gustave Flaubert
Werkausgabe in 7 Bänden
detebe 20721–20725 und 20386

Über Gustave Flaubert
Herausgegeben von Gerd Haffmans und Franz Cavigelli. detebe 20726

Ford Madox Ford
Die allertraurigste Geschichte
Roman. detebe 20532

Franz von Assisi
Die Werke
detebe 20641

Nikolai Gogol
Die Nase
Erzählungen. Zeichnungen von Alfred Kubin. detebe 20624

Die toten Seelen
Roman. detebe 20384

Iwan Gontscharow
Ein Monat Mai in Petersburg
Erzählungen. detebe 20625

● Jeremias Gotthelf
Ausgewählte Werke in 12 Bänden
Herausgegeben von Walter Muschg. detebe 20561–20572

Gottfried Keller über Jeremias Gotthelf
detebe 20573

● Heinrich Heine
Gedichte
Ausgewählt von Ludwig Marcuse. detebe 20383

● O. Henry
Gesammelte Geschichten in 6 Bänden
detebe 20871–20876

Glück, Geld und Gauner
Ausgewählte Geschichten. detebe 20235

● Hermann Hesse
Die Fremdenstadt im Süden
Erzählungen. Ausgewählt von Volker Michels. detebe 20396

● Otto Jägersberg
Drei Lehrstücke: Land
detebe 20551

Seniorenschweiz
detebe 20553

Der industrialisierte Romantiker
detebe 20554

● Jewgeni Jewtuschenko
Ausgewählte Gedichte
Anthologie der besten Nachdichtungen. detebe 20061

● Juan Ramón Jiménez
Herz, stirb oder singe
Gedichte. detebe 20388

● James Joyce
Die Toten
Erzählungen aus »Dubliner« und Erzählstücke aus dem »Porträt« und »Ulysses«. Mit einem Nachwort von Fritz Senn. detebe 20645

● Das Erich Kästner Lesebuch
Herausgegeben von Christian Strich. detebe 20515

● Gottfried Keller
Zürcher Ausgabe
In der Edition von Gustav Steiner. detebe 20521–20528

Über Gottfried Keller
Herausgegeben von Paul Rilla. detebe 20535

● Ring Lardner
Geschichten aus dem Jazz-Zeitalter
Herausgegeben von Fritz Güttinger. detebe 20135

● D. H. Lawrence
Sämtliche Erzählungen und Kurzromane in 8 Einzelbänden
detebe 20184–20191

Pornographie und Obszönität
Essays. detebe 20011

John Thomas & Lady Jane
Roman. detebe 20299

● Doris Lessing
Hunger
Erzählungen. detebe 20255

Der Zauber ist nicht verkäuflich
Afrikanische Geschichten. detebe 20886

● Carson McCullers
Werkausgabe in 7 Einzelbänden
detebe 20140–20146

Über Carson McCullers
Herausgegeben von Gerd Haffmans. detebe 20147

● Heinrich Mann
Liebesspiele
Ausgewählte Erzählungen. Mit Zeichnungen von George Grosz. detebe 20100

● Thomas Mann
Der Bajazzo
Ausgewählte Erzählungen. Herausgegeben von Gerd Haffmans. detebe 20555

● Ludwig Marcuse
Werkausgabe in bisher 12 Einzelbänden
detebe

● W. Somerset Maugham
Werkausgabe in 20 Einzelbänden
detebe

● Herman Melville
Moby-Dick
Roman. detebe 20385

Billy Budd
Erzählung. detebe 20787

● Molière
Komödien in 7 Einzelbänden
In der Neuübersetzung von Hans Weigel. detebe 20199–20205

Über Molière
Herausgegeben von Christian Strich, Rémy Charbon und Gerd Haffmans. detebe 20067

● Thomas Morus
Utopia
detebe 20420

● Sean O'Casey
Purpurstaub
Komödie. detebe 20002

Dubliner Trilogie: Der Schatten eines Rebellen / Juno und der Pfau / Der Pflug und die Sterne
Komödien. detebe 20034

Autobiographie in 6 Einzelbänden
detebe 20394 und 20761–20765

● Frank O'Connor
Gesammelte Erzählungen in 6 Einzelbänden
detebe

● Sean O'Faolain
Ausgewählte Erzählungen in 3 Einzelbänden
detebe

● Liam O'Flaherty
Armut und Reichtum
Erzählungen. detebe 20232

Ich ging nach Rußland
Reisebericht. detebe 20016

● George Orwell
Studienausgabe in bisher 7 Einzelbänden
detebe

Das George Orwell Lesebuch
Herausgegeben und mit einem Nachwort von Fritz Senn. detebe 20788

● Konstantin Paustowski
Das Sternbild der Jagdhunde
Erzählungen I. detebe 20627

Die Windrose
Erzählungen II. detebe 20647

● Edgar Allan Poe
Der Untergang des Hauses Usher
Erzählungen. detebe 20233

● Saki
Die offene Tür
Erzählungen. Zeichnungen von Edward Gorey. detebe 20115

● Jewgenij Samjatin
Attila, die Geißel Gottes
Geschichte. detebe 20626

● Arthur Schnitzler
Spiel im Morgengrauen
Erzählungen. Ausgewählt von Hans Weigel. detebe 20218

● **Arthur Schopenhauer**
Werkausgabe in 10 Bänden
nach der historisch-kritischen Ausgabe von Arthur Hübscher. detebe 20421–20430

Über Schopenhauer
Herausgegeben von Gerd Haffmans. detebe 20431

● **William Shakespeare**
Sonette
Deutsch von Karl Kraus. detebe 20381

Dramatische Werke in 10 Bänden
Übersetzung von Schlegel/Tieck. Illustrationen von Heinrich Füßli. detebe 20631–20640

Shakespeare's Geschichten
Sämtliche Stücke von William Shakespeare nacherzählt von Walter E. Richartz und Urs Widmer. detebe 20791 und 20792

● **Alan Sillitoe**
Studienausgabe in bisher 7 Einzelbänden
detebe

● **Stendhal**
Werke in 10 Bänden
detebe 20966–20975

Über Stendhal
Herausgegeben von Irene Riesen. detebe 20976

● **R. L. Stevenson**
Werke in 12 Bänden
in der Edition und Übersetzung von Curt und Marguerite Thesing. detebe 20701–20712

● **Teresa von Avila**
Die innere Burg
detebe 20643

● **Henry D. Thoreau**
Walden oder Leben in den Wäldern
Vorwort von W. E. Richartz. detebe 20019

Über die Pflicht zum Ungehorsam gegen den Staat
Essay. Nachwort von W. E. Richartz. detebe 20063

● **Lydia Tschukowskaja**
Ein leeres Haus
Roman. detebe 20008

Untertauchen
Roman. detebe 20393

● **Robert Walser**
Der Spaziergang
Erzählungen und Aufsätze. Nachwort von Urs Widmer. detebe 20065

● **H. G. Wells**
Studienausgabe in bisher 5 Einzelbänden
detebe

● **Nathanael West**
Schreiben Sie Miss Lonelyhearts
Roman. detebe 20058

Tag der Heuschrecke
Roman. detebe 20059

Eine glatte Million oder Die Demontage des Mister Lemuel Pitkin
Roman. detebe 20249

● **Oscar Wilde**
Der Sozialismus und die Seele des Menschen
Essay. detebe 20003

Die Sphinx ohne Geheimnis
Sämtliche Erzählungen. detebe 20922

● **Hans Wollschläger**
Die bewaffneten Wallfahrten gen Jeruslem
Geschichte der Kreuzzüge. detebe 20082

Die Gegenwart einer Illusion
Essays. detebe 20576

Karl May
Biographie. detebe 20253